2020

庚子記憶：新冠

楊志鵬 著

天地不仁，以萬物為芻狗

——老子《道德經》

2020 庚子記憶：新冠

目錄

推薦序

庚子疫情的心靈碑塔

——楊志鵬《二〇二〇庚子記憶》序辭

著名人文思想家、作家
余世存

在新冠病毒仍肆虐世界之際，志鵬先生為我們奉獻出一部反映疫情生態的小說《庚子記憶》，大概會有人懷疑它的意義。在真實世界的人物、事件和資訊尚且沒有完全為我們消化之時，在現實社會的疫情、災難尚未完全被我們戰勝之時，一部虛構的書能夠起什麼作用呢？但展讀《庚子記憶》，如同很多先睹為快的讀者所言，即受到了震撼，欲罷不能。通讀下來，我們被志鵬先生展現的世界感動，我們經受了一次次的精神洗禮。這是一部及時的記憶之書，又是一部有深意的救贖和安魂之書。

疫情，涉及到中國社會和國際社會的方方面面，可寫的角度和領域極為豐富複雜。但《庚子記憶》選取的故事極為簡單，它講述了三個家庭的遭遇，以近乎「速寫」、「白描」的方式來展現中國典型家庭的生態，在面對災難時自救救他的經驗教訓。

空前的人類災難

跟一般小說重點塑造一兩個主人公不同，《庚子記憶》對三個家庭所有成員的介紹都沒有遺漏，這是作者心懷慈悲，面向蒼生，把我們社會的大眾都當作主角的嘗試。即小說不僅立足於個體、個別，也對涉及到的眾多人都給其應有的尊重，都還原其存在的合理性，從而也彰顯其存在的得失，在多聲部中推動眾生的和諧和自我完善。

我們中國人曾有「死者為大」的說法，現代以來，科技、經濟和政治生活裹挾了很多人，使得現代人多以為人生有限，得抓緊時間享用人生，人們對死亡敬而遠之，因為死者一死百死，一了百了，死無意義，了無意義，等等。儘管平時仍有眾多的死亡，但死亡並沒有給其周圍以足夠的教益。這其實是現代社會的一大業力，即個體的、零星的死亡沒能給社會的演進施與有益的影響。如果考察現代文明在此方面的狀態，我們發現，個體的死亡儘管無時無刻地發生著，但不足以參與文明社會的成熟。在科技、經濟和政治領域的成就面前，現代文明反而一再變得輕浮、虛榮、單向度。只有大災難事件，如一戰、二戰、越戰、九一一等級別的事件，才多少能夠鞭策現代文明的反思或成熟。而對於前現代的國家社會來說，無論是大饑荒、大內戰、大地震、大洪水，還是因為政策導致的令人憾憤的死亡，仍不足以鞭策其躍進為現代文明社會的一員。

這個現代社會的悲劇，使文明在取得空前成就時也造成了空前的業力。用中國文化的話來說，政無準的，經濟爭霸，科技縱欲，士無特操，媒體無良，精英下流，小人德草……於是，我們看到面對空前的人類災難，精英民眾都顯得缺德少教。一切古典文明都關注人本身，一如孔子所示範的「問人不問馬」，但庚子疫情中，我們很少看到個人表達其無助時具有的恐懼和憤怒，很少看到個人對精神和物質條件的實實在在的要求，很少看到個體飄忽不安的心理波動和安頓方法，我們看到太多有關「白衣戰士」、「武漢加油」、「志願英雄」一類類型化的說辭。傳統中國文化一再強調「兵者不詳之器也」，一如老子總結的「勝而不美」，但我們看到太多有關「大國戰疫」、「可歌可泣」一類感恩、讚美、頂禮的說辭。

人性與歷史的見證

疫情，已經發生的和將要發生的，操縱了也正操縱著我們的心性。很多人感歎，庚子年的生活就是一再見證歷史；而我們很多人也一再為歷史所改變。從當初的慌亂、恐懼、悲憤，到後來劇情反轉的看戲，到今天的為方方日記的撕裂，對疫情的習以為常，對真理在我信念在我的自以為是和自負，對想像中的敵人漢奸的痛恨，蝙蝠、野生動物、中國或美國，都為我們替罪或成為可甩則甩的鍋，等等，我們的呼吸之間、我們的一念之間，就這樣為外界所控，為外界而朝三暮四。因此，無論是當初的恐慌憤怒，還是中間網路輿情一度排山倒海的民意宣示，都沒有鞭策我們獲得長足的心性進步。到今天社會近乎麻木的承受隨順，說明我們仍回到了「時光永是流駛，街市依舊太平」的生活，我們在當代世界跟胞與之間、跟他人之間沒有建立起最低限度的相處或倫理共識。

這也是《庚子記憶》的目的之一所在。現實沒有達到的進步，作者可以在小說中行使其造物主的功能，讓筆下的人物和家庭獲得進步；歷史沒有完成的任務，作者可以代為完成。當然，作者並非向壁虛構，疫情期間，那個去世的武漢護士的微信，那個一家死亡的導演的絕筆，那個在家守護死去了幾天的爺爺的小男孩，都顯示出我們人類人性的本然之善。作者把這些靈台空明的一點之善，鋪陳開來，就成為小說中三個家庭眾多人物在面臨生離死別時或解脫或成熟的感人圖景。這種感人，跟疫情期間，一些當政者或有資源者的無能、拖延、專橫，一些網友們的無知、失教、自私，形成了鮮明的對照。在這個意義上，庚子疫情的最大教訓，就是成為小說中的個人和家庭成長的奇點，從奇點爆炸出的世界，使人們仍有夢，使家國天下和文明仍得以「萌芽」新生。

現代文明的天誡

在一般人印象中，庚子疫情慘烈、緊張、慌亂，但作者筆下的人物，多有應對的從容，這既得益於作者本人的正信悲憫，也源於這些人物多在生死的前沿掙扎，他們跟我們這些苟免者不同，他們在煎熬，在獲得「臨終的眼」，在告別難捨的生之艱難和生之燦爛。尤其值得稱道的是，作者對人物心理活動的展開或描寫極為詳實，跟我們從媒體中看到的亂象不同，跟一般人以為的亂時苟活一性命的印象有所不同，作者筆下的「性命」都有各自的現實和理想，有各自的目標和性情；固然，活著、活下去是大家的追求，但臨難時的複雜心理仍都發乎情，歸於愛，止於至善。這跟疫情期間逝者們臨終前曝光的微信、遺囑一樣，也跟東西方災難中臨死前人們的呼喊、告白一致。

這其中有作者的用心。志鵬先生刪繁就簡，讓每一家庭的成員們在生死關頭開始一段奇特的旅程。我們中國人認為，逝者臨終前的心路就是要把此前的人生道路一一走過，生者臨終關懷的方法也是把臨終者的人生一一回顧。這個再現的過程即是生死對話的飛躍，是逝者能解脫、生者能成熟的關鍵，是生者和死者各自消業的關鍵。每一眾生及其家庭在成長過程中都承擔著其業力，並由眾生本人在家庭和社會生活中生成新的業力，即使在家庭生活和社會生活中較圓滿的華至壐醫生一家，也有著並不圓滿的遺憾，更有著青春夭折的悲劇。而在作者筆下，這個再現的過程就是呈現眾生百態和社會發展的過程，又是個人和家庭成長新生的過程。是的，儘管現實中的我們還要歷劫，但小說中的人物多已解劫度厄，儘管現實中的國家、網路和我們還很幼稚，但小說中的個人和家庭已經成長。作者「速寫」勾勒的筆觸雖然還有淺嘗輒止，沒能更為宏闊的寫盡社會的業力、環境的業力，但已經足夠我們從中讀出人情人生的悲喜、莊重、善良和美。

對仍在繼續的庚子疫情還有很多不確定因素，有很多未知，也有很多爭論。我們至今不知道它的源頭，從「躺槍」的蝙蝠到某病毒所，都一度讓我們消耗了不少不必要的情緒。我們至今沒有研發出有效的疫苗，舉全國之力、舉全世界之力，仍只能回到人人自保安全自求多福的狀態，這在「科技萬能」的今天幾乎是一種諷刺，更應是一種教訓，借作者之言，這就是對現代文明社會的一大「天誡」。我們也不知道，隔離居家的生活是否讓社會大眾獲得某種倫理共識，即我們在宅居享受天倫之樂時，修齊治平的人類能否正心誠意地將天倫真正歸隊，借作者之言，人類的生活應該有著敬畏天地自然的「天倫」。我們還不知道，權威、聖賢、哲人、詩人的當下言路、心路和思路，那些眾生失魂落魄在黑暗中摸索生活的「天燈」在哪裡。但我們應該感謝志鵬先生，在人生社會不確定的時候，他為我們帶來了「天燈」、「天倫」、「天誡」、「天道」。

無緣大慈，異體同悲

疫情還在展開，文明也仍在努力。我們並不知道，是「封城」、「割據」的成績更正當優秀，還是「群體免疫」的作業更正當有效，任何試圖評比的做法都難以一言九鼎，蓋棺定論。我們也不知道，此次疫情帶來的對個體管控的社會措施和技術手段是否正當，個體讓渡權利活著是否意味著現代文明已經跟傳統「脫鉤」，個體和人類都必然生活在技術服務也是技術綁架的時代。我們還不知道，此次疫情能否像曾經的世界大戰一樣，在人類遭受巨大創傷之後推動我們的文明：政治民主、經濟自由、文化多元、個體獨立、生命智慧。但正像擔憂或鼓吹各國「脫鉤」的論調都承認的，在當代，個體或國家社會越來越依賴於外部世界。鴻蒙雖然有待開鑿，但星鏈已經上天，我們是一體的。文明證實了大德們一再弘揚的，我們人類人情有著無緣大慈異體同悲之善。我們今天因呼吸之間而保持某種距離，只是一種消業或救贖。任何試圖隔離我們的，都是一種權宜或罪錯。

這也是《庚子記憶》刪繁就簡後顯得有些「單純」的原因，小說中每個家庭成員並不是活在童話的世界，而是跟當代中國和世界的各類生態相關聯著。在這個複雜的生態中，華至圍一家為何能出淤泥而不染，展現出醫者的仁心？李天倫一家又如何能從內地底層掙扎到江城生活，還能保持當初的淳樸善良？毒王王冠一家是如何看待自己的暴發戶生活，如何獲得活著的理由和意義的？他們三家人最終聯繫到一起，是偶然還是必然？這些問題在作者的留白中顯示出巨大的張力，有著讀者參與的巨大空間。但作者以其全然的悲憫和理解的同情，為生死送行，為我們描寫了小說中多個人物明其明德、至止於善的歷程，讓我們對此波及人類文明的疫情仍能立其功德懷抱莫大的樂觀和信心。人們，也就是我們，應該也必然能夠功行圓滿、成就正果、歷劫新生。

精彩感人的小說

我因此向大家推薦志鵬先生的這部小說，儘管張文宏醫生、艾芬醫生以及在一線戰鬥的其他眾多白衣戰士和志願者更有資格來寫序介紹。這部小說的重要性不言自明，它的重要甚至高於一些實錄的日記、書信；如哲人所言，詩比歷史更真實。在疫情期間，我曾經提請人們超越對事件的本能反應，多注意現代文明的角度，多注意傳統文化的態度。現在，志鵬先生立足於傳統文化的佛法，為我們迴向了一部精彩感人的小說。在載道或明心的意義上，人類重大事件是塔，小說是經。「在在處處。若有此經。一切世間天人阿修羅。所應供養。當知此處。則為是塔。皆應恭敬。作禮圍繞。以諸花香。而散其處。」

是為序。

二〇二〇年五月五日立夏，寫於北京旭輝

前言

疫情與天誠

《二〇二〇庚子記憶：新冠》是著名作家楊志鵬，最新推出的一部抗擊新冠病毒疫情的系列長篇小說，由《天燈》、《天倫》、《天誠》、《天道》四組相對獨立，又密切相連的篇章構成。描寫了華至圍、李天倫、王冠三個不同家庭，在突然遭遇新冠疫情時，命運所發生的不可思議的巨大變化。他們分別以崇高的醫德、至誠的親情、巨額的財富，構成了典型的三個不同的中國式家庭。透視出人類在巨大災難面前，自救和他救的眾生百態圖景。

華至圍的女兒逆行趕回江城，與父母一起奮戰在抗擊疫情的第一線，不幸感染病毒去世，沒能實現與也是醫生的未婚夫李道新，走進婚姻殿堂的願望，和隨後同樣感染病毒離世的道心，一起以年輕的生命，演繹了一曲淒美的愛情絕唱，讓中年喪女的華至圍夫婦，遭遇了人生無法彌補的巨大打擊。

李天倫則以一生的努力，終於將兒子善福，女兒雲渺、雲夢培養成人，在剛剛享受天倫之樂時，慘遭兒女感染病毒雙亡的慘劇，最終突發心臟病逝世，留下五歲的外孫明兒，一個人在黑暗中等待姥爺的復活。養子善福與妹妹雲渺相守歲月，以絕美的純潔之情，譜寫了物質時代幾乎絕跡的浪漫愛情。可當他們以百倍的努力，換來短暫的平靜幸福生活時，卻在突然遭遇的疫情中去世，將一個殘破的家庭，留給了七十多歲的父親。一幕又一幕的慘烈圖景，告訴人類怎麼應對與苦難的遭遇。

而《天誡》中的「毒王」王冠，在多個城市，開有冠雄連鎖海鮮酒樓，擁有巨額財富，卻在奇怪的婚姻家庭中，找不到一點親情與溫暖，以具有鮮明物質特色的土豪方式，換取李天倫二十四歲的小女兒雲夢懷上他的孩子，企圖以六十得子的喜悅，找回終生沒有得到的親情。就在他美夢快要成真之時，由於蠻橫霸道，明明從疫區返回，卻大擺酒宴，致使三百多人隔離觀察，成為靈北市名副其實的「毒王」，最終以生命的代價，詮釋了他的野蠻、任性和殘忍所應受到的懲罰。處於生死關口的王冠，終於為自己的殘忍、貪婪付出了代價，他在向華至圍所在醫院捐贈醫療用品的同時，準備疫情過後改變經營項目時，死亡帶走了他的一切。意味深長的生命結局，留給活著的人以黃鐘大呂般的驚醒與震撼。

《二〇二〇庚子記憶：新冠》不僅記事，更在反思，整部作品以天道、天倫、仁心、人心為主軸，以天燈、天眼、天水、天殤等多種意象為符號，表達了作者在中國智慧中，尋找關於人生宇宙真諦的命題，許多關於生命的詰問，會在這部小說的閱讀中，得到獨特的答案。作者以深厚的文學功底，深沉的情感抒發，深刻的哲學思考，為讀者展開了一幅疫情抗擊中，淒美、淒然、壯烈、光亮的生命長卷。文筆細膩，構思精巧，思辨深刻，故事精彩，行文厚重，餘味無窮。《天燈》率先在《青島文學》雜誌和多家網路平臺發表後，引起強烈反響，無數的讀者紛紛留言，表達他們的感動與祝願。

第一章　天燈

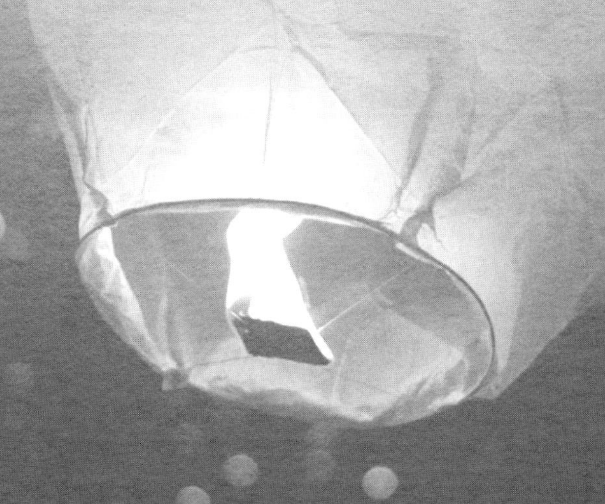

獻給奮戰在新冠肺炎疫情前方的所有白衣天使！

——作者

華至圍實在太累了，走進病房的一剎那，他幾乎摔倒，急忙扶住門框才站穩。剛才護士報告，七十五床的病人走了。在遺體被移走之前，他想再來看七十五床一眼，他叫周常盛，入院時是他接診的。

那天，周常盛半夜排隊看門診，正好他當班，一看病情比較重，他問：「家屬來了嗎？」周常盛說：「老伴一年前去世了，就一個兒子，也是醫生，去外地開會回來就沒進家門，半個月沒見面了。」他問：「那你怎麼不到兒子那裡去呢？」周常盛說：「兒子的醫院離得遠，就近，沒有告訴兒子。」他一聽這種情況，病房剛好有一張床位，就安排周常盛住下了。

當天下午周常盛就被確診新冠肺炎，當他把真實病情告訴周常盛時，周常盛顯得很緊張，一雙本來不大的眼睛，睜得很大，幾乎用哀求的口氣說：「我會積極配合治療，請華主任救救我！」他的眼神裡充滿了恐懼。接著，他給兒子打電話，儘管周常盛想把病情說得輕一些，但語氣竟有些打磕巴，接電話的兒子一聽什麼都明白了，就問：「爸爸，醫生在身邊嗎？」周常盛說：「在。」接著，把電話給了華至圍。

接過手機，那邊周常盛的兒子很急切的說：「您好？我是患者的兒子，叫周道心，我們醫院情況更嚴重，一時半會脫不開身，就麻煩您了。」周道心連說幾聲謝謝。掛斷電話，周常盛又告訴他說：「兒子準備秋天結婚，我得代表老伴兩個人參加婚禮。」周常盛說這話時，眼睛裡充滿了渴望。他問了周常盛的年齡，也就五十九歲，體質還是不錯的，他想周常盛一定能扛過來。於是他對周常盛說：「不要緊，你年齡並不大，沒有問題。」

住院三天後，周常盛的兒子周道心匆忙來過一次，他正好在，周道心看過父親後，詢問了病情，再一次對他及時收治父親表示了感謝。周道心穿著防護服，帶著防護眼鏡，他雖然看不清周道心的面容，但周道心的態度謙卑，語氣和藹，超過一米八的大個子，給他和身邊的護士幾次鞠躬致謝。看得出周道心是一個孝子，如果在平時，想必他會把父親安排到自己身邊，細心照料的。離開時，透過防護鏡，周道心的眼裡突然湧出一種溫情，似乎要對他說什麼，但欲言又止，最後匆匆離去。正是因為他從周道心的神情中，看到了那道溫情的目光，突然之間使他覺得與周常盛多了幾分親近。

六天前，周常盛的病情突然惡化，終於沒有挺過來。如果平時，這種時候，逝者的親人會在身邊，至少他的兒子會來參與對父親的搶救。可此時，周常盛孤零零一個人躺在病房裡，護士正在聯繫家屬過來簽字，他的兒子一定也在當班，半個小時了沒有動靜，所以華至圍的來看看周常盛，也算是對同行親人的離世，表達一種深切的哀悼。

這個時候，他不願意打攪亡者，希望逝者安靜地離去。有人相信人死後會有靈魂，有人不相信，他從來沒有參與討論過這樣的問題，但他遵循一個原則，在面對病人臨終時，徵得家屬同意，儘量不要做過度搶救，一旦病人去世，參與搶救的所有醫護人員儘快離開，給亡者和家屬一個屬於他們的告別。所以，他沒有叫任何人，自己一個人進來了。他想無論如何，他也要替同行來送送失去的親人。

病房裡的窗簾沒有拉嚴實，一束月光射進來，照在病床前的椅子上，使昏黃的燈光裡多了一絲慘白，原木色的椅子表皮，像雕刻了一道深深的溝痕，有一種刀鋒的陰冷。華至圍看到了椅子上那道白光，他驚了一下，似乎瞬間到了另一個空間，不是在病房裡，而是在一個幽暗的地道裡，那道白光通向了遙遠的地方……

那一刻，華至圍看見了女兒華嚴，在快要跌倒的時候，是女兒扶住了他，女兒笑著說：「爸爸，我不是來了嗎？等會下班，我陪你吃火鍋。」他一驚，幾乎撲過去要把女兒舉起來，就像二十年前舉起幾歲的華嚴那樣，揚著頭看著女兒，女兒在他的頭頂上，發出溪流般清澈的笑聲，他對同樣滿臉笑容的妻子嚴妍說：「這是天使的聲音。」

他結婚晚，三十二歲才有了華嚴，他視女兒為上天賜給他的最珍貴的禮物。為了鄭重其事，他請永諦寺的老和尚給女兒取名字，老和尚摸了摸女兒的頭說，把你們兩口子的姓連起來，不就是一個很好的名字嗎？

他聽了老和尚的話，叫女兒華嚴。他想這輩子一定要盡其所能，為女兒提供最好的教育，最好的生活。前面他已經做到了，從幼稚園開始，他就為女兒鋪就了一條充滿陽光的路。在女兒接受教育的過程中，沒有一次失手過。

升高中那一年，女兒由於功課太累，他出國搞學術交流了半年，妻子也因為那段時間工作太忙，對女兒照顧不周，華嚴因為疲勞過度，免疫力下降，臨近考試前半年，因感冒引起咳嗽不止，吃了十多天的藥不見效，以他的臨床經驗，認為不能大意，就帶女兒到醫院檢查，一查查出肺結核。內疚沒用，只好按照程序治療，至少得住院一個月，而且在定點的傳染病胸科醫院。

胸科醫院離市中心比較遠，從家去至少車程一個小時，照顧起來不方便，醫院裡四五個人一個病房，伙食也不遂人意，他擔心女兒休息不好，營養跟不上，不能儘快痊癒。於是他和妻子商量，就近租了一套房，他和妻子請假，輪流陪護女兒。好在女兒聽話，積極配合醫生治療，每天上午打完針，就回到住處複習功課，他和妻子負責伙食，每天儘量變化花樣，讓女兒能多吃一些，以增強體質。

一天，他圍著圍裙，正在廚房裡切菜，女兒複習完功課，從房間裡出來，突然從背後抱住他，臉緊緊貼在他的背上，他嚇了一跳，抓住女兒的手，轉身一看，雖然女兒帶著大口罩，那雙水靈靈的眼睛，將整個臉龐妝點得恰到好處，像一輪初升的圓月，明淨而又充滿光鮮的青春活力。他突然覺得女兒長大了，身上透出妻子年輕時美麗身韻的輪廓。他靜靜地看著，一時不知說什麼好，女兒的眼睛裡突然溢滿了淚水，說：「爸爸，你為什麼對我這樣好呢？」

他笑著回答：「傻女兒，世界上哪有爸爸不愛自己女兒的。」

華嚴不依不饒，說：「就是要讓爸爸回答。」

看著女兒可愛的樣子，他只好說：「小時候我也問過你奶奶同樣的問題，你奶奶對我說，誰讓你是我的兒子哩。」

華嚴接著又問：「人有來世嗎？」

他說：「有人說有，有人說沒有。」

華嚴說：「你認為呢？」

他笑著說：「你剛出滿月，爸爸媽媽抱著你去永諦寺，你的名字是永諦寺的老和尚取的，我當然相信有來世。」

女兒一副認真的樣子，說：「那我來世嫁給你。」

他愣一下，笑著說：「媽媽不會同意。」

華嚴說：「為什麼？」

他說：「我向你媽媽求婚的時候，她在我耳邊說，生生世世跟著我。」

華嚴一聽笑了，說：「這不就對了。」

他說：「什麼對了？」

華嚴說：「她只說生生世世跟著你，並沒有說生生世世嫁給你呀。」

他一想，這句話確實有破綻，就說：「那是你和媽媽的事。」

華嚴說：「讓媽媽下一世當女兒，我嫁給你。」

他哈哈笑著說：「你和媽媽商量。」

華嚴說：「我要你先同意。」

他舉著手說：「我投降！一切由你和媽媽決定。」

女兒睜著大眼睛，一動不動盯著他，說：「一言為定。」

等女兒強化治療一個月，指標轉陰後，他們一起回家，他早把這事忘了，晚上討論她該報考哪所重點高中時，女兒突然對媽媽撒嬌說：「媽媽你得答應我一件事。」

妻子看她一臉嚴肅的樣子，急忙問：「什麼事，只要媽媽能夠做到，一定答應你。」

女兒說：「你一定能做到，只是看你願不願意。」

妻子說：「瞧你說的，我能做的事，哪一件沒有答應過你。」

女兒說：「這件事不一般。」

妻子有些不耐煩地說：「你就說吧，要了你媽的命我也答應。」

女兒笑了，撲上去抱住妻子，說：「可惜怕傳染，不然我好好親媽媽幾口。」

妻子笑著說：「哪天有正事？」

女兒說：「爸爸已經答應了，下一世我嫁給他，你做女兒。」

妻子一愣，突然笑起來，說：「誰稀罕，沒有人和你搶。」

女兒瞅著媽媽，睜大眼睛說：「真的？」

妻子說：「到時後悔了不要怪我。」

女兒說：「好！一言為定。」

說完，三個人的手放在一起，忍不住大笑起來。

大廳裡的燈光也像笑了，吊燈的黃光和頂棚裝飾槽四周的白色日光燈，相映成趣，構成了由黃到白的柔和過渡，整個屋子裡散發出溫暖的光暈。江城著名書法家書寫的六尺條幅「醫者仁心」，在電視機上方顯得格外耀眼，那一刻，他的心被什麼觸動了，他想，詩人所說的歲月靜好，也許就是如此。

女兒畢竟受病情影響，中考成績出來，與她希望考上的重點高中差了五分，好在他提前做了工作，就直接找到那所高中校長，校長沒有打官腔就答應了，不過他說：「為了照顧類似的情況，學校有規定，相差在五分之內，包括五分，一分交一萬塊贊助費，可進入加強班，一年以後考試合格，插入正規班級。」

他二話沒說，當天就拿著校長的條子，去財務處交了五萬塊贊助費，女兒如願上了那所重點高中。

第二天，他下班回家時，路過一家飯店，停下車，進去要了女兒喜歡吃的糖醋排骨和糍粑，回家放下菜，剛坐到沙發上，女兒從房間出來，手裡拿著錄取通知書，滿臉不高興，一雙水汪汪的眼睛，充滿了歉意，對他說：「爸爸，讓你破費了。」

他一聽笑了，說：「倒杯水來。」

女兒從茶几上拿起保溫杯，遞給了他，實際上女兒早已經把水倒好了，就等著爸爸進門。

他說：「罰你今天下午陪爸爸吃飯，可惜媽媽今天值班，沒有辦法一起慶祝了。」

女兒說：「我去做，可不要嫌我做的味道不好。」

他說：「我在飯店已經要了糖醋排骨和糍粑，你炒兩個素菜就行了。」

華嚴答應著，進廚房就忙了起來，三十分鐘不到，就炒了一個蒜蓉西蘭花、紅燒了一個豆角，還配了一個涼拌黃瓜。

一葷三素上桌，加上一個糍粑，足夠兩個人吃了。他打開一瓶紅酒，對女兒說：「慶祝不能沒有酒。」

他親自給女兒斟上，又給自己斟上，他搖了搖酒杯，舉起來，對女兒說：「慶祝寶貝考上自己想上的學校。」

女兒端起酒杯，卻說：「功勞是爸爸的。」

他故作嚴肅地說：「要說爸爸有功勞，也只有五分之勞。」他與女兒的杯子碰了一下，說，「你想想，住院一個月，身體還又病，考出這樣的成績，還不讓爸爸高興地睡不著覺，那五分之差完全在意料之中，否則連我也不相信，怎麼會生出這樣的天才寶貝。」

他終於把女兒惹笑了。

入學半年時間，華嚴的考試成績就進入全校三十名之內，於是順利進入正常班級，此後的學習幾乎不讓他操心。

女兒高考選擇志願時，全家第一次發生爭執，女兒從小受家庭的影響，一心要報考醫學院，而且是爸爸媽媽當年讀過的武漢大學醫學院，華至圍聽了，高興地鼓掌，說：「好啊！那裡不但有堅實的醫術可以學習，而且有浪漫的詩意可以捕捉。」

媽媽卻堅決反對，說：「要說給社會作貢獻，我和你爸爸已經盡心盡力了，你就不要摻和了。至於到哪個大學學什麼專業，只要你喜歡，我尊重你的選擇。」

女兒堅定地說：「我就喜歡醫學院。」

媽媽一副苦口婆心的樣子，說：「現在的醫生不好當，許多醫院給醫生分配經濟指標，一個月必須創收多少錢，這與治病救人的良心有衝突，如果這樣做，良心有愧，不按醫院的規定做，過不了醫院的關，大多數醫生為了生存，只得與這樣的惡規妥協。再者，遇到大打出手的醫鬧，醫護人員的人身安全都會受到威脅。你說在這樣的環境裡工作，身心遭受雙重壓力，不難受嗎？媽媽不想讓你一個女孩子，去受那樣的苦。」

儘管妻子提前給他表達過自己的看法，希望他勸說女兒放棄自己的想法，但他還是支持女兒選擇醫學院。他說：「醫者，仁也。外人覺得醫生是在給別人看病，實際上，醫生更是在醫自己，一個人的心，只有在面對苦難時，才能體會到什麼是幸福。人活一輩子，不管你有驚天偉業，還是默默無聞，是享盡榮華富貴，還是受盡貧窮折磨，到頭來無非生死二字。而醫生的職業，就是不斷參與單體生命的生死過程。如果你是一個好醫生，你會在產房裡，以合格的醫術，在合適的時間，合適地將一個新的生命，迎接到這個世界上。只要你是醫生，在人們經受各種疾病的痛苦折磨時，你會依靠自己的高超醫術，消除或降低疾病帶給人們的痛苦，並盡可能的解除或延緩疾病對人們的死亡威脅，這樣的工作難道不值得嗎？儘管醫生救治的是一個個單體生命，但無數被救治的單個生命，構成群體，構成了民族，從這個意義上講，醫者不但在醫人，而且在醫國。」

妻子說：「我只知道給女兒選個適合的專業，使她能夠依靠學得的專業知識，找一個能夠讓她好好生活的職業，我可沒有功夫聽你那些大道理。」

那天他顯出少有的固執，繼續說：「好醫生必定有一顆仁愛之心。一位醫學院的院長曾經在演講中說過，當一個陌生的病人，在你面前，毫不保留地將一切隱私告訴你，甚至脫光衣服，將一切暴露在你的面前，這個人就是神，因為只有神才不會怕人。所以，平等對待每一個患者，竭盡全力救治他們。這樣看似救治病人，實際上也在不斷救治醫生自己的心靈。」

最後他說：「醫生是離生最近、也離死最近的職業，世間的人，生有早晚，死無先後，看慣了生死無常的人，是這個世界上最懂得珍惜幸福的人。他能不好好生活嗎？」

二比一，妻子最終不得不同意女兒選擇了醫學院。

本科畢業後，女兒考進德國一所名牌醫學院，獲得碩士學位，回國後應聘到妻子所在的醫院，當了一名婦產科醫生。女兒高興地說，她每天都在迎接新生命中度過，新生兒各式各樣的爸爸媽媽，讓她見識了人世間豐富多彩的愛。

他現在唯一要做的事，就是在女兒出嫁那一天，給她一個巨大的驚喜，以表達女兒離開這個家時，爸爸媽媽對她的祝福。他一直在琢磨，該用什麼樣的禮物和形式，來表達對女兒的愛。在一個物化的時代，房和車可以分期付款，但給女兒留下心靈的記憶，顯然更有意義。

他曾問過女兒：「華嚴，你出嫁時，爸爸媽媽送你什麼好呢？」

女兒看著他，做出一副淘氣的樣子，說：「那就看爸爸捨得捨不得。」

他故意開玩笑說：「不就是房和車嗎，車子全款買，房子首付我們出，這樣算不算大方？」

女兒閃著大眼睛，說：「房子車子不用老爸操心，房子首付我出，車子由男朋友買。」

他說：「那我想大方也沒有地方大方呀。」

女兒說：「我希望一個特殊的婚禮，就像當年你向媽媽求婚時那樣浪漫。」

他說：「放飛天燈嗎？」

女兒說：「是呀。」她說，「我喜歡那樣的空靈和浪漫。」

他向妻子嚴妍求婚時，租用了一條大船，帶著一群哥們到長江上夜遊，當明月當空時，他突然掏出戒指，跪在小師妹嚴妍跟前，向她求婚。嚴妍是他讀博士班時的小師妹，比他小六歲，他們雖然認識三四年了，可確定男女朋友關係不到一年。嚴妍面對那樣的場面，一時愣在那兒，不知道該怎麼表達。

在哥們一片「嫁給至圍」的喊聲中，突然從船艙裡飛出九十九盞天燈，在明淨的夜空，圍成一個花環，每一盞天燈，像一朵盛開的玫瑰，位於中心的那盞天燈上，掉下一條潔白的飄帶，上面用發光字打著「嚴妍完美」四個字，嚴妍當場被感動得淚流滿面，她沒有伸出手指，而是撲上去抱住了他，在他的耳邊說：「跟你生生世世。」

他沒有想到，偶爾一次講給女兒的這段浪漫史，竟然被她牢牢記住了。他看著女兒說：「這個好辦，不就是抄襲一下過去的創意嗎？」

女兒說：「現在的新材料比過去豐富多了，要什麼造型就能做成什麼造型，爸爸一定出彩。」

他說：「沒有問題。」接著，他趁熱打鐵說，「爸爸要你太晚了，你什麼時候補上爸爸這個遺憾？」

女兒說：「一定會的。」

他說：「我的好閨女，你參加工作已經一年了，連一個影子我也沒有見過，混成個剩女怎麼辦呀？」

女兒說：「你對女兒的魅力太缺乏自信了吧。」

他笑著說：「我對你媽媽的魅力充滿自信。」

女兒說：「這不就對了。」

他笑了，女兒又說：「男人五官端正、女人貌美如花，又因純粹的愛情而結合，爸爸應該對自己的產品充滿信心。」

他們談話到此結束，想想女兒也不過二十五歲，離剩女還有一段距離。本來這段時間，女兒在北京的一家醫院參與學術交流活動，說春節她代替一個同事值班，等過完節再回來與爸爸媽媽團聚，想不到新冠肺炎疫情突然爆發，一月二十二號深夜，她給媽媽打電話，說她已經想好了，要立即返回醫院。

妻子接到女兒的電話，一時說不出話來。她在現場，知道事情的嚴峻，她無法判斷事態的發展會是怎樣，醫院裡已經有醫護人員感染了，不知道下一個感染者會是誰。作為一個母親，她希望女兒遠離病毒感染的源頭，可是作為一名醫生，在這個時候這樣說，違背她一直以來，教育女兒做一名好醫生的價值邏輯。

當女兒再一次表達要回來的強烈願望時，她才說：「你給科室的主任打個電話吧，聽從醫院的安排。」

女兒給她媽媽打電話時，他就在跟前，一聽女兒的話，心裡咯噔一聲，胸膛像被人狠狠敲了一錘。妻子放下電話，看著他，臉上充滿了擔憂，他何嘗不是如此，兩人一時不知道說什麼好。這時，女兒的電話又打給了他，他冷靜了一下想，女兒一定知道現在的疫情狀況，她既然這樣決定了，肯定不是一時衝動，他沉默了幾秒鐘，說：「聽從你自己內心的聲音吧。」

似乎事情只能是這樣。

於是，女兒乘坐第二天的早班飛機，上午九點多就進了家門，十五分鐘後，武漢封城令生效。而那天，他在醫院裡值班，事情已經發展到難以控制的局面，醫院的走廊裡都站滿了人，慌亂的人群無法面對突然擴散的疫情，擁擠的、叫罵的，亂成一團。儘管醫院調整了所有科室，除重症病人必須值班監護外，幾乎所有的醫護人員，都被調整為發熱門診，可是仍然無法面對蜂擁而至的患者，有的人排了一夜隊，實在堅持不住了，哭叫著被家屬叫走。他整整一夜未休息，只抽空給女兒打了一個電話，叫她一定做好防護，注意保護自己。女兒讓他放心，說她回來時，專門帶了幾百個口罩和幾十套防護服，是北京的同事為她準備的，雖然很重，她還是隨機托運回來了。他聽了稍有些放心。後來妻子告訴他，女兒回家簡短休息後，就去醫院上班了。

想不到從此再沒有和女兒見過面。

由於人們對新冠病毒的認識，處在不斷探索過程中，唯一有效的辦法，就是減少接觸，才能有效切斷傳染。因此，他囑咐妻子和女兒回家住，他則住在醫院臨時提供的房間。他和他的同事，每天最多只能休息三個小時，他們像一架機器，不停地轉動，希望以自己的加倍工作，給患者提供更多的服務。

可是，來看病的人太多，醫院二十四小時都被患者包圍著。因為病床有限，許多疑似病人，根本無法隔離治療，即使確診病人也很難住院，有的只開些藥，讓病人回家自行隔離治療。許多時候，他累得精疲力竭，懷疑自己如果倒下去，有可能再也爬不起來。但是，面對一個又一個無助的病人，聽著離去者親屬的慘烈哭叫聲，他和他的同事，根本無法停下來，也許只有疲憊不堪的體力消耗，才能使近於崩潰的心裡好受一點。

又一個不眠之夜即將過去，他實在有些堅持不住了，同事勸他到值班室稍作休息。他洗了把手，喝了一口水，沒有脫去防護服，就在椅子上歪著腦袋睡著了……

沉沉的夢中，他到了一座萬畝梨園，盛開的雪白梨花，蓋住了樹枝，淹沒了樹幹，一朵朵白色花瓣，繡成了一幅巨大的掛毯，把天地映成了白色，使整個世界變得一片雪白。他知道梨花盛開的季節，一定會有成群的蜜蜂來採蜜，樹間會有淡淡的梨花香、伴著蜂蜜悠悠甜香的混合味道，將梨園變成一片白浪無盡的香水海；梨園的上空，一定有鳥兒在歌唱，那些隨著春天而來的鳥兒，用告別冬天嚴寒的興奮，將花海變成歌聲的海洋。可是，今天梨園既沒有採蜜的蜜蜂，也沒有歌唱的鳥兒，有的只是生冷的春寒。突然黎明前的夜空，劃過一顆流星，發出一道淒厲的寒光，向天邊墜落。隨即，梨園裡響起秋天才有的寒蟬的低吟，像突然襲來的寒風，掀起一陣刺骨的氣流，他打了個冷顫，驚醒了。他還沒有完全醒過神，手機響了，他突然有一種不祥的預感，他一把抓起正在充電的手機，打開接聽，立即聽到了妻子帶著哭腔的聲音：「快，快，女兒不行了。」

他大吃一驚，問了一句怎麼了？妻子只回答了一句「四樓十六床」，就掛斷了電話。

他飛一樣衝出房間，迅速給值班醫生說了一聲，在衝下樓的同時叫了救護車。到了專用停車位，一台救護車已經打開車門等著，他一步跨上去，要司機以最快速度，立即趕往女兒所在的醫院。

路上，他打開微信，看到女兒半個小時前發來的留言：

女兒：爸爸，我已經確診一周了，怕爸爸擔心，和媽媽商定先不讓你知道，等我痊癒了再告訴你。可是，病情突然加重，爸爸，我不行了。

女兒：爸爸，今生能做你的女兒，我十分幸福，只是沒有來得及盡孝，下一世再做爸爸媽媽的女兒，彌補這個遺憾。

女兒：爸爸，本來打算我從北京回來，把男朋友介紹給你和媽媽，可惜沒有來得及。你不要怪女兒，我們確定關係也就三個月時間，他到北京出差，才向我表白的。我讀本科時他讀碩士研究生，去年年初才從國外讀博士回來，北京相遇，我們才突然發現，彼此早就在對方的心裡。他已經答應我，會替女兒照顧爸爸媽媽的後半生。他叫周道心。

看到女兒發來的三條資訊，他淚如雨下，全身顫抖，自己怎麼會這個時候睡著呢？如果他沒有睡著，他會立即給女兒回資訊，即使早一刻鐘，也會給女兒莫大的勇氣和安慰。他揮起拳頭，狠狠砸在自己的腦袋上，腦袋卻是麻木的，隨即腦子裡一片空白，他抬起頭，看著窗外，寬闊的雙向八車道，一眼望不到盡頭，卻沒有一輛車，道路兩旁樓房裡的燈光，與城市裡的路燈，證明這裡還有人存在。自己乘坐的救護車，像一匹野馬橫衝直撞在一條無人的山谷。

這時，妻子的微信跳了出來，是一張截圖：

女兒：媽媽，我不行了。

妻子：好女兒，不可以這樣說，你還這麼年輕，爸爸媽媽不能沒有你。我馬上告訴爸爸，我這裡交代一句就過去。

女兒：媽媽，我真的不行了。

妻子：不！寶貝記住，你十五歲的時候，媽媽就答應你，下一世嫁給爸爸，你見過世界上有一個老太太嫁給一個小夥子的嗎？

女兒：媽媽，對不起，我要食言了。下一世還做爸爸媽媽的女兒，來盡今世沒有盡的孝道。

妻子：寶貝，不可以這樣說，爸爸是一個一生一世值得全身心愛的男人，你一定要遵守你的承諾。

女兒：媽媽，對不起！我已經告訴爸爸了，他看到會很快趕過來的。

這一刻，他從精神到肉體幾乎瞬間崩潰了，他像一堆爛泥癱倒在車座上。

他聽到司機喊了一聲：「華主任，到了。」才從麻木中醒過來。

他衝下車，跑步上了台階，衝進住院部的大門，他沒有去乘電梯，而是跑著從樓梯衝到了四樓，十六號病房的門半開著，他衝進去，妻子在旁邊站著，四個醫護人員正在搶救。他一把抓住妻子的手，妻子瞬間倒在了他的身上。他知道這個時候任何衝動都無濟於事，他扶著妻子，站在那兒，望著搶救中的女兒，呼吸機緊緊吸在女兒的鼻子和嘴上，那雙他熟悉的水汪汪的大眼睛，此刻緊緊閉著。他在心裡呼喚著女兒的名字，希望她突然醒過來。

時間如同拉長了的暗道，無始無終，他的眼光一刻也沒有離開女兒的臉龐，可是女兒沒有任何反應。不知過了多長時間，主治醫生停止了搶救，直起身子，看著他和妻子，說聲：「對不起。」

他忍著巨大的悲痛，緊緊抱著妻子，對醫護人員說了聲：「謝謝！」主治醫生後退一步，所有參與搶救的醫護人員，跟著後退一步，他們向女兒深深鞠了一躬，然後依次退出病房。

就在這一瞬間，妻子發出淒慘的叫聲，掙脫他的雙手，撲向女兒。幾乎同時，他一把拽住妻子，再一次緊緊抱住她，強忍著淚水，說：「讓華嚴靜靜地走吧。」

妻子聽到這句話，停止了掙扎，卻突然回過身來，悲傷地看著他，問：「你為什麼這個時候才來？」

他摟住她，內疚地說：「對不起，對不起！」

他拉過病房裡唯一一把椅子，讓妻子坐下，他站在妻子的身邊，說：「讓我們陪女兒一會兒吧。」

他們就這麼無聲無息地坐著，似乎世界在這一刻全部消失，他們進入了一個永無止境的空洞。這些天來，他看過太多的生離死別，見過太多慘不忍睹的場面，想不到這種難以承受的悲慘，突然來到了他們面前。在一場巨大的災難面前，人變得那麼渺小，如一粒塵埃，飄盪在茫茫宇宙，不知道因為什麼，會被狂風吹散，或被冰雹擊落，或被雨水吸食，從此消失在無邊無際的時空裡，似乎逝者從來就沒有在這個世間存在過，即使在親人的心中，也變成了無法重播的記憶。

待妻子平靜下來，他掏出手機，準備給永諦寺的老和尚打個電話，向他老人家報告這個不幸的消息，請老和尚為女兒誦經送行，可是，當他掏出手機時，電話響了，他一看，是老和尚打來的，他急忙接起來，喊了一句師父，就淚如雨下。

老和尚說：「節哀！華嚴在替眾生承受苦難，是在行菩薩道。老衲為她送行。」

老和尚又說：「慈悲是通向光明的唯一路徑，華嚴做到了，問心無愧。」

老和尚的話，給了他和妻子極大的安慰。

放下老和尚的電話，他們再次靜靜地面對女兒。時間的流逝，在這一刻停止了，萬籟俱寂的夜色，像一塊巨大的布幕，蓋住了整個世界，讓他們忘掉了自己的存在，躺在病床上的女兒，像春天花叢中熟睡的嬰兒，與天地融為一體。

當他終於恢復了知覺，對妻子說：「出去辦理手續吧，我們一起送女兒離開，把病床儘快讓給其他患者。」

妻子起身出了病房，去辦理死者親屬簽字手續，女兒馬上會被送到太平間，等待殯儀館火化車輛的到來。

他沒有坐下，依然站著，他深深地看了女兒一眼，向跟隨自己二十五年的至親至愛，做最後的道別。防護鏡和呼吸機的長時間使用，給女兒的面容留下了傷痕，那雙已經永遠不可能睜開的眼睛，也顯得有些浮腫，但女兒那張秀麗的臉龐，依然端莊整潔，神情平和，就像許多年來他一直看到的睡姿。

他深情地看著女兒，緩緩地說：「此去路上，沒有爸爸媽媽陪伴，但爸爸知道你是一個勇敢的孩子，遇到任何險境，不要恐懼，那只是夢幻，是自己的心識所顯，想著爸爸媽媽，想著永諦寺的老和尚，我們的心一刻也沒有離開你！爸爸媽媽的心、爺爺奶奶的心、姥爺姥姥的心，和許多愛你的人的心，就是那無垠天空中閃爍的星星，那是一盞盞不會熄滅的天燈，會照著你前行，到達你想去的地方。」

他說完了，心裡好受了一些。他不知道自己為什麼要說這些話，但他知道，這是最後一次與女兒面對面說話，以後只能在心裡與女兒對話了，所以，他無法抑制自己的悲傷，他必須對女兒說出心裡想說的話。

他又說：「爸爸答應你，下一世要你再做爸爸媽媽的女兒。」

他終於疲憊不堪，周身一點氣力也沒有了，重重的倒在椅子上。

一會兒，妻子進來，抓住他的手。隨後，工作人員拿著裝遺體的袋子進來了，他們一起面對女兒，做最後的訣別。

把女兒送到太平間離開時，他對妻子說：「不要把女兒去世的消息告訴任何人，不要發朋友圈，不要再給悲慘的親人和朋友，增添哪怕一絲的傷感，人們承受的太多了。爺爺奶奶、姥爺姥姥知道了，不知道他們怎樣接受這樣的事實。在她的房間，擺上她的照片，放上一束花，等疫情稍微緩解一些，我們回家後好好陪陪女兒。」

說完，他上前給妻子一個緊緊的擁抱，然後轉身返回工作崗位。兩個小時後，妻子發來一條資訊，說女兒的男朋友，下班後趕來，在太平間與女兒告別，可是，因為她正在搶救一位病人，沒有見著。

他一時發懵，回了三個哭的表情。

按照他的交代，妻子說通了醫院的領導，沒有在網上發佈女兒去世的訃告，她也沒有向任何人透露女兒離世的資訊。

可是，兩天後，女兒離世的消息，還是被同事洩露了。一位名叫溪流浪花的網友，發了一條微博，說：

我的同學，二十五歲的華嚴醫生，在抗疫第一線因感染新冠肺炎，於兩天前凌晨三點三十二分不幸犧牲。她的爸爸媽媽都是醫生，一家三口同時衝在抗疫的最前線。華嚴是我讀武漢大學醫學院時的同室好友，她真的是一位天使，同學四年，我沒有見她和誰紅過臉。在一次櫻花詩會上，她說，魯迅棄醫從文，是為了搭救人的靈魂，我沒有魯迅的勇氣和才華，那就讓我在行醫中，好好對待每一位患者，像盛開的櫻花那樣，不是為了顯示自己潔白，而是為了證明人間的春天。她說到做到了，新冠肺炎疫情爆發時，她在北京一家醫院從事公派交流活動，時間還有半年，可她逆勢而行，在封城前一個小時，趕回了江城醫院，一直忙碌不停，不幸感染去世。她曾說，她是醫生，病人在哪裡，哪裡就是她應該去的地方。她實踐了她的諾言，她沒有辜負母校的培養，沒有辜負老師的教育，沒有辜負醫生這個救死扶傷的職業。

在這個悲痛的時刻，我和我的同學們不知道該做什麼，她的爸爸媽媽，依然在醫院高強度的前沿陣地救治患者，我們的任何讚美和安慰，都顯得多餘。華嚴曾經告訴我，小時候她去老家，爺爺指著天上的星星對她說，每一顆星星都是天燈，它是為黑暗中的人間照亮的。她問爺爺，沒有星星的夜晚呢？爺爺說，星星仍然在天上，只不過被雲層遮住了，怕黑的人只要等著，雲層一定會退去，星星一定會出來。她問爺爺，為什麼呢？爺爺說，因為天燈從來都不會熄滅。就讓我們在心裡撥開雲層，露出天燈，為她送行。我想天使應該回到天上，請她休息好了再來人間，下一世我們還做同學，還做閨蜜。

溪流浪花的微博，被大量轉發，感動了無數的人。引起了媒體的高度關注，但他拒絕採訪，經院長反覆勸說，說只要他說幾句話就可以了，這是對關心他以及全體醫護人員的人們一個交代。這樣，他才同意接受採訪，可他面對多家媒體鏡頭時，只說了兩句話，他說：「華嚴是我的女兒，不是什麼英雄，只是職業的使然，如果死亡可以替代，我願意替女兒去死。」他又說，「我的病人需要我，我要去照顧他們，這也是我女兒的心願。謝謝大家理解！」

說完，他轉身離去……

他從恍惚中清醒過來，知道自己下意識扶住了門框，才沒有跌倒。怎麼會是女兒呢？女兒已經走了四天了，她的骨灰還在殯儀館放著，他還沒有來得及回家，在女兒的照片前坐一坐。

他掙扎著直起身子，鼓足力氣，向前挪了兩步，再一次看了一眼床頭上的病號牌，突然他的身體像受到猛烈一擊，腦子在一瞬間想起了一個名字，他急忙掏出手機，翻到女兒的留言，看到「他叫周道心」幾個字，他一驚，身子又一次差點跌倒，他急忙扶住床頭，腦子裡一時短路，他不知道自己在什麼地方，猛然他覺得被解體了，他看見自己變成碎塊，在空中散落。

許久，他才穩住了自己的情緒，向亡者的遺體三鞠躬後，說：「我比您小，就叫你一聲哥哥吧！請原諒道心不能及時來送行，我就代表他向您說一聲：對不起！願哥哥一路走好！」

說完，他又深深鞠了一躬，然後走出病房，輕輕掩上了門。

到了值班室，他向值班護士交代了一聲，便回臨時住處休息了。

短暫的休息之後，他又參與了一個危重病人的搶救。當他從病房裡出來，隨便問了一句值班護士：「七十五床的家屬來過了嗎？」

護士翻開值班記錄，看了一眼，說：「一個小時前。」

他無意之中看見了簽名，儘管不是十分清晰，但他還是看清楚了，簽名的人叫周道心。儘管在他的意料之中，他還是打了一個寒顫，有些站立不穩，護士一把扶住了他，問：「華主任，怎麼了？」

他搖搖頭，表示無大礙。護士扶他坐在椅子上，給他倒了一杯溫水，他喝了一口，說：「沒事，就是有些疲勞，過一會就緩過來了。」

護士見他沒什麼事了，就忙去了。

他坐在那裡暫緩一口氣。作為醫生，他見慣了生離死別，對於每個人而言，死亡是必然的，但生命的誕生，絕不是為了死亡，而是為了向生，是為了活得更好。可是，突然而至的災難，將死亡的悲劇變作了一種惡意的遊戲，兒子哭喊著送走母親，卻不能在離別的一刻，看親人最後一眼，接著，他又要送走父親，可他連站起來的力氣也沒有了，因為他也被感染了。在隔離中，他既無法去殯儀館領回母親的骨灰盒，更不能照顧父親最後的離別。隨後他也去了，臨終前，他只能用手機告訴在家裡自行隔離的妻子，鼓勵她無論如何也要挺住，躲過這一劫後，把肚子裡的孩子生下來撫養成人。他說他沒有盡到兒子、丈夫和父親的責任，感到萬分內疚。

像這樣只有傳說中才有的淒慘故事，卻以各種版本，在當下不斷地上演。災難在這個寒冷的冬季，將生離死別的悲愴，壓縮在一個萬家團圓的時刻，像一條寒風中冰凍的江河，白茫茫一片，人們再悲慟的呼喊，瞬間便消失在死亡的冰冷中。

可是，生者的苦難並沒有結束，他們懷著對逝去親人的思念，面對生活留給他們的殘局，還要尋找未來的希望，沒有一個人能迅速康復災難帶給他們的創傷，他不知道人世間還有比這樣的場景更為悲慘的事情嗎？

病房裡，過道裡，同事們一個又一個過往匆匆，神色凝重，這兒不是平時的醫院，而是與死神爭奪時間的戰場。他站起來，走向又一個病房，他知道，一個接一個病人，等待著生的希望，即使最終無法留住他們的生命，至少給他們臨終前一個安慰。

大批醫療支援團隊，先後到達江城，緩解了醫院的壓力，降低了醫務人員的工作強度。他終於可以回家一趟了，他想在女兒的房間坐坐，感受一下女兒留在那兒不曾散去的氣息。

回到家裡，他沖了一個熱水澡，換上一身乾淨的衣服，然後來到女兒的房門前，輕輕敲了兩下，那是他每次進女兒房間必有的動作，女兒早就熟悉了他的敲門聲，總會在第一時間，拉開門迎接他。可是，這次卻沒有聽到女兒的回應，儘管他知道，永遠不會再看到那個熟悉的身影了，可他還是在房門前停了幾秒鐘，他希望奇蹟發生，即使幻覺也是求之不得的。可是，一切如同空無，整個世界似乎進入了無人的荒漠，就連社區封閉在家的人們，也沒有了任何動靜，樓上樓下、房前屋後，一片寂靜。

他輕輕推開女兒的房門，站在進門的書架前，看著屋裡熟悉的一切：床邊的梳粧檯上左邊的花瓶裡，插著幾支白色的乾燥櫻花，右邊整齊地擺放著女兒喜歡的護膚品，中間相框裡那張女兒大學時的照片，是她大四那年的春天，在武漢大學的櫻園拍攝的。雪白一片的櫻花大道，像一條永無窮盡的長詩，融入了早晨的朝霞。女兒那張美麗的臉龐，和那雙水靈靈的大眼睛，與潔白的櫻花融為一體，構成一幅美輪美奐的圖景。

這張照片是他在學校的櫻花節上，用傻瓜相機給女兒拍攝的，想不到效果出奇的好，他親自去照相館放大洗出來，他還給這張照片起了一個「青春如是」的名字。

他當時對女兒說：「記住，這張照片的版權屬於爸爸，當你成為一個八十歲的老太太時，再拿出來公開發表，照片署名：我的老爸。」

女兒說：「一定，不過我有一個請求，你必須陪著我，這張照片才有意義。」

他說：「如果那樣，爸爸已經過百歲了，路都走不動了。」

女兒說：「我扶著你走呀！一個八十歲滿頭白髮的老太太，挽著一個鬍子眉毛都白了的老頭子的手臂，再去母校，站在櫻花樹下，手裡拿著這張照片，那時的年輕學子，一定會認為，這對夫妻浪漫了一輩子，多麼富有詩意啊！」

妻子在一旁聽不下去了，說：「你們這是等不到下一世了嗎？」

女兒大笑著說：「媽媽吃醋了！」說完三個人同時笑起來。

女兒的話，猶在耳邊，可當他今天再見到這張照片時，與女兒卻陰陽兩隔，他不知道老天為什麼如此殘酷，將一個無辜的家庭，瞬間推入絕望的萬丈深淵？他向前走了兩步，坐在女兒的床上，望著女兒的照片發呆，他想這樣靜靜地坐一會，以平復難以抑制的情緒。就在這時，手機的資訊提示突然響了一聲，他從口袋裡掏出來，慢慢打開，看到一個陌生電話號碼，發來的一條簡訊：

爸爸，請允許我第一次也是最後一次這樣稱呼您，當您看到這則留言時，我已經離開了這個世界。我拜託我的朋友，在我去世之後，再轉發給您。這個時候，醫生在與死神爭奪時間，我不能打擾您，何況，多少人來不及告別，就連我也沒有能在華嚴染病時去看她，最後一眼居然是在太平間相見。本來準備春節過後，華嚴從北京回來，就帶我去拜見您和媽媽，我們已經商量好了，秋天結婚。可是，突然的疫情，改變了一切。華嚴走了，走得那樣猝不及防，天地不仁，以萬物為芻狗，它就這樣殘酷的，在刺骨的春寒中，帶走了我未來的新娘，接著，帶走了我的父親。在這場殘酷的災難中，無數的人們痛不欲生，死亡似乎成為了人們告別痛苦的方式。我不怕死亡，我也要走了，可以去看望早逝的母親和剛剛逝去的父親，也可以去見華嚴了，請爸爸放心，我一定會替您照顧好華嚴，在那個世界裡，不讓她受到任何傷害。

感謝爸爸，在我父親最後的生命關口，給與他的深切關懷！那天見到您，本來想和您說一聲，可是時間不允許，好在我在生前畢竟見過您一面。

爸爸，我要走了，但我還是要說一句對不起！我沒能實現華嚴的囑託，代替她給您和媽媽盡孝，我見到華嚴時，一定會向她深深的道歉。

最後，請求爸爸媽媽，疫情結束後，如果可能的話，把我與華嚴葬在一起，這樣，我會永遠看護著她。也請爸爸在晴朗的夜空，為我們舉行一場婚禮。華嚴曾說，她給爸爸說過，讓爸爸在她的婚禮中，重現當年爸爸向媽媽表白愛情的儀式，她說：讓那些高高升起的天燈，見證我們的愛情，也為所有的人祝福。

爸爸，再見了！如果還有來世，請允許我再來做你的女婿。

道心

看完這條簡訊，他難以置信。他急忙打開道心任職的那家醫院的網站，在網頁的頭版，看到了一則訃告：

我院周道心副主任醫師，因在抗疫第一線連續工作中，感染新冠肺炎病毒，隔離救治五天後病情突然惡化，經搶救無效，於二〇二〇年二月十三日凌晨四點零一分不幸犧牲，終年廿九歲。

我院全體醫護人員和工作人員，對周道心醫生犧牲表示沉痛的哀悼！並向周道心醫生的親屬表示最誠摯的慰問。

這則消息，證實了剛收到的簡訊。突然之間，他覺得這個世界太不真實，眼前發生的一切，像有人故意編織的謊言，企圖矇騙驚慌中的人們，讓他們在絕望中感受死亡的恐懼。他像一個僵硬的雕塑，完全進入麻木的狀態。此刻，悲痛像一艘海底千年的沉船，變成了固化的遺物，泛不起任何波浪。

不知過了多久，他倒在女兒的床上睡著了……

睡夢中，一輪皎潔明亮的圓月，普照在寬闊的長江之上，渾濁的江流，變得像滾動的鐵水，發出炙熱的黃色霧氣，在水流的表面，營造出一條流動的無形航道，一艘巨大的遊輪，不是行走在江水裡，而是漂行在江水的霧氣上。郵輪的甲板上和頂上，站滿了他和妻子的同學，以及華嚴的同學。在一曲舒緩的音樂聲中，人們將一百九十九朵造型如玫瑰花的天燈，放飛天空。皓月當空的夜色中，無數顆閃爍的星星，將夜空變成一塊巨大的螢幕，一百九十九個放飛的天燈，如同一個個特寫鏡頭，從長江的上空飄過，與星星一起，將長江的水流，染得星星點點，通亮一片。接著它們不斷升騰，最終與天上的星星匯合，融入了燦爛的銀河。人們在靜默中，望著無邊無際的夜空，眼中溢滿了淚水。

他實現了對華嚴的承諾，也給了道心一個交代。他相信，天上的華嚴和道心，以及所有在這場災難中逝去的人們，都會收下他們的祝福。他在心裡告訴女兒，天燈不僅在天上，而且也照耀著地下，正如她小時候爺爺告訴她那樣，每一個星星，都是一盞永不熄滅的天燈，它在黑暗的夜裡，為地上的人們照亮。

黎明一定會來的。

第二章 天倫

一、天眼

明兒趴在窗台上，從兩片樹葉的中間，看見了月亮，可是看到的月亮不是圓的，也不是月牙兒，形狀像人的眼睛，很大的一隻眼睛，很亮很亮，眼睛的上下泛著虛光，像人的眼睫毛，明兒覺得它就是姥爺說的天眼。明兒心裡升起期望，真的有天眼嗎？姥爺說有，那一定會有。天眼能帶來爸爸媽媽的消息嗎？姥爺對明兒說過，天有天眼，能看到人間的一切，壞人做壞事多了，上天就讓他倒楣；好人做好事，上天也看著，會讓好人實現自己的願望。明兒想，這個如果是天眼的話，就一定能告訴爸爸媽媽在哪兒。他想問姥爺，可姥爺睡著很久了，怎麼也叫不醒。

姥爺說過，人也會開天眼，開了天眼，坐在家裡不動，就知道很遠地方的事。姥爺告訴他，等姥爺天眼開了，姥爺就會告訴自己爸爸媽媽在哪裡，也可以給明兒帶來他想要的東西。

明兒盼著這一天。

明兒家住在三樓，窗子下面的樹長大了，樹葉有時會遮住太陽的光，也會遮住月亮的光。這棵樹叫什麼名字，明兒不知道，他沒有問過爸爸，沒有問過媽媽，也沒有問過姥爺。這棵樹冬天也不落葉，樹葉一直是綠色的，樹葉也很大，比梧桐樹的葉子長。這會兒避過樹葉向天上看，天空藍得像海水。

明兒沒有見過大海，但在電視上看到過，那是一望無邊的藍色。昨天晚上和今天白天，下了很大的雪，地上樹上屋頂上都是白的。這會兒的天空，藍得看不到邊，月亮格外的亮，只是樹葉太大，不能看清月亮的樣子。可是，明兒喜歡這時月亮的樣子，它真的像人的眼睛，大大的，閃閃發光，明兒覺得天眼就在跟前，也好像在天上，明兒還覺得，天眼在和他打招呼。

天剛黑下來的時候，明兒望望窗戶，窗簾沒有拉，房子裡有月光的影子，可姥爺躺在那兒的樣子，看不清了。明兒從櫃子裡用了很大力氣，才抽出姥爺平時最喜歡的那條毛毯。這條毛毯，是爸爸去新疆出差時給姥爺買的，姥爺嫌爸爸花錢了，爸爸高興地告訴姥爺，現今沒有人願意蓋毛毯了，賣不出去，廠家清倉，很便宜，一折的價格就買到了，才一百來塊錢，是最高級的羊毛做的，很暖和。姥爺用了，確實暖和，所以，姥爺感到冷的時候，就在被子上加上這條毛毯。今天下雪了，所以，姥爺一定很冷，他得給姥爺蓋上毛毯。

他扯過毛毯的一邊，先把姥爺的上半身蓋起來，然後繞到姥爺身子的另一邊，把另半截毛毯扯過來，蓋住了姥爺的下半身。他特意摸了摸姥爺的腳，姥爺的腳是涼的，姥爺平時怕冷，特別是他的腳怕冷，姥爺的腳受涼了，姥爺就會感冒，打噴嚏，接著就會頭痛。明兒知道這一點，所以，他兩隻手一起用力，把姥爺的一隻腳抬起來，放在自己腿上，然後把毛毯墊在姥爺腳下面，再放下姥爺的腳，接著，他又用力抬起姥爺另一隻腳，把另一邊的毛毯也墊在了姥爺的腳下，這樣，就把姥爺的兩隻腳包得很嚴實，他想姥爺的腳，一定不會受涼了。做完這些，明兒在黑暗裡站了一會，模模糊糊能看見房間裡的樣子，明兒低下頭，看看姥爺，姥爺還是睡著，兩隻眼睛閉得緊緊的，一點醒來的意思也沒有。

姥爺睡了很長時間了，明兒說不清多長時間，總之天黑了，天又亮了，接著天又黑了，明兒做夢醒來，天又亮了，這樣好幾次了，姥爺就這麼睡著，一直沒有醒來。中間有幾次，明兒抓住姥爺的胳膊，用力搖晃，嘴裡不停地喊叫，想叫姥爺醒來給他做飯，有一次他肚子實在太餓了，可是喊了很久，姥爺沒有動靜，明兒只好不搖了，去廚房的案板上，拿了塊乾饃，吃了半個，又到水龍頭上，接了一杯水，一口氣喝下去，肚子才不餓了。

姥爺不醒來，他沒有別的辦法，只有等著。姥爺反覆叮嚀過，房門是不能打開的，屋外有病毒，全樓的人都不能隨便出門。白天，他從窗戶上看過去，社區的門口，有戴紅袖章的幾個叔叔，在大雪裡來回走動，一輛車也不讓進。有時會有一兩個人進來，但都要彎腰寫什麼東西，很久才會放進來，過不了多久，進來的人就會出去。

姥爺給他說過，進來的人，都是國家派他們做事的，沒有事的人隨便不准進出，因為病毒無孔不入，而且人們看不見，只有關在家裡不出門，才不會被病毒染上。姥爺還告訴他，大街上也有病毒，商店裡也有病毒，滿世界都有病毒，出去會被病毒抓住，再也回不來了。所以，只能等病毒全部消失之後，人們才能出去。明兒問姥爺：「病毒什麼時候消失？」姥爺說：「許多穿白大褂的叔叔阿姨們，正在努力消滅病毒，多長時間還不知道。」

這個時候，明兒多麼希望爸爸媽媽在身邊。可是，很久沒有見過爸爸媽媽了。

十天前，爸爸來電話，要明兒接，明兒不高興，就不願意接，是姥爺把明兒拽過來，然後把手機遞給了明兒，電話裡爸爸說：「明兒是個小小男子漢，爸爸要到很遠的地方去工作，以後在家裡你要照顧好姥爺和媽媽。」

明兒有些不情願地說：「說好了的，值班完回來陪我過年，帶我去玩蹦極，可你說話不算數。」

爸爸說：「這次是爸爸的不對，實在遇到大事了，爸爸也沒有辦法。明兒能原諒爸爸嗎？」

明兒噘著嘴說：「你什麼時候回來陪我去蹦極？」

爸爸說：「我要到很遠的地方工作，一時半會回不去。」

明兒不依不饒說：「那我不原諒爸爸。」

那邊爸爸停了一會，說：「爸爸真的不對，但這不是爸爸的錯，爸爸要聽領導的，正如你現在要聽姥爺的話，上學了要聽老師的話。」

明兒說：「有時可以不聽。」

爸爸說：「但這次爸爸必須得聽領導的。」

明兒說：「我都一個月沒有見過你了，商量一下不行嗎？」

「事情急，車馬上就要開了，時間來不及。」爸爸又說，「過段時間，媽媽回去看你，媽媽回去了，不就等於我回去了嗎？」

明兒說：「不一樣，媽媽是媽媽，爸爸是爸爸。」

爸爸喘著氣，明兒能聽見，爸爸又停了一會，說：「明兒，乖兒子，爸爸一定要聽你一句原諒爸爸的話，不然爸爸到很遠的地方工作，心裡難過。」

爸爸的聲音有些哭腔，可明兒不為所動，爸爸多次給他說過，男子漢不能輕易流淚，說話的聲音要有氣勢，可這會兒爸爸怎麼了？男人的樣子沒有了。明兒心裡忽然有些看不起爸爸，那個過去在明兒面前，表現得強氣的爸爸不見了，所以明兒拿著手機不說話了。

這時，媽媽的聲音傳來了，說：「明兒，媽媽替爸爸給你道歉，過了這段時間，媽媽帶你去玩。這會兒給爸爸說聲原諒他，爸爸出遠門，他需要明兒的祝福。」

明兒聽出來了，媽媽的聲音有些低沉顫抖，他從沒有見過媽媽這樣。他想，看在媽媽的面子上，給爸爸說一聲吧。他對著手機，不情願地說：「爸爸，我原諒你。」

電話那邊，爸爸帶著哭腔，說：「謝謝明兒，兒子，再見了。」

明兒沒有說話，把手機遞給了姥爺。明兒在旁邊聽到爸爸對姥爺說：「爸爸，對不起，不能為你老人家養老送終，還要讓你為明兒操心。這些年，明兒大部分時間是你帶的。爸爸，女婿欠你太多，來世再還吧。」

明兒聽不懂爸爸說的來世，只聽見姥爺說：「說什麼哩？你和雲渺能把我從老家接到這兒來，和你們一起生活，就是盡了最大的孝心。不然我一個孤寡老頭，哪天死了都不知道怎麼死的。」

雲渺是媽媽的名字。

爸爸說：「雲渺好了就回去，就讓她替我照顧你老人家的晚年吧。在我是孤兒的時候，是你收留了我，還供我上大學，又高高興興把雲渺嫁給我，這輩子的恩德難以報答。」

姥爺說：「小時候只不過多了一隻碗和一雙筷子，上大學的錢是你自己掙的，爸爸只是照顧著你們長大。不說這些了，我們爺們的情分是天註定的。」

爸爸說：「明兒是男孩，雖然還小，但他比較懂事，你不要太為他操心。」

姥爺說：「你放心，有我在，就不會讓明兒受苦。」

爸爸最後說：「爸爸，再見了。」

姥爺說：「記住了，老輩人說，走的時候不要牽掛啥，就會到好地方去。」

說完，姥爺掛斷了電話，姥爺的眼睛裡淌出了淚水。明兒抽出一張餐巾紙，給姥爺擦了擦淚水。姥爺一把將明兒摟進懷裡，緊緊抱住。

當天夜裡，天很黑，沒有月亮，也沒有星星，外面好像是一個黑洞。明兒經常會在睡覺前，撩開窗簾，看看天上有沒有月亮和星星，猜想姥爺常常說的天眼，是不是睜著。今天沒有月亮和星星，天眼肯定是閉著的。

明兒撩開窗簾愣愣看了一會兒，就隨姥爺上床睡覺了。明兒沒有睡著，聽到了姥爺的歎氣聲。姥爺翻來覆去睡不著，幾次給明兒蓋被子，明兒一動不動，裝作睡著了，他怕姥爺看見他睡不著，心裡不高興。

迷迷糊糊中，明兒聽見了電話鈴聲。

姥爺打開房門，到廳裡接電話，明兒豎起耳朵，聽到媽媽對姥爺說：「善福走了，剛剛走的。」

善福是爸爸的名字。

姥爺問：「你送他了嗎？」

媽媽說：「直接裝進袋子裡拉走的，不讓家人送。」

明兒聽見媽媽的哭聲。

姥爺問：「你還好嗎？」

媽媽說：「我還在隔離，去社區看過一次，醫生給了藥，說沒有什麼大問題，只是隔離，不能隨便接觸人。」

姥爺問：「能吃上東西嗎？」

「廠裡沒有回家的工友送些，吃沒有問題。」

「照顧好自己，我和明兒等著你。」

「爸爸，我知道。」媽媽又問，「家裡吃的還有嗎？」

姥爺說：「你知道爸爸有個習慣，每到過年前，總要買好多東西，這是過去老家窮，養成的習慣。冰箱塞滿了，還買了些善福愛吃的烤饅頭，再吃上半個月二十天不成問題。」

媽媽說：「爸爸，你休息吧，都凌晨兩點了。」

姥爺說：「你也好好休息。」

說完，姥爺進了房間，屋子裡很黑，姥爺有不開燈的習慣，說經常開燈不但浪費電，還損傷燈管。姥爺摸索著鑽進被子，明兒感到了一陣冰涼的風。

又過了幾天，也是夜裡，姥爺把明兒從夢中搖醒，說媽媽來電話了，明兒接過電話，媽媽說：「明兒，爸爸生病了，媽媽要去照顧他，以後媽媽也就在那兒工作了。爸爸媽媽不在的時候，你要聽姥爺的話。」

明兒問：「媽媽，你不能帶著我嗎？我也想爸爸了。」

媽媽停了一會，明兒聽見媽媽的聲音有些抽泣，說：「爸爸媽媽工作的地方很遠，那裡很冷，規定不讓帶小孩。」

明兒說：「爸爸媽媽不要凍著了。」

媽媽說：「大人不怕冷。」

明兒心裡難受，但他還是忍住了，想了想，他問：「媽媽，我想你。你能不去那兒工作嗎？」

媽媽說：「媽媽也想明兒，可媽媽必須去工作，再說爸爸在那兒生病了，沒有人照顧。」

明兒想找到一個理由，就說：「可以把爸爸接回來，我可以給爸爸倒水、拿藥。」

媽媽說：「人家不讓，等你長大了，就明白了。」

明兒實在沒辦法了，只有說：「媽媽，我想你的時候，可以給你打電話嗎？」

媽媽說：「暫時不行，媽媽做工的地方，領導不讓打電話。」

明兒想想，低聲說：「媽媽，可以讓姥爺帶著我去看你嗎？」

媽媽說：「明兒，聽話。媽媽工作的地方保密，規定小孩子不能去。」

明兒有些絕望，但還是忍住了，不讓眼淚流下來，問媽媽：「姥爺可以去看你嗎？」

媽媽說：「姥爺要照顧你的，他不能出遠門。」

明兒說：「媽媽，只要家裡有吃的，我能照顧好自己，讓姥爺去看你，帶點好吃的給你，姥爺見到爸爸媽媽，回來告訴我就可以了。」

媽媽說：「過段時間，你就和姥爺商量吧。」

明兒點點頭，說：「媽媽，知道了，你路上要注意安全。」這是明兒常聽大人們說的話，明兒不知道再說什麼，只能用這句話給媽媽送行。

媽媽帶著哭腔，說：「明兒是個好孩子，爸爸媽媽愛你。明兒的話，媽媽記住了，路上一定注意安全。見到爸爸，媽媽會把明兒說的話告訴爸爸，爸爸聽了一定高興。」媽媽停了一會，說，「明兒，再見了。」

明兒的眼淚也流出來了，他不想讓媽媽知道，也不想讓姥爺看見，悄悄地從口袋裡摸出一張餐巾紙，擦了擦自己的眼淚，對媽媽說：「媽媽，再見。」

姥爺接過電話，媽媽說：「爸爸，你就原諒雲夢吧，我們不在了，她會照顧你的，我把要對她說的話，發到爸爸的手機上，到時候你讓雲夢看看，她一定會替我照顧好爸爸的。爸爸，如果你把雲夢的電話刪了，書櫃抽屜的小木盒裡的紙條上，寫著雲夢的號碼。爸爸，雲夢是你的好女兒，她只是一時走偏了路。」

雲夢是小姨的名字。

媽媽又說：「爸爸，善福是值班時染上病毒的，算是工傷，會有撫恤金，卡上的錢還能支撐三四個月房貸，買房時借的五萬塊錢和以後的房貸，我讓雲夢用善福的撫恤金處理。」

姥爺說：「知道了。」

過了很久，姥爺才放下電話……

明兒想起爸爸媽媽，忽然有些害怕，很久見不著爸爸媽媽了，姥爺也睡著了，好長時間沒有人和明兒說話了。他想打開電燈，只要燈亮了，屋裡就不會黑了，明兒的膽子就會大起來。可姥爺晚上很少開燈，上廁所都是摸黑去的。姥爺說：「省一分錢是一分錢，爸爸媽媽掙錢不容易。家裡住的房子，是借銀行的錢買的，得一點一點還給人家。」姥爺還說過：「明兒將來讀書得用錢，這錢哪兒來呢？除了爸爸媽媽掙，我們不掙錢的就要省。」他聽姥爺的，所以他不開燈。

可明兒實在憋得慌，就挪著步子，在月光的暗影裡，慢慢走到餐桌前，站了一會，又走了一步，然後趴在窗戶上向外看。他希望忽然之間，爸爸媽媽能在雪地裡出現，明兒隔著窗戶喊一聲，爸爸媽媽就會飛快跑上樓，他打開門，就會撲進媽媽的懷裡，那該多好呀。可明兒趴在窗戶上看了好久，一個人影也沒有。見不到爸爸媽媽，他產生了第二個想法，看到天眼多好呀。姥爺每天早上起床，不是先下床洗臉刷牙，而是坐在床上閉著眼睛坐很長時間，有一次他問姥爺，這樣坐著幹什麼？姥爺回答他說：「等天眼開呀。」明兒問媽媽，姥爺說的是真的嗎？媽媽笑著說：「媽媽回答不了，等你長大吧。」

明兒聽不明白，又問：「有天眼嗎？」

媽媽笑笑，說：「姥爺說有就有。」

明兒沒有從天眼裡，看到爸爸媽媽，有些失望。所以，明兒就想起了小姨，沒有看見小姨也很久了。媽媽在家的時候，他問媽媽，過年的時候能不能見到小姨？

媽媽說：「你想小姨了嗎？」明兒回答說：「想小姨了。」媽媽說：「有時間我帶話給小姨，讓她回來看看明兒。」

大人的事，明兒不懂。小姨對明兒很好，和爸爸媽媽姥爺一樣，每次回家，總給明兒買好吃的。明兒每天去幼稚園，或從幼稚園回來，都是姥爺接送，只有星期六的下午，小姨會來接，那是明兒最高興的時候，小姨不光給明兒帶好吃的，有時還會早早來，帶著明兒去公園裡玩，天黑回家。那時，爸爸媽媽也下班回家了。吃飯的時候，滿屋子都是笑聲，那時姥爺特別高興，他會說：「你看這一家人，團圓在一起，多麼好啊！」

可是有個星期六的下午，小姨沒有去幼稚園接明兒，姥爺接明兒時說：「小姨今天有事。」

明兒有點失望，他習慣了每週星期六見到小姨，小姨會帶他出去玩，小姨拉著明兒的手，常常被人誤認為明兒是小姨的兒子，有人問：「這是你的兒子嗎？」有時小姨說是外甥。有時小姨笑著反問：「像嗎？」被問的人一定會說：「太像了，長大一定是個帥小子！」聽到這樣的話，明兒心裡高興極了，不是因為人家說他長大了帥，而是小姨承認明兒是她的兒子。明兒高興有兩個媽媽，是多麼幸福的一件事。

但明兒心裡這麼想，卻從來沒有告訴過小姨，也沒有告訴過媽媽。

晚上，小姨回來得很晚。第二天下午，樓下的小廣場，社區組織節目演出，姥爺帶著明兒去看，爸爸沒事，就陪著一塊去看。只有媽媽和小姨留在屋子裡，小姨說她們有事。明兒看了一會兒節目，不是上了年紀的阿姨跳廣場舞，就是上了年紀的大爺滿嗓子吼，一點都不好看。明兒就趁姥爺和爸爸不注意，溜回了家，媽媽開了門，沒有搭理明兒，只管和小姨說話。明兒打開電視，電視裡正在播放動畫片《哪吒鬧海》，正是明兒愛看的。

明兒聽媽媽對小姨說：「這樣你甘心？」

小姨看看媽媽，說：「有什麼錯嗎？不就是跟他兩年，給他生個女兒，他給一套三百萬元的房子，再給兩百萬元的報酬，如果按年薪算，每年那是多少啊，不划算嗎？」

媽媽說：「他不就是看你年輕漂亮嗎？」

小姨說：「看上我年輕漂亮有錯嗎？」

媽媽說：「先不說能不能生個女兒，也不說爸爸能不能接受，就說兩年之後你怎麼生活？你怎麼面對自己？再說，你能捨得孩子嗎？」

小姨說：「姐，你放心。生女兒這個事，他說百分之百，可以通過現代科技手段干預，生男生女自己定。至於生下來的孩子，理所應當給人家，那是有約定的，現代社會是契約社會，捨得捨不得那是另一回事。」

媽媽看著小姨，沒說話。

小姨說：「姐，你根本不知道有錢人的任性。人家過的什麼生活呀，一頓野味宴，姐，你聽了嚇死你，爆炒羚羊肉、紅燒野豬蹄、清蒸猴腦，還有熊掌、雪雞，兩隻熊掌就幾十萬元，雪雞是專人坐飛機從青海送來的。那頓飯的成本整整花了一百萬。可打工的普通員工，一個月工資三四千撐死，不吃不喝三十年都不一定夠。」

小姨這麼說，媽媽的聲音低下來，說：「那也不能把自己當商品賣呀。」

小姨說：「姐，你說話都沒有底氣了，還勸我不要這樣做。」

媽媽說：「你會氣死爸爸的。」

小姨說：「姐，我不是說你跟姐夫過得不好。姐夫是一個很好的人，何況你們從小一起長大，青梅竹馬，是真正的愛情。可姐夫一月拿多少錢？五千多塊，你們兩個人加起來，一個月充其量也就八千塊錢，八十平米的房貸還二十年，首付還借了別人的，一個月除了一家人的生活費，還能剩幾塊錢？很快，明兒就要上學了，報幾個輔導班，學費你交得起嗎？爸爸萬一身體不好住院，我們能支撐得住嗎？」

媽媽沒有說話，小姨接著說：「我可不想過你們的日子。我想好了，就兩年，把孩子給他，自己有二百萬存款、一套三室兩廳的大房子，我還怕找不到人？找錢難，可找兩條腿的男人並不難。」

媽媽說：「不管你理由多充分，我心裡過不了這個坎，爸爸也不會同意。」

小姨說：「那我只好兩年不回家。」

媽媽不說話了，小姨說：「姐，你不要說我絕情，我雖然上的三流大學，但沒有你和姐夫支撐，我也沒法把文憑混下來。我多麼想報答你們，可我沒有能力，這件事辦了，至少明兒以後上學用錢，我可以包了。我這會兒絕情，是為了將來有能力盡心。」

媽媽說：「你說不通我，你自己決定吧，爸爸那兒你自己去說。」

小姨說：「姐，我知道你在為我考慮，但這件事沒有對錯，只有做還是不做。爸爸那裡，他問起來時你再說。」

那晚，明兒記得小姨睡得很早，第二天沒有吃早飯，小姨就要出門，姥爺說：「吃了飯再走。」

小姨說：「車在樓下等著，我們出去有事。」

姥爺不再說話，小姨鑽進明兒和姥爺住的房間，親了一口還躺在床上的明兒，說：「明兒好好吃飯，身體長得棒棒的，過一段時間小姨再來陪你玩。」

明兒抱住小姨的脖子，也親了小姨一口。

明兒不知道怎麼回事，小姨從此好像消失了，很久沒有見到小姨了。只是一次媽媽回家時，姥爺問起小姨，媽媽說了幾句話，姥爺氣得坐在椅子上發抖，半天吼了一句話：「你為什麼不早點告訴我！」

這件事過後，姥爺不再提起小姨，好像小姨根本沒有存在過。可是，這會兒明兒特別想小姨。

窗外的天空還是黑乎乎的，只有樹葉間的天眼是明亮的。明兒想，爸爸媽媽離得很遠，見不著，姥爺睡著好幾天了不醒來，明兒唯一可能見到的人是小姨。想著想著，明兒哭了。

明兒回到房間裡，又看了看姥爺，姥爺沒有半點要醒的樣子，依然睡得那樣沉。

明兒又感到肚子餓了，而且很餓，姥爺臨睡前，菜板上剩的那半個烤饅頭，明兒吃了兩次，已經吃完了。明兒想想，就摸到廚房的櫃子裡，拉出姥爺放在那兒的塑膠袋，他摸摸，只剩最後一個了。明兒拿出來，掰成兩半，然後把一半又掰成兩半，拿了其中一塊，因為太餓，幾口就吃進肚子裡了，沒有吃飽，可明兒不敢再吃了，明兒感到最近幾天，肚子特別愛餓，過一會就得吃，他不知道姥爺什麼時候醒來，所以他得省著吃。明兒照老辦法，踮起腳打開水龍頭，接了半碗水，喝進肚子裡，好像肚子就不餓了。

明兒小心翼翼把碗放進櫃子裡，然後回到姥爺身邊。他得守著姥爺，姥爺醒來的時候，一定會要水喝，接著會吃藥。明兒聽媽媽的話，這些天都是明兒給姥爺倒水取藥。姥爺喝完水吃完藥，會高興地在明兒頭上拍拍，說：「明兒真是一個好孩子。」明兒聽了姥爺的話，很高興，他猜想等見到媽媽，姥爺一定會把這些告訴媽媽，媽媽會說明兒長大了，是個小小男子漢。那樣爸爸也會高興。

明兒就這麼想著，坐了好一會兒，他有些睏，他想倒下睡一會，可他又怕姥爺突然醒來，見他睡著了不叫他，那樣姥爺就得自己倒水，自己拿藥，所以他得堅持不睡。

可是，明兒慢慢害怕起來，因為屋外的月亮不見了，從窗戶上望出去，天徹底黑了，屋子裡就顯得更黑。四周沒有一點聲響，靜得像到了一個黑洞裡，伸手看不見五指，姥爺的臉也看不見了，明兒感到只有自己一個人。他身上穿的是個小棉襖，還是媽媽離開時給他換的，平時覺得一點也不冷，可這會兒像有涼風從脖子後面灌進了身子裡，明兒明顯感到了渾身冰冷。儘管他好幾次，要姥爺給爸爸媽媽打電話，可姥爺說爸爸媽媽工作忙，沒有時間接電話，他試著撥過幾次，每次都無法接通。這會兒他想再試一試，看能不能和爸爸媽媽或小姨聯繫上。

他伸手從床頭櫃上，拿過姥爺的手機，翻開通訊錄名字，開始給媽媽打電話，連撥三次，總有一個聲音說：「電話已關機，請稍後再聯繫。」他試著給爸爸打，聽到的還是那個聲音。他確信爸爸媽媽工作忙，沒有辦法接自己的電話。最後他想給小姨打電話，可是怎麼也找不到小姨的電話號碼。過去明兒在姥爺的電話上，看到「雲夢」兩個字，就知道小姨來電話了，他會先接起電話，和小姨說幾句話，然後再把手機遞給姥爺。可是，這會兒怎麼也找不到小姨號碼，姥爺的電話裡存了就十幾個人，一看就清楚了，可就是沒有小姨的，那一定是姥爺刪掉了小姨。

明兒很失望，他不知道姥爺為什麼要把小姨的名字刪掉，可他不能怪姥爺。放下電話，明兒坐在那兒發呆，忽然覺得渾身冷，就把姥爺放在床頭上的棉衣，拉過來蓋在自己的腿上。這時，明兒想起媽媽曾給他說：「明兒，媽媽把家裡人的電話號碼，寫在這張紙上，放在抽屜裡，姥爺或者你，記不起的時候，可以拿出來看看。」

明兒一陣驚喜，跳下床，打開了燈，屋子裡嘩地亮起來，好像每個地方都放光，明兒的眼睛一時有些不適應，他站了一會，能看清楚了，就跑到外屋靠牆的書櫃前，拉開抽屜裡翻找。

明兒看見抽屜的一隻小木盒下面，壓了一張發黃的紙條，他抽出來一看，正是媽媽放在那兒的電話號碼，有爸爸的，有媽媽的，有姥爺的，最後一個是小姨的。明兒翻身跑回去，拿來姥爺的手機，照著那個電話號碼按了一遍，然後撥出去。明兒見號碼不停地閃動，他的心跟著閃動，不一會號碼接通了，那邊的手機響起鈴聲，是一個阿姨唱歌的聲音。響了三聲，還沒有人接，明兒有些心急，他生怕小姨換號了，所以，響著的鈴聲，對明兒來說，是比黑暗中的恐懼，更為可怕的事情，明兒拿手機的那隻手，開始發抖。

正在明兒不知道是繼續等待，還是要掛掉的時候，電話通了，電話裡喊：「爸爸」。明兒一聽，是小姨的聲音，他叫了一聲「小姨」，再也忍不住了，放聲大哭起來。那邊，小姨急了，反覆說：「明兒不急，明兒不急，什麼事快告訴小姨。」

明兒還是忍不住哭著，這些天的恐懼，一下子從身體裡向外溢，明兒的眼淚，像夏天的暴雨，不停地灑落。小姨喊著明兒，焦急地問：「姥爺呢？讓姥爺接電話。」

明兒知道小姨著急，終於忍住哭聲，說：「姥爺睡著好幾天了，沒有醒來。」

小姨接著問：「爸爸媽媽呢？」

明兒說：「到很遠的地方工作了，在姥爺睡覺前好幾天就走了。」

小姨又問：「爸爸媽媽來過電話嗎？」

明兒說：「他們的手機一直關機。」

那邊的小姨停了一下，接著說：「明兒，等著小姨，小姨馬上想辦法趕過去。」

明兒一聽小姨要趕過來，不知道說什麼好，握著手機不停地點頭。小姨又說：「小姨沒有趕過去之前，有什麼事就給小姨打電話。」

明兒又點點頭，說：「我想小姨。」

小姨說：「小姨一定很快趕過去。」

明兒放下電話，心裡想早一點見到小姨，就拿著手機，跑到了門後站著，他想在小姨敲門的時候，馬上打開門。

他站在門後，眼睛始終盯著門鎖的位置，站了一會，明兒順著牆溜了下去，他有些恍惚，並沒有開門，可他看見小姨進來了，後面還跟著爸爸媽媽，再後邊是姥爺。怎麼回事？姥爺不是睡著了嗎？怎麼會在外面？他正要去抓小姨的手，接他手的卻是媽媽，他正要撲進媽媽的懷裡，卻突然和爸爸媽媽、姥爺分開了，中間隔了一條河，他揚起手哭著喊媽媽，媽媽卻在河那邊喊明兒，河裡沒有渡輪，根本過不去，他轉過身，想向小姨求助，可轉身一看，身後是空的，什麼也沒有，他急得大聲喊小姨……

正在這個時候，他聽見敲門聲，一撲楞站起來，原來自己打盹睡著了。他急忙打開門，小姨喊一聲明兒，蹲下身子。明兒一驚，真的是小姨，儘管心裡想忍住，要當一個小男子漢，可是他看見小姨那一瞬間，「哇」地一聲大哭起來。

小姨把手裡提的包，放在地下，抱住他，拍拍他的背，連聲說：「明兒不怕，小姨來了；明兒不怕，小姨來了。」

明兒止住哭聲，小姨問：「姥爺呢？」

明兒說：「在房間裡。」

小姨拉著明兒，進了姥爺的房間。小姨打開房間裡的燈，立刻看見躺在床上的姥爺。小姨急促地蹲下身子，將一隻手放在姥爺的鼻子上，試了一下，又掰開姥爺的眼睛看了看，突然哭著說：「爸爸，雲夢來晚了。」

明兒沒有拉住小姨，小姨直接倒在了地上，大聲哭起來。明兒手足無措，他不知道小姨為什麼這樣大哭，明兒蹲下身子，拉住小姨的一隻手，跟著也哭了起來。

小姨見明兒也哭了起來，她終於止住哭聲，坐起來，拉住明兒的兩隻手，問：「爸爸媽媽離開多久了？」

明兒回答：「好多天了。」

小姨問：「爸爸媽媽走時沒有說什麼？」

明兒想起來，說：「媽媽好像說，有什麼留在姥爺的手機上。」

小姨急忙尋找姥爺的手機，明兒記得剛才在門口睡著時，手裡拿著手機，就跑出去找，跑到門口，看見手機掉在地上，他立即拾起來，跑過去遞給小姨。小姨接過手機，坐在姥爺的床沿上，翻了一會，看見一段留言，立刻淚如雨下。明兒不知道媽媽給小姨說了什麼，只見小姨看完手機，來不及擦眼淚，一把抱住了明兒，好久好久才放開。

小姨放開明兒後，問：「明兒肚子餓嗎？」

明兒本來不覺得餓，小姨一問，他突然想起來，好多天沒有吃過熱飯了，他點點頭，說：「餓！」

小姨從桌子上拿過剛才帶過來的包，從裡面掏出一個保溫桶，打開說：「小姨給你帶的肉絲麵，趁熱吃。」

小姨去廚房取了個碗，給明兒倒出來，整整一大碗。明兒吃了一口，味道香極了，就端起大碗大口吃起來。

小姨站在旁邊，不停地打電話，好像是和什麼人聯繫，說家裡有老人去世了，請他們來運走，還說不是因為新冠肺炎感染，是突發心臟病。

明兒吃完了，小姨的電話也打完了。小姨給明兒擦擦嘴，打開熱水器，把毛巾洗了洗，給明兒擦了擦臉，然後說：「明兒，今晚我們就睡在姥爺床下，陪著姥爺，不要讓姥爺孤單，明天上午，就會有人來把姥爺抬走。」

明兒問：「姥爺不再醒來了嗎？」

小姨的眼睛紅了，點點頭說：「姥爺再也醒不過來了。」

明兒聽了有些害怕，他不明白姥爺為什麼不再醒來。小姨看出她的害怕，上前又抱住他，說：「我們今晚好好陪陪姥爺。」

明兒點點頭。

小姨去爸爸媽媽的房間，拿過來褥子和被子，又在地上鋪了些報紙，把褥子和床單鋪上，明兒就和小姨躺在了姥爺的床前。

很快，明兒就睡了……

夢中小姨抱住了明兒，小姨的懷裡很暖和，就像很久之前躺在媽媽的懷抱裡一樣。小姨抱得太緊，明兒有些喘不過氣來，但明兒希望小姨永遠抱著他。過了一會，明兒對小姨，說：「小姨，從今往後，不離開明兒行嗎？」

小姨點點頭，忽然說：「明兒叫小姨媽媽好嗎？」

明兒用力點點頭，湊上去在小姨的臉上親了一口，叫一聲：「媽媽！」

小姨又一把摟住明兒，緊緊抱在懷裡，明兒感到舒服極了，小姨的懷裡像一團火，明兒很快感到身上暖和極了，好多天的陰冷被趕走了。慢慢地，明兒在小姨的懷裡睡著了，在夢裡，明兒趴在窗台上，從兩片樹葉之間的天眼裡，看到了紅紅的雲彩，他知道天亮了，今天是個星期六，小姨會帶他到公園裡去玩……

二、天水

善福和爸爸李天倫、兒子明兒，通過電話後不久，就陷入了昏迷。雲渺帶著口罩，穿著塑膠雨衣改做的防護服，坐在床前，陪著善福，度過生命的最後時刻。夜死一樣的沉寂，窗外一片漆黑，聽不見任何動靜，更看不見任何物象，路燈晚上十一點就關閉了，偌大的廠區，此刻就像萬里荒原上的無人區，沒有了任何生命的跡象。雲渺看著善福已經發白的臉色，和偶爾急促的喘氣聲，袖手無策，只能痛苦地看著自己的親人，像乾枯的油燈，一點點燃盡，最終熄滅。

年前雲渺和善福說好了，等善福春節值完班，他們回家和爸爸一起，帶著明兒，找個地方輕鬆幾天。這些年爸爸帶著明兒辛苦，他倆也很忙，從沒有真正休息過。可是誰曾想到，善福值班交接過程後，覺得身體有些發熱，以為感冒了，沒有當回事，想不到睡到半夜零點醒來，感到渾身無力，胸口有些發悶，加之這幾天新冠病毒肺炎，鬧得人心惶惶，他倆不敢怠慢，趕緊下樓到社區門診，敲開值班醫生的門，一測體溫，三十八度，醫生慌神了，說：「你很可能感染上病毒了，社區沒有條件治，得趕快去醫院，」

好在善福值班，廠裡給春節值班的人，每個人發了十個口罩，善福拿回住的地方，根本就沒有帶。因為廠裡除了守大門的，每個車間有人值班，他一個人在廠部守電話，用不著戴口罩。這時正可以應急。他倆回到住處，戴好口罩，就出廠裡的大門，攔了一輛計程車，請司機帶他們到醫院，上了車司機說：「今晚拉了幾個人了，可沒有一個住上院的，各大醫院已經人滿為患。」

不等司機說完，雲渺說：「那也得試試，總比等有點希望。」雲渺在說這話時，聲音已經哽咽。司機搖搖頭說，我太瞭解情況了，只能試試。

於是，他倆先從就近的醫院開始，在三個小時內，換了四輛計程車，走了七家醫院，沒有一家可以收治，醫院門診看病的人，排成了長龍，人滿為患，似乎整個江城醫院，陷入一片混亂。凌晨五點鐘，他們在無望中，返回住處。稍微閉了下眼，就七點半了，雲渺趕緊起床，給善福沖了一杯芝麻糊喝了，她自己來不及吃飯，又趕到社區門診想辦法。這時的社區門診，也已經擠滿了諮詢、看診、買藥的人，診所的門口，貼了一張佈告，說今天上午十點，江城關閉所有離漢通道，市內交通還在運行，人們紛紛說，這等於封城了。雲渺一下子愣了，她從沒有想過會有如此嚴重的事情發生。這些天，儘管有些傳言，但放假前廠裡繼續生產，沒有感到有啥大的異樣，想不到說來就來了。

等了半個小時，終於輪到雲渺，雲渺就把昨晚找醫院的經歷說了一遍，哭訴：「實在沒有辦法了。」

醫生說：「沒有啥好辦法，社區門診不能檢測，暫時居家隔離吧。」醫生開了退燒藥，交代多喝水，等醫院有可能接收時再入院治療。醫生還交代，做好防護，以免自己也被感染。

雲渺回到住處，給善福吃了退燒藥，讓他躺著休息，自己則到門口的超市，買了一些菜和糧食，想著堅持一段時間，等待情況好轉。想不到這一堅持，等來的是善福病情突然加重。雲渺給廠裡值班室打電話，找了所有可能認識的人，人們都表示同情，但愛莫能助。廠領導回答說：「國家的大批醫療救援還沒有到，所有醫院人滿為患，根本無法收治突然爆發的病人，一部分患者只能暫時自救，等到國家組織的醫療隊到了，火神山、雷神山醫院建好了，才能最大程度地收治感染的病人。」

面對這種狀態，善福只能在雲渺的陪同下，待在廠裡住的宿舍裡，等待可能出現的轉機。為了不讓爸爸擔心，他們一直瞞著老人，只告訴爸爸，說廠裡人手少，延長了值班時間，得等等才能輪休。

儘管老人告訴善福和雲渺，說：「我帶明兒，沒有啥事，吃的喝的準備的不少，足夠挺一段時間的，你們值完班再回來吧。」

善福和雲渺分明從爸爸的口氣裡，明顯感到了不安，因為政府已經宣佈封城了，這是人人知道的事，工廠何時開工，成了一個未知數，爸爸還能聽不出來他們的話是安慰嗎？雲渺只有勸告爸爸說：「按政府的要求，不要出門，有什麼急事給我們打電話。」

在焦急地等待中，時間一天一天過去，過去忙慣了，隔離在房子裡卻無所事事，閑得人幾乎發瘋，用度日如年來形容，一點都不為過。善福的病情卻沒有好轉的跡象。反而越來越嚴重了，昨晚，善福感到不行了，半夜時分，他在黑暗中喊：「雲渺，你在嗎？」

善福睡在房間的東頭，雲渺則在靠北的牆邊，打了個地鋪，他們之間相隔也不過三米，雲渺根本就睡不踏實，善福輕輕地一喊，雲渺就醒了，她回答：「想喝水嗎？」

善福在黑暗中回覆：「我想看看你。」

雲渺聽了一驚，她知道善福可能自感不行了，不然不會深更半夜這麼說的。雲渺爬起來，打開燈，站在離善福一米五遠的地方，看著自己的丈夫。因為社區診所有過交代，兩個人在一個房子裡隔離，也要相互之間保持一米五以上的安全距離。他倆嚴格按照這個標準，每天雲渺做好飯，放在凳子上離開一米遠，善福再拿過去，吃完後再放在凳子上離開，過一會雲渺再去收拾。在房間裡，他倆始終戴口罩。

在慘白的燈光下，善福的臉色更顯得蒼白，幾乎沒有了血色。善福極力睜大了眼睛，盯著一米五外的雲渺，想要牢牢記住雲渺的每一個表情，眼瞼下每一根睫毛。雲渺從善福的眼中，看到了絕望，她知道不到萬不得已的時候，善福是不會倒下的，她想給他安慰，可說什麼呢？從七歲遇到善福，就和善福在一個鍋裡吃飯，加上結婚八年，他們在一起生活的日子，已經二十三年了，她對他的任何心思不用猜也知道。那些過去的日子，那些記憶中的情節，突然之間變得異常清晰。

善福來雲渺家一年後，雲渺已經完全把善福當作自己的親哥哥了，而善福更把雲渺和雲夢，當作親妹妹一樣照顧，他們之間的感情可以說親密無間。秋天的一個下午，雲渺下午放學回家，看見爸爸躺在床上，雲渺從沒見爸爸白天上床休息過，就問：「爸爸，咋了？」

爸爸說：「昨夜裡受涼了，身子發燒無力，頭也很暈，就想躺下睡一會。」

雲渺見屋裡只有爸爸一個人，就問：「哥哥在哪？」

每天放學回家，只要不見善福，雲渺都會這麼問。善福在雲渺眼裡，不知不覺成為爸爸之外的另一個主心骨，只要回家見不著善福，雲渺會覺得心裡空落落的。

爸爸說：「去別人家幫忙了，晚一點才能回來。」

雲渺說：「熬點草藥喝喝吧？」

爸爸說：「好吧，你去採一把柴胡，爸爸喝了就有用。」

屋子裡光線有些暗，雲渺看不見爸爸的表情，就拉開電燈，給爸爸倒了一碗溫開水，放在床頭的桌子上，出門找柴胡去了。

秦巴山地多柴胡，大多生長在沙丘和陽坡的山林之中。雲渺家所在的李家村，有一股清流叫天水。天水發源於李家村向東二十里路的大山裡，經流李家村後，再前行四五里地，在溝口匯入漢水，再向東流去，這條水流的全長也就幾十里路，正因為如此，人們給它起了個氣派的名字叫長河。

經過李家村時，在一條山谷的出口，水流從山谷高處，突然跌落而下，形成了瀑布，在天氣晴朗的時候，遠處看去，水流從山谷奔湧而出，像是從天上而來，所以，李家村的人，把長河的這一段稱為天水。天上之水，不但有氣勢，而且充滿浪漫氣息。天水出山谷後，面對寬闊的一段兩山夾擊的平川，好像有些難以適應，所以立即放緩速度，變成了寬約百米的平緩河流。

李家村南北最寬處也就幾百米，長也不過兩里路的土地，由於天水的光顧成了一塊沃土。而天水從山谷奔湧而出，跌落而下之後，形成一個不小的深潭。深潭的景色更是迷人，雨後的中午，或者薄霧天氣，天水的上空，經常會出現彩虹，橫跨峽谷兩邊的山脊，實在像一座彩色的橋樑，放射著十分耀眼的七彩光芒，更顯出天水與眾不同的景色。天水飛流直下，鑽入潭底，打一個轉後，從深潭中翻出水面，流到淺處後立即見底，清澈無比。姑娘們站在岸邊，會照出苗條的身材，也會清晰地照出面容的光彩，眼睛裡的波光也能在倒影裡呈現。村子裡的老人說，那是一面神仙的鏡子，能照出娘胎裡的美醜，越照會越漂亮。所以，俊美的姑娘經常會到潭邊，照照自己的面容，自娛自樂。

正因為天水的特殊位置，提供了充足的水分，加之日照時間長，天水兩邊的崖頭，成為柴胡生長的好地方。可那裡採摘起來有困難，一般人很少去那裡。

對付受寒感冒，山根下的柴胡就可以，但雲渺想到天水山崖上採摘，因為那兒的柴胡品質高，喝一遍就會見效。於是，她沿著小路向上爬，到十幾米高度後，坡面變得陡峭，每邁一步，兩手得先找到樹根拽住，再尋找下腳的地方，這樣一步步向上爬。登到一半高的時候，雲渺看到了頭頂兩米高的地方，有一株很大的柴胡，採下來可以熬幾十次。她努力向上幾步，選好了蹬腳的地方，兩手終於可以抓住柴胡了，可是由於向下拔時，用力過度，腳下的石頭滑落，幸虧她一隻手，抓住了旁邊的樹幹，才沒有踏空摔下來。

雖然離地面的垂直距離，也就三十多米，可一旦摔下來，下面就是深潭，雖不至於要命，也會摔成重傷，欣慰的是柴胡已經拔下來。可她看看腳下那塊石頭，本來就孤零零的，現在什麼也沒有了，四周根本光溜溜的，沒有落腳的地方，她一隻腳蹬著坡面，另一隻已經騰空，只好牢牢抓住樹根，勉強保持身體穩定。可是如果時間一長，手臂肯定發麻，或者腳下難以支撐，無疑會掉下去。雲渺心裡有點害怕了，她扭過頭，面向家的方向，拚命大喊善福哥哥。而剛到家的善福，還沒有進門，聽到隱隱約約有聲音喊他，他緊忙進屋問爸爸，爸爸說雲渺出去找柴胡了。善福立即飛快出門，向天水的方向跑去，直覺告訴他，雲渺去那兒了。轉過一個山嘴，落日最後餘暉中，善福看見崖頭上一點紅，立即判斷那是穿著紅色外套的雲渺。

五分鐘不到，善福跑到了水潭邊，他抬頭喊道：「雲渺別怕，哥哥上去。」

雲渺見山福到了，連喊兩聲：「哥哥！」

善福撥開草叢，沿著小路快速攀爬，他像一隻猴子，幾分鐘功夫，就攀爬到了離雲渺很近的地方，但要拽住雲渺，還差半米的距離，可四周沒有樹，沒有抓手的地方，更沒有下腳的地方。善福看看，沒有別的招數，只能讓雲渺放開手滑下來，自己用身體擋住。善福背部靠在一根樹杈上，兩隻腳撐住坡面，牢牢穩住身體後，對雲渺說：「放手！」

雲渺說：「哥哥，我不敢呀！」

「相信哥哥嗎？」

「相信。」

善福大聲說：「那你怕什麼？」

雲渺回過頭，再看看善福，還是膽怯，臉色有些發白。

善福突然喊：「上面有條長蟲！」

雲渺回頭並沒有看清，但善福一喊，她信以為真，「啊」的一聲鬆開了手，整個身子連滑帶摔，掉了下來，不偏不斜，掉進了善福的懷裡。受了驚嚇的雲渺，緊緊抱住了善福。由於雲渺掉下來時過猛，善福被背後的樹杈頂得生疼，見雲渺摟著他不鬆手，就喊：「你要疼死哥哥呀！」

驚魂未定的雲渺，問：「長蟲在哪？」

善福說：「早跑了！」

雲渺這才站穩放開手，回過頭看著善福，突然有些不好意思。在她的印象裡，除了小時候被媽媽摟過，從未接觸過第二人的懷抱，就連爸爸的懷抱也未曾有記憶。她的臉一下子紅了，不過隨之而來的是，對哥哥懷抱的留戀，那麼溫暖，那麼堅實。再抬頭看看哥哥，夕陽的餘暉中，背光的善福，變得像一尊石椿，厚重而又結實，似乎是任何困難也無法摧毀的一種力量，那一刻，雲渺對哥哥產生了偶像的崇拜感……

正是有了天水的緣起，雲渺有一種奇妙的情結，認為善福哥哥，會成為她生命中不可或缺的人。正是因為有了這樣的特殊感覺，才使她在命運最重要的關口，把自己的一生交給了善福。在她的心裡，善福是她一生的倚靠，也是她一生的寄託，她相信他們會白頭偕老，幸福一生。可是，此刻善福連說話的氣力，都顯得十分微弱，那個壯得如同牛一樣的善福哥哥不見了。

雲渺無法接受眼前的現實。

雲渺知道善福的時間不多了，她撥通了爸爸的電話，打開免持功能，放在凳子上，讓善福與爸爸、兒子通話。悲傷中的善福，盡力壓抑著自己的悲傷，和爸爸、兒子做了最後訣別。爸爸知道了一切，安慰善福不要牽掛，可明兒是在雲渺反覆勸說下，才表示對爸爸沒有履行承諾言表示原諒。在生死告別中，善福無法給明兒說明，自己即將告別人世，只能說他將到遠處去工作，近期無法回家看兒子。

扣了電話，過了許久，善福才說：「雲渺，我不是一個好兒子，也不是一個好父親，更不是一個好丈夫，我要把最後的責任，全部給你了。」

日光燈的光線十分慘白，像一層雪光照在屋子裡，氣溫變得更加陰冷。雲渺說：「不許你這麼說，我和兒子等著你，說好了今年夏天回老家看天水。天水上空的彩虹，是世界上最美的彩虹。」

善福說：「我不能兌現諾言了。」

雲渺說：「爸爸七十多歲，兒子才五歲，你不能把這麼重的擔子交給我，我沒有那麼大的力氣。」

「只好說聲對不起。」

「一聲對不起有什麼用？我不要！」

「雲渺，這生有你，我知足了。」

「我不知足。」雲渺想撲過去，摟住善福，給他以溫暖，給他以信心。可是，萬惡的病毒，像無形的殺手，無所不在地盯著每一個人，尋求時機實施攻擊，雲渺只能隔著一米多的距離，看著善福。

善福說：「願我的死去，帶走所有的不幸，你再隔離十四天後，就可以回家與爸爸和兒子團圓了。」

「沒有你，怎麼算是團圓呢？」

「雲渺，不說了。感謝你這些年的陪伴，感謝你給我生命以最為耀眼的光彩，下一世我一定找到你，報答今世的恩情。」

聽著善福近似於絕望的告別，雲渺周身顫慄，在這個萬籟俱寂的黑夜，在無法找到任何救援的當下，雲渺遇到了人生至暗的時刻，她必須接受，與親人告別的殘酷事實。她想爸爸和想兒子，也想妹妹雲夢，可這些親人，無法在這個時候，來到她的身邊，陪伴她的只有屋外的黑暗。此刻，巨大的恐懼，像一張無所不在的網，將她緊緊包裹，似乎隨時隨地會將她拋向萬丈深淵。雲渺依然一動不動盯著善福，她知道三米之外，那個垂死的生命，同樣處在巨大的恐懼之中，儘管雲渺不懂得臨終關懷，但她清楚，從一輩輩老人那兒傳下來，人在亡故之時，需要親人的陪伴，無論是人們解釋的幻覺，還是傳說中的小鬼索命，都是亡者在臨命終時，所遇到的最大障礙，只有親人的陪伴，才可能減少亡者對死亡的恐懼。

雲渺極力控制著自己的情緒，叫了幾聲「善福哥！」

可是，善福沒有任何回應了。善福已經陷入昏迷，緊接著開始大口喘氣，雲渺最不願意看到的時刻，已經逼近了。周身像被抽掉了筋骨，她像一灘水一樣癱在地上，但她的眼睛仍然一動不動地盯著善福。幾分鐘過後，善福的呼吸由急促，變得和緩起來，胸口微微起伏，他在生命枯竭之前，做著最後的掙扎；又幾分鐘過後，善福的呼吸變得極其微弱，像遊絲一樣從鼻孔裡進出。時間像一條平緩的溪流，經過雜草的攔截，泛過一絲小小的浪花後，終於變得平靜而寂寞，雲渺的心，像跌落在水流中的一支羽毛，無力地隨波逐流，隨著善福突然間呼出一大口氣之後，雲渺的心隨著時間靜止而破碎。

善福的頭歪到了一邊，他停止了呼吸，生命在這一刻戛然而止。雲渺突然大喊一聲：「善福哥！」

淒厲的叫聲，如同一把尖刀，刺破黑暗，奔向長空，黑夜在這淒慘的哭喊中戰慄了。當悲傷的慘烈叫聲，第二次要衝出喉嚨的時刻，雲渺緊緊捂住了嘴，將已經溢出的痛苦咽了回去，她以極大的忍耐力，控制著哭聲，雙肩和身體，激烈抖動著。

雲渺站起來，看看手機上的時間，二〇二〇年二月三日凌晨三點四十五分，她「撲通」一聲跪下，說：「善福哥，你就這麼忍心走了，把所有的壓力都交給了我？你說過我們要白頭偕老，可走了一半不到，你食言了。你讓我怎麼辦？」

雲渺淚流滿面，哽咽著與善福哥做最後的交流。可是，善福躺在那兒，永遠的閉上了眼睛，他對雲渺的訴說，一無所應。雲渺長跪不起，周身麻木，對眼前的一切，失去了知覺。慘白的日光燈，放出陰冷的光芒，與屋外的黑夜呼應，似乎要將這個黎明前的寒夜，全部推入死亡的氣息之中。

四個小時後，麻木中的雲渺，雙手撐著地面站起來，給廠值班室打了個電話，報告了善福的死訊。

一個小時後，善福的遺體，被穿著防護服的工作人員抬下了樓，雲渺站在窗前，目送運送善福遺體的汽車，在視野中消失。一剎那，從沒有過的可怕與孤獨，向雲渺襲來，她幾乎摔倒在地，急忙扶住窗戶，才站穩了身子。再打開工作人員送來的消毒液，對房間進行了全面消毒。這時，她才感到自己餓了，她告誡自己一定要挺住，在這個房間裡再隔離十四天，她就可以回家了。希望時間儘快過去，安全地回到家裡，爸爸和明兒等著，在失去善福之後，她唯一祈求的是與爸爸和明兒在一起。

接下來的日日夜夜，靈魂如同在慢火上燒烤，每一分鐘都是難熬的。無論白天或黑夜，她都會從噩夢中驚醒，一次次與善福相會，又一次次分離。那些過去的歲月，每一個細節都是清晰的。

善福讀大三的下半學期，爸爸突然被查出胃癌中期，爸爸不讓告訴善福，說他老了，除了雲夢還在讀小學，你倆可以自理了，相信你們有能力帶好雲夢，所以不要做傾家蕩產的掙扎，就讓他平靜地接受死亡的現實。雲渺當然不能同意，她要做最徹底的努力，去挽救爸爸的生命。

她去醫院詳細諮詢了醫生，醫生告訴她，以現在的醫療技術，胃癌並不是不治之症，只要儘快動手術，以她爸爸的病情，治癒的可能超過百分之七十。於是，她毫不猶豫地找了廠長，哭訴了爸爸對家庭的重要，她願以自己的生命換回爸爸餘生，希望廠長借給她十萬塊錢，她願意為印刷廠服務十年的時間，借的錢在她每月工資裡扣，包括利息。廠長是一個四十歲的中年人，他被雲渺的哭訴感動了，他說這個印刷廠是個小廠，十萬對他而言，不是個小數字，說第二天給雲渺回話。

第二天上午，雲渺被廠長叫到辦公室，在見到廠長的時候，雲渺見廠長的臉上充滿了笑意，她的一顆心瞬間落實了，她想當廠長決定借給她十萬塊錢時，她該如何感謝他。可是，廠長開口後，卻遲遲不說借錢的事。他說：「雲渺啊，我十分同情你的遭遇，也十分理解你對父親的感情，你是一個孝女，令我十分感動。」

急不可耐的雲渺，站起來，打斷了廠長的話，說：「這麼說，您願意借給我錢了嗎？」

廠長做了個手勢，說：「你坐下，錢肯定是會借給你的，但聽我把話說完。」

聽到廠長這句話，雲渺重新坐下，既然廠長願意借錢，當然得聽人家把話說完，只要能答應的條件，她肯定會答應的。她以感激的眼光看著廠長。

廠長慢條斯理地說：「雲渺啊，儘管你進廠時間不長，可你也知道，印刷廠也就是一個辦了十年的縣城個體小廠，充其量資產也就四五百萬，流動資金平時超不過一百萬，全是靠印刷政府的一些文件，承接社會上的一些宣傳、包裝之類的活路，來養活這些職工，一年的利潤也就幾十萬，搞不好有時還會虧本。」

雲渺點點頭，說：「這些我知道，誰掙錢都不容易，你借我錢，大恩大德，難以回報。」

廠長說：「這話說重了，怎麼能說難以回報呢？我只是說，這筆錢對廠裡來說，是十分之一的流動資金，是一年五分之一的利潤，不是一個小事情。儘管老婆去世幾年了，兒子上大學也在國外，現在是我一個人說了算，但這畢竟是一筆大的開支。」

雲渺聽了說：「老闆，你有什麼條件嗎？你說吧，我如果能辦到，一定答應你。」

廠長說：「那我就實話實說吧。這筆錢如果給你，我就不準備要了，你想想，以你現在的月工資，十年未必還得清。」

雲渺聽了廠長的話，有些詫異，直愣愣地看著廠長，不明白他的意思。廠長看看雲渺說：「我說了，你不同意，就當我沒有說過。」他說，「我喜歡你不是一天兩天了，從你進廠那一天起，我就喜歡上了你。所以，我把你安排到了保管材料這個輕鬆崗位上。」

雲渺聽到這裡，腦袋發懵，她吃驚地睜大眼睛看著廠長。廠長卻平靜地說：「我老婆去世三年時間裡，不少的人給我介紹對象，也有女人直接上門願意嫁給我，其中還有比你年齡小的。可我老覺得哪兒不對勁，不像是找老婆，倒像是被人盯上了的一樁買賣。只有看到你，我才相信緣分到了。不是因為你借錢的事，我想再過上兩三個月，再和你提這個事。」

雲渺終於聽清了廠長的意思，她想起身走人，可她的目的是借錢，總得有個結果，所以，她耐著性子繼續聽。廠長見她沒有說話，又說：「雲渺，如果你同意嫁給我，十萬塊錢是家裡的事，還用說嗎？咱們可以馬上把老人家送醫院。」

雲渺明白了廠長的用意，反而冷靜了，她說：「如果我不同意呢？」

廠長說：「那就只好請你理解，如果借上五千一萬，可以考慮，十萬真的是另一回事了。」

雲渺明白自己是來求人的，人家怎麼回話是一種態度，自己不認可也不必反駁，因為借錢不是交易，沒有價錢可講。這一點雲渺很清楚，所以，她沒有回絕，也沒有答應，只是平靜地說：「這件事是件大事，我需要徵求爸爸和哥哥的意見。」

說完，雲渺說聲「謝謝」！出了廠長的辦公室。

下午，雲渺在工廠的門口，買了一碗紅豆稀飯，吃完後就回住處了。她很早就上床躺下了，可整晚失眠了，她分析了廠長的要求，她理解了他，他三十多歲喪妻，沒有匆忙再娶，說明他至少是個在婚姻上認真的人；十萬塊錢不是小數，對這樣一個小廠更是如此，如果成了一家人，人家救急理所應當，如果不是一家人，人家沒有救助的義務；說老實話，如果人家真的平白無故借給她，她什麼時候能還清，連她自己也不知道，所以人家提出的條件無可厚非。至於年齡，廠長今年剛四十，他們相差也就十六七歲，也是可以接受的。

對她而言，救爸爸是必須要做的事，可十萬元是一筆鉅款，即使哥哥邊上學邊打工，或者明年夏天畢業後，立即參加工作，這個數字對他們家而言，仍然是一個難以湊到的數額。所以經過內心痛苦的掙扎，她決定可以接受廠長的提議，只有這樣，既救了爸爸，也不給哥哥和這個家增加負擔。

可是，當她下定決心去做這件事時，善福哥哥的形象，強烈地佔據了她的腦海，天水崖頭上那一抱，出現在她的眼前，那一抱似乎決定了她的人生走向，十幾年來哥哥為她做過的每一件事，都從她的記憶裡復活，她突然覺得哥哥是為她而來的，而她更是哥哥生命的組成部分。許久以來，善福哥哥在她的眼裡，只是哥哥，而此時，她卻覺得一刻也不可以離開善福哥哥。這種強烈的念頭，折磨得她無法平靜，天亮時分，她決定請假，去江城見哥哥。即使最終答應廠長的條件，也要把自己的第一次獻給哥哥，那是她從一部電視劇裡看的，也許只有這樣，她才能安心地嫁給另一個男人。

上午八點，她到廠長辦公室，說她回去聽聽爸爸和哥哥的意見，得請幾天假。廠長知道雲渺的哥哥在江城上大學，來回火車就得兩天，他說：「覺得需要幾天就幾天吧。」

雲渺先回家，給爸爸說，廠裡答應借給她錢了，分期從工資裡扣除，不過廠裡最近資金緊張，還得幾天時間，她說錢領到後，立即讓爸爸住院動手術。她並沒有把馬上去江城，見哥哥的事告訴爸爸。爸爸咋也勸不住她，說那是白花錢，欠那麼多的賬，啥時能還清？雲渺卻說，有人啥都會有，沒有了爸爸，要錢有什麼用呢？李天倫說不過女兒，只好依了雲渺。當天下午，雲渺就到縣城火車站，買了一張去江城的過路車票，第二天上午九點，到了江城。她在離哥哥學校不遠的地方，登了十塊錢一晚的家庭旅館，然後給哥哥打電話，說她出差到江城了，想見哥哥一面。

善福一聽，問了地址，抓了一輛同學的自行車，飛一樣地到了。見了面，雲渺喜極而泣，抱住哥哥不願意放開，善福輕輕拍拍她的背，說：「不就是三個月沒有見面嗎？咋像個孩子。」

雲渺撒嬌說：「人家是想你唄。」

善福說：「好！哥哥今天啥也不幹，陪妹妹好好逛逛江城。」

上午，他倆去了黃鶴樓，下午善福借了他打工的飯店老闆的汽車，拉著雲渺，直接去了漢口。站在漢水大橋上，善福告訴雲渺，老家的天水，經過漢水，在這兒匯入了長江。這時西沉的太陽，把鮮紅的光線，打在漢水的江面，湛藍的河水，很快被染成一道道華麗的波紋，像一條長長的彩色絲帶，在匯入長江之後，立即融入黃色的巨流。而漢水與長江的交匯處，色彩分明的構圖，極像天水崖頭隱在水中的倒影。雲渺突然激動起來，撲上來抱住了善福。正在講解漢水流經地方風貌的善福，被雲渺突如其來的擁抱嚇了一跳。這個妹妹今天咋啦？雲渺過去可不是這樣，她一直是一個文靜的姑娘，平時話不多，也很少見到有大起大落的情緒變化。善福開玩笑說：「這以後要嫁人了，會黏得人家受不了。」

雲渺抬起頭，看著哥哥說：「就黏哥哥一個人。」

善福說：「我又不和你過一輩子。」

雲渺聽了這句話，放開了善福，突然眼眶裡噙滿了淚水。善福一見，馬上換了口氣說：「好好好，哥哥一直跟著你，你乾脆不要嫁人了。」

雲渺聽了，沒有說話，上去抱住了善福的胳膊。

晚上，善福請妹妹到他打工的飯店吃飯，老闆特別給雲渺上了武漢小吃三鮮豆皮、四季湯包，雲渺直說好吃，還說與老家的熱米皮、菜豆腐有一比。吃完晚飯後，善福陪著雲渺到長江大橋上，看了看江城的夜景，十點鐘，把雲渺送到了住的旅館。

善福要離開了，說第二天上午下課後再來看雲渺，雲渺卻不讓他走，說：「不看看這是什麼房間，你不陪我害怕。」

善福敲了敲牆壁，純粹是兩張纖維板隔成的房間，隔壁屋子裡咳嗽一聲，這間房子裡聽得清清楚楚。善福說：「還不如退了房間，到學校的女生宿舍，找個地方住。」

雲渺說：「這麼晚了，打攪誰也不方便。再說，登記已經過了八個小時了，算一天。」說著，雲渺挽住善福的胳膊，撒嬌說，「陪一晚上都不行嗎？」

善福看看妹妹假裝的可憐樣，笑著說：「好好好，聽你的。」他又看了看房間說，「往哪兒睡？就一張床，打地鋪的地方都沒有。」

「睡一塊呀。」雲渺說，「怕親妹妹會把你吃了嗎？」

善福笑說：「你沒有那樣的牙齒。」

雲渺說：「那你怕啥？」

善福雖然嘴上說沒事，心裡還是難為情，儘管他倆情同手足，可畢竟從他進家門那一天起，就和爸爸住在一個房間裡，雲渺和雲夢住在一個房間裡，再說他上大學這幾年，雲渺已經是一個大姑娘了。就笑著說：「小時候不讓人陪，反而大了害怕一個人睡。」

「這又不是在家裡，當然害怕。」

沒辦法，善福只好留下，合衣躺在雲渺旁邊。可剛剛躺下，雲渺就側身抱住了善福，善福不好意思推開，說：「躺下還害怕嗎？」

雲渺說：「當然怕，我不摟住，你半夜起來跑了，留下我一個人。」

善福不再鬥嘴，任雲渺撒嬌。不過看似平靜的善福，心裡還是充滿了激動，長這麼大，他從沒有和任何一個女孩子，有過這麼親密的接觸。即使在大學裡，有女孩子向她示愛，由於家庭經濟壓力的原因，他不敢和女孩子接觸，再說他除了上課，大多數時間在飯店打工，幾乎沒有閒暇時間。而此刻摟著他的雲渺，像一隻小兔子，那麼文靜乖巧，不時身子會抖一下，他聞著她頭髮上淡淡的清香，他清楚地感到，雲渺不僅僅是撒嬌，她真的需要保護。似乎她的內心深處，有十分脆弱的傷痛，不然不會突然表現得這樣柔弱。

想到這裡，他調整了一下睡姿，正過來，面向雲渺，伸手摟住了她。這些年來，雲渺對他的好，一幕幕出現在他的眼前，如果不是雲渺求爸爸，也許他就不會重新上學，如果不是雲渺悄悄下決心讀高職，他就不會上大學。他無法設想，他的生命裡如果沒有雲渺，將會是什麼樣的結局。所以，他暗暗發誓，今生一定要保護好雲渺。

想著想著，善福流淚了，止不住的淚水，從眼眶裡滾下，跌在了雲渺的額頭，沉浸在幸福中的雲渺，忽然覺得額頭上的淚珠，她抽出一隻手，去摸善福的臉，知道了善福在哭，她慌忙從衣服口袋裡，掏出紙巾，給哥哥擦淚水，善福說：「別怕雲渺，一輩子都別怕，有哥哥在。」

雲渺聽了哥哥的話，反而控制不住自己，抱著善福哭起來。善福一時慌亂，急忙抱住雲渺，一遍又一遍拍著她的背部，說：「雲渺不哭了，雲渺不哭了。」

慢慢地，雲渺終於止住了哭泣，緊緊摟著善福，好像生怕被人奪走。見雲渺平靜了，善福停止了拍打。說：「不早了，睡吧，明天上午我有課，得早起。」

雲渺突然把臉緊緊貼在善福的胸膛，低聲卻又清晰地說：「哥哥，今晚上把妹妹要了吧。」

善福一聽，猛然驚醒，雲渺一定遇到了什麼大事，不然不會這樣。想著，他一骨碌爬起來，打開燈，看著雲渺說：「發生了啥事？一定要告訴哥哥，哥哥現在是除了爸爸之外，你最親的人。」

雲渺看著善福心痛的目光，終於忍耐不住，哇地一聲哭起來。她怕隔壁的人聽到，極力壓抑著自己的哭聲，雙肩激烈地抖動。善福說：「天大的事，有哥哥，不會讓雲渺受傷害。」

雲渺終於將爸爸患胃癌，動手術需要十萬元，和她向廠裡借錢時，廠長與她對話的內容，全部說給了善福。善福一聽，一把摟過雲渺，說：「早就應該告訴哥哥，這麼大的事，你怎麼能一個人扛呢？」

「爸爸不讓告訴你，怕影響你的學業。」

「哥哥已經是一個成年人了，這樣的事情，如果不能扛起來，還算男人嗎？」

雲渺說了爸爸的顧慮，說：「我想如果能借到錢，以後慢慢還，不要影響哥哥的學業。」

善福說：「哥哥知道了，哥哥想辦法，以後再不要做傻事。」

雲渺點點頭，情緒慢慢平息下來，很快在善福的懷裡睡著了。善福卻一夜無眠，他設想了多種籌錢的辦法，包括和雲渺的關係，並決定在雲渺離開江城時，把自己的想法告訴她。

善福六點鐘起床趕到學校，上完上午的兩節課後，通過女同學，給雲渺在女生宿舍，臨時找了一個住的床位，十點半到學校門口打工的飯店，向老闆說了情況。因為善福在飯店打工足足有兩年了，與老闆處得很好，老闆當場答應，讓雲渺來飯店做服務員。因為他離畢業還有半年多時間，老闆願意提前支付剩下月份和節假日加班的工資兩萬元。善福對老闆感激不盡，老闆說：「誰沒有個大災大難，看你是個孝子，和這兩年你在飯店打工的交情，幫不了大忙，幫點小忙總可以。」

謝過老闆後，善福趕在十二點前，去旅館把雲渺接到學校，安排好了住處。雲渺給原來工作的印刷廠廠長打電話，以照顧爸爸的名義請了長假。下午，善福帶雲渺到飯店和老闆見了面，有了住處，有了工作，雲渺安下心來，等哥哥籌錢。

當天晚上晚自習時間，善福約了學生會副主席劉學謙，他們是要好的朋友，善福說了爸爸患癌症動手術，急需十萬塊醫療費的事。以善福的學習成績，和在學校的表現及影響，善福應該是學生會主席或副主席，可由於他打工掙錢，沒有更多時間參加學校的活動，這才由劉學謙占了這個名額，成為校學生會一名副主席。劉學謙本來就知道善福家的境況，對善福十分敬重，一聽善福說的情況，立馬表態替善福想辦法。

第二天中午，校報編輯部的一名記者，在劉學謙的陪同下，採訪了善福，接著，他們以學生會的名義，發起了「救助同學爸爸」捐款活動，校報詳細介紹了善福的家庭狀況，和他打工自己掙學費和生活費的事蹟，以及善福入學以來的表現。活動發起後，迅速引起了同學和老師們的反應，一周時間，一千多名學生和老師，捐款達到七萬多元，加上飯店老闆預支的兩萬元，基本湊齊了手術所需費用。考完試，離放寒假還有一周時間，善福向學校請了假，準備和雲渺一起回去，給爸爸動手術。

臨走前一天晚上，劉學謙請善福和雲渺吃飯，塞給善福一萬塊錢的紅包，善福堅決不收，說錢已經差不多了，再不能給朋友添麻煩。劉學謙說：「我的家庭你知道，一萬塊錢不算事，就算朋友借給你的，以後有錢了還我還不行嗎？」劉學謙還說，「動手術，說不定哪裡還需要錢，帶上備用。」

善福十分感動，就沒有再推辭，收下朋友厚厚的情誼。

火車是晚上十點的，白天善福想帶雲渺再出去轉，善福問雲渺：「想到哪裡去？」

雲渺想都沒想，說：「到漢水與長江交匯的地方。」

那兒也是善福想去的地方，因為他有重要的決定，想在那兒告訴雲渺。即使雲渺不說，他也想在離開前，帶雲渺去那裡一趟。

他倆從武昌出發，坐了兩次公共汽車，下車後步行半個多小時，到了漢水與長江的交匯處。今天是個大晴天，天上沒有一絲雲彩，天藍得像大海的平面，目擊可以看到很遠的地方。由於入冬以來，很少下雨，江流顯得更加涇渭分明，漢水藍得如同天色，而長江的水流，則顯出厚重渾濁。遠遠望去，長江像一條飛龍，展開不同顏色的兩翼，像要瞬間拔地而起，沖入藍天。善福和雲渺找了一塊石頭坐下。善福問雲渺：「為啥又要到這裡來呢？」

雲渺說：「家鄉的天水流入漢水，漢水在這兒匯入長江，接著它們又會流向大海，想想天下的事情夠奇妙的，它們哪兒來的力量？哪兒來的勇氣？那麼多看不見數不盡的高山峽谷，都擋不住它們的去路呢？」

善福看著雲渺側身的身影，在水波的映照下，像一張漂亮的藝術照。善福若有所思地說：「我們為啥這個時候在這兒呢？」

雲渺側過身子，看著哥哥魁梧的身材，想著過往的事情，眼睛裡充滿了柔情。善福從雲渺的眼睛裡，看到了她的深情，更看到了她純淨的眼神裡，所包含的對未來的希望。他想，他終於可以說出這些天來的決心，他問：「雲渺，你告訴哥哥，真的想和哥哥在一起嗎？」

雲渺看著交匯處清澈的漢水發呆，又想起了天水崖頭掉在哥哥懷裡的情景，沉浸在淡淡的無以言狀的情緒之中，善福的問話讓她一愣，還沒有明白過來哥哥話中的意思，瞪著兩隻眼睛，傻傻地看著善福。善福只好又說：「哥哥問你，真的想一輩子和哥哥在一起嗎？」

雲渺這次聽明白了，而且聽得清清楚楚，她立即說：「當然吶，兩輩子，三輩子，生生世世和哥哥在一起。」

善福看著雲渺，嚴肅地說：「那你聽好了，咱們回家後，找個時機告訴爸爸，如果爸爸同意，等爸爸身體恢復一段時間，可以自理的時候，你就跟我回江城，先在飯店打工，我畢業後，咱們就留在江城，安頓好生活後，把爸爸和雲夢接到江城，我們一家人好好生活。」

善福說完，雲渺不敢相信這是真的，哥哥在她心目中，絕對是男神，她在夢中有過無數次成為哥哥新娘的情景，可夢醒後她從來沒有過奢望，因為哥哥不但長得帥，而且大學畢業有學問，自己只是一個讀了高職的鄉村女孩，怎麼可以配得上哥哥呢？那天之所以摟著哥哥，只是希望在答應別人之前，把自己最珍貴的女兒身，給自己最崇拜的男神。想不到哥哥真的心裡有她，明明白白說了出來，一剎那她被幸福沖昏了頭腦，有些不敢相信自己的耳朵。只是睜著兩隻大眼，一動不動地看著哥哥，無法表達內心的激動。

善福見雲渺沒有表態，又見她睜著大眼睛不說話，以為她被他說的話嚇住了。也許她原本就沒有這樣想過，那天所說也只是一時衝動。就深情地說：「雲渺，你在哥哥的心中，超過了這世上的任何女人，我至今沒有和任何女孩子有過交流，原因就是你一直佔據著我的心，只不過過去一直認為只是兄妹之情，那晚過後，我突然發現，那是超越兄妹之情的愛。不過，如果你沒有這樣的思想準備，就當我沒有說過，咱們在一個屋簷下生活了那麼多年，我們仍然是兄妹，你不要有啥顧慮。」

雲渺終於明白了哥哥心裡想的，從石頭上跳了起來，衝過去一下抱住哥哥，說：「誰說我沒有想好，我天天夢裡都在想。」

說完，雲渺放開哥哥，突然滿臉緋紅，善福一下子抱住了雲渺，在她的耳邊說：「哥哥會永遠在你身邊。」

被善福摟在懷裡的雲渺，使勁地點著頭，善福放開她時，看見她淚流滿面……

想起這一切，黑夜裡的雲渺，一次次在心裡呼喊：「哥哥，你到哪兒去了？」巨大悲傷，時刻像一把利刀刺傷著她的心。

善福走後的第五天早上，雲渺突然感到渾身發熱，用體溫計一測，三十七度五，她立即給廠辦值班室打了個電話，半個小時後，廠辦回電話，說各地醫療隊已經先後到達江城，火神山醫院也已接診幾天了，馬上會有救護車到廠區門口，要雲渺做好防護，到廠區門口上車。雲渺簡單洗了一下，周身噴了些消毒液，帶好口罩，下樓後，見救護車已到，就趕過去上了車，半個小時後，她被送進醫院病房，下午即確診感染新冠病毒肺炎。她不敢將這個消息告訴爸爸，害怕老人受不了這個打擊，父親多年心臟不好，怕引發他的心臟病。雲渺只希望自己快一點康復，儘快回家，與爸爸和兒子團聚。

可是正當病情減輕的時候，第九天的晚上，突然病情極度惡化，經過緊急搶救她才甦醒過來。當她睜開眼睛，主治醫生華至圍告訴她，讓她增強信心，說她的體質是不錯的。可她根據善福哥哥走前的表現，判斷醫生是在安慰她，以解除她臨終時的恐懼。

她明顯感到不行了，隨時可能與這個世界告別，她趕緊在清醒的時候，給爸爸和兒子打了電話，告訴爸爸自己也感染了新冠病毒肺炎，人在醫院裡，剛剛被搶救過來，她已經不行了，給爸爸交代了後事，再給兒子告別，說她要到很遠的地方工作，還要去照顧爸爸，希望兒子以後要聽姥爺的話。在呼吸極度艱難中，她向這世上至親的人做了最後的訣別，然後給妹妹雲夢留了一段話，發在爸爸的手機上。

做完這一切，她放棄了所有生的希望，唯一給她安慰的是，可以很快見到善福哥哥了。

雲渺感到自己站在天水崖下的深潭邊，焦急地等待著善福哥哥的到來。這次善福哥哥是專門回來接她的，和爸爸說好了，明天就可以和哥哥回江城。在回江城之前，雲渺給哥哥提出，向天水深潭告別，也許這一去，許多年才能再見。這裡有她與善福哥哥最初的美好記憶，她想在離開之前，再來看看天水，向自己的少年告別，從此之後，她就是善福哥哥真正的女人了。她會帶著天水的記憶，走進江城，她希望有一天，坐著輪船，順長江而下，與天水一起，觀賞大海的美麗。所以，天水在她的生命裡，像一輪鮮豔的太陽，永遠照耀著她生命的歷程。

天上的太陽正當午，火紅的陽光，照射在水面，使墨綠色的潭水，反射出金屬般的光澤，像萬箭從高空落下，在觸及水面的一剎那，突然反彈，呈現出銀光閃閃的奇妙景象。儘管雲渺在這兒生活了二十多年，幾乎每天都會從天水邊經過，可她從沒有細心地觀賞過天水的勝景，此刻，她真的被眼前的情景陶醉了。

這時，善福哥哥從一個山頭的背面跑出來，手裡拿著一捧山花，像一束鮮豔的火炬，熊熊燃燒。他快速跑到雲渺面前，將鮮花遞給雲渺，說：「將天水旁最火紅的山花，獻給如同天水般美麗的雲渺，願我們的愛，像這捧來自天水滋潤的鮮花一樣，在天地間綻放。」

雲渺接過山花，撲進了哥哥的懷裡。

三天後，他倆到達江城。一個月後，哥哥畢業，由於朋友提前推薦的緣故，很快就應聘到江城一家機械廠上班，三個月後轉正，雲渺也進這家機械廠當了一名學徒工。

他們在離工廠不遠的地方，租了一套七十多平米的兩室一廳的房子，安頓好生活必需品之後，抽了一個休息日，他倆約了攝影的朋友，再次來到漢水與長江交匯處，雲渺穿著鮮紅的中式婚服，是善福徵求雲渺意見後，專門定做的。鮮紅的底布上，盛開著一朵朵黃色的山花，在朝陽的映照中，雲渺像被鮮豔的山花捧起的一隻金鳳凰，純淨而高潔，帶著早晨露珠般的透明，和山間雲霧的空靈。

善福走向前，半跪在雲渺面前，將一枚金戒指戴在了雲渺的食指上，兩眼含著淚水說：「雲渺，哥哥的戒指上，雖然沒有值錢的鑽石，但哥哥一定會有一天，給你這世上最珍貴的鑽戒，補上今天的缺憾。」

雲渺一把拉起哥哥，擁入懷中，說：「哥哥的心，就是這世界最珍貴的鑽戒，我獲得了世界獨一無二的禮物，雲渺今生知足了。」

攝影的朋友，用鏡頭記錄下了那一刻，成為他們永恆的紀念。

那晚，雲渺成了善福哥哥真正的女人。

一年後，他們把爸爸和雲夢接到了江城，開始了一家團圓的幸福生活。又是半年後，兒子明兒出生，給這個家庭再一次帶來了歡樂，爸爸多次當著一家人的面，說：「看我盼了一輩子的天倫之樂，終於實現了，感謝老天爺的恩德，也感謝兒女們的成全。」

每當爸爸說出這句話時，善福和雲渺都會說：「這一切都是爸爸給的。」

儘管生活並不富裕，有時還很艱難，特別是貸款買了房子之後，用錢往往捉襟見肘，但雲渺無數次地想過，人間的幸福可能不過如此，她確實覺得今生有善福陪伴，就是最大的幸運了……

此刻，她就要去和善福哥哥相會了。她覺得自己像一束光，瞬間從頭頂飛出，奔向了廣闊無垠的天空，眼前展現出落日餘暉的光照，只在一閃念間，她便來到了天水崖下。

令她吃驚的是，天水崖發生了巨大的變化，從長河入漢水的溝口，至天水崖深潭的半坡，修了一條兩車道的水泥路，從半空看去，原先草木旺盛的坡面，從腰間硬生生劈出一道裂痕，像一條粗壯的繩索，捆綁在大山的腰間。進村口的高坡上，豎了一塊巨大的看板，上書「天下天水，不來後悔」八個大字，廣告語之下，寫著一行「天水自然風景區歡迎天下來客」的小字。看板上那些醒目的文字，在夕陽的餘暉中，特別耀眼，像跳躍的火苗，立刻要燃起熊熊大火。

再看天水崖，深潭的四周，用鋼筋水泥打出一個圍堰，堤壩上做了原始石塊貼護，使整個天水深潭，變成了一個人工湖；而天水崖下那塊肥沃的土地，則成了一個廣場，中間豎了一尊鋥亮的不銹鋼雕塑，中心是一股水流從天而降的造型，四周是飛起的水花，可能為了增加雕塑的動感，又在水花的周圍，撒落許多水珠，形成一組叫作「天水天上來」的景觀。

中心那股水流，在陽光下，像一把鋒利的巨劍，直劈天水崖頭，而那些散落的水珠，在夕陽的殘照中，更像一滴滴燒紅了的鐵水，四處飛濺，使本來寂靜的山溝，變得狂躁起來。坐落在山根下靠北向南的遊客接待中心，卻空無一人。在門外的大牌子上，寫著「因受疫情影響，天水崖景區臨時關閉」的通告。

雲渺算算，自從把爸爸和雲夢接走後，離開天水崖已經八年了，想不到發生了翻天覆地的變化，天水崖已經不是過去的樣子了。她不知道該是讚美這種變化，還是懷念過去的樣子。不過深不見底的潭水，儘管被牢牢圍困，仍然呈現出深藍的顏色，漩渦中翻滾的波浪，像一團團盛開的梨花，雪白一片。

不斷湧出的浪花的頂端，彈跳出層層無盡的光暈，像盛夏泥土上流動的陽炎，柔美而空靈。急促翻滾的浪花，將水流推向岸邊，水花飛綻的浪頭，在湧向淺灘的時候，突然改換了習性，由激烈走向緩慢而舒展，旋流由中心，迅速向四周推廣，終使墨綠色的深潭，變得清澈而淺顯，如果不是圍堰限制，水流最終會在與岸邊接壤的過程中，變成平靜的鏡面，那樣，崖頭的倒影會映照在水中，呈現出一幅美妙的風景畫。

天水會在這一刻，彙聚所有的美麗，將雲渺少年的記憶，演繹其中。那樣，雲渺就會看見了崖上遇險的自己，看見遠處飛奔而來的善福哥哥，而後在一聲毫無預兆的叫喊中，跌落在善福哥哥的懷中。她相信，那一刻決定了她的命運走向，她的生命裡不能沒有善福哥哥。

此刻，她在天水崖之下，一遍遍呼喊善福哥哥。

直至五天後，她聽到了永諦寺老和尚的念誦。她終於明白，今生今世已經遠去，她應該上路了，就像天水落下崖頭，跌入深潭，走出山谷，匯入漢水，流經漢口，融入長江，奔向大海……

三、天殤

李天倫記得很清楚，離開人世的那天晚上，外孫明兒給他倒了一杯溫開水，又將治療心臟病的藥，拿到了他跟前，按醫囑，吃了兩片，然後看著明兒睡著了，他才躺下。

誰知半夜他被一口氣憋醒，胸口鑽心一樣痛，他知道自己的心臟病犯了，過去也曾犯過，但這次明顯地不同。他想推醒明兒，把床頭櫃抽屜裡的救心丸拿出來，可他連伸出手臂的力氣都沒有了，他極力挪了挪身子，想把明兒弄醒，可他大汗淋漓，用了最大的力氣，身子動也沒有動，他的努力失敗了。他是背對著明兒睡的，他連轉過身來，看明兒最後一眼的願望，也沒有能實現。

他怎麼可以放下明兒呢？這個外孫，是除二女兒雲夢之外，唯一活在世上的親人。明兒的爸爸善福、媽媽雲渺，在二十天不到的時間裡，因感染新冠肺炎病毒相繼去世。而雲夢離開家已經八個多月了，不見音信。已經活了快八十歲的李天倫，絕對不怕死，死對他來說，不就是眼睛一閉，一了百了。可是，人間對他來說，除了牽掛明兒，就是二女兒雲夢，這是他放不下的事，所以他不願這個時候突然死去。

儘管雲夢一時做了糊塗事，讓她這個當爹的不能接受，但她至少可以自己照顧自己。可是明兒只有五歲，不能沒有人照料。眼下正值疫情嚴重之時，未來的結局會是什麼，誰也不知道。

整個江城封了，住著的社區封了，就連社區外平日繁忙的馬路，也像封了，空曠的如同一條黑暗的地道，只能偶爾聽到一聲驚詫的汽車聲。樓上樓下的鄰居，平日裡就很少聯繫，大家都關著門各忙各的，而眼下的疫情，更像給每家每戶的門上，貼了一道蓋印的封條，徹底隔絕了房子裡的人與外界的聯繫。

鄰家做飯的切菜聲，從窗戶的縫隙裡漏出來，也顯出少有的親切。切菜的聲傳遞出一種資訊，說明人們還活著。可是，此刻他李天倫要死了，他既不能告訴樓上樓下的鄰居，就連告訴身邊的明兒都不可能，他感到了從未有過的痛苦。他死不足惜，可明兒可憐，這個時候，他來不及放下怨恨通知雲夢，帶著無盡牽掛，使明兒困在房子裡，如果他死後，不被人及時發現，時間長了，明兒一定會被餓死。他大罵自己無德無能，拋下外孫自己走了，他死不瞑目。他用盡最後一點氣力，掙扎著，希望自己緩過來，然後轉身摟住明兒。可他的努力毫無結果，像一盞耗盡油的燈，已經剩下最後一星紅點，很快他就會如同一粒塵埃，落入宇宙空間，消失於無影無蹤的黑暗中。

他看到眼前出現一團白霧，身子開始墜落，似乎下面是萬丈深淵，沒有盡頭，也沒有止境，他的身體像吊了一塊巨石，以不可思議的速度，不斷下跌。在無底深淵的周圍，是凝重的無盡黑幕，偶爾有流星劃過天幕時的火光，拉出一條紅色的光線，編織出一幅恐怖的圖景。

就在他的身體觸底的時候，突然，被一股巨大的力量，驟然間將他送到了天上，眼前出現一道白光，像超大探照燈射出的光線，強烈而又明晰。他的身體沒有了，只是一團沒有任何實體存在的感覺，像一堆空氣，又像一片磁力，明明白白卻不受自己控制。他在遙遠的天上，看到了多年以前的一幕，但那主角不是他，而是另外一個人，他成了一個旁觀者。

那是他大女兒雲渺出生的當天，接生婆從睡房裡出來，對李天倫說：「一個沒有把的。」

他想要兒子，因為他家兩代單傳，生了兒子心裡踏實。不過第一胎是女兒，還可以再生第二胎，國家計劃生育政策有這一條，如果這次生的是兒子，註定了他這一生不會有女兒，那是他不甘心的。他希望這輩子有兒有女，享受天倫之樂。他的爺爺沒有辦到，他的爸爸沒有辦到。該他了，他想一定能辦到。

老輩人講，事不過三，三代人了，應該完成這個夙願。何況他的身體壯得像一頭公牛，而他的老婆則是一個大屁股、長得十分富態、又有姣好面容的女人，農村人有句大實話，說屁股大會生娃！所以，李天倫對實現自己的願望，充滿信心。所以，他不能隨便給女兒取名字，他得到活祖宗之乎老爺爺那裡去，鄭重其事地求個名字，那是神仙一樣的活祖宗賜的，不光吉利，還會對後面生兒子祈福。

活祖宗的年齡超過了一百一十歲，村子裡低他一輩的人都死光了，孫子輩的人也存活不多，人們不知道該如何稱呼他，不知從啥年月開始，叫他活祖宗，活著的祖宗形象而又確切。他一個人住在村中一間瓦房裡，半間睡房，半間堂屋加灶房，上百家後人，輪流給他做飯吃，他又是生產隊的五保戶，餓不著，苦不著，活了一百多歲了，無病無災，真是半個神仙。傳聞他年輕的時候，取過四房老婆，李家村的人，幾乎都是他的後代，即使沒有直系血緣，也是活祖宗的兄弟傳下來的。

活祖宗的名字之所以叫之乎，因為他年輕的時候，當過私塾先生，據說國民黨和共產黨的高官裡，都有他的學生，他無疑是周圍十里八鄉最有學問的人，何況他已經過了百歲，不是神仙也是神仙了。村子裡的人，除了向土地廟裡的觀世音菩薩和土地爺低頭外，就是向活祖宗低頭，向活祖宗求教，是向知識和學問低頭，也是向智者低頭，那是一件光榮的事。

李天倫一路小跑，來到活祖宗的屋裡，活祖宗坐在一把圈椅上，旁邊放著一個拐杖，一動不動地坐在那裡，像一尊泥塑。房門大開，當空的一道陽光溜進來，像一隻懶貓，躺在活祖宗的腳下，老老實實，靜靜地像睡著了。活祖宗也閉著眼，享受著午後鄉村的懶散。

李天倫上前，雙手合十鞠一躬，輕輕說了聲：「活祖宗好呀！」

活祖宗慢慢睜開眼，看了看眼前的來人，說：「天倫呀！該給我送把紅糖哩。」

李天倫急忙從提來的小筐裡，拿出一個牛皮紙包著的小包，說：「活祖宗，不是一把，是半斤。」

活祖宗說：「破費了，破費了，這年月有份孝心就夠了。」

李天倫說：「小輩應該的，要麻煩活祖宗了，我家生了個沒有帶把的，請活祖宗賜個名字。」

李天倫把那包紅糖放在鍋台上。

活祖宗又看看李天倫，說：「看來，我和你家有三代之緣，你爹出生時，你爺請我取名字，我問他求啥呀？他說貧寒之家，求個平安，我說那就叫安寧吧。你爹連忙說，安寧好，就叫安寧，一生安安寧寧，多好呀！你出生時，你爹請我取名，我問求啥呀？你爹說，貧寒之家有啥好求的，有兒有女，吃喝不愁，這就是最好的日子。我說你叫安寧，可你一生受盡苦頭，哪有什麼安寧。你爹說，不就是求個想頭嗎？我說那就叫天倫吧，天倫之樂誰不想呢？你爹聽了說：天倫好呀，有文化的味道，比那些戰鬥、土改之類的名字好聽多了。天倫終於長大了，可惜你爹早早去了，為啥要走到我前面去呢？」

李天倫說：「活祖宗呀，你是文曲星下凡，平常人哪能跟你老人家比。」

活祖宗問：「求啥呢？」

李天倫說：「活祖宗隨意說一個，也是出自聖人之口呀。」

活祖宗說：「我活了一百多歲了，這村子裡一半的人的名字是老朽取的，可喜悅並不喜悅，安寧也不安寧，慶豐也沒有慶豐，但願你這個天倫能應驗。」

李天倫說：「那都是世事的錯，哪能是活祖宗的不是。」

活祖宗乾枯的手動了一下，說：「人生十之八九不如意，這是民國時的大知識份子胡適之說的。實際人一降生，就如同一粒塵土落入風雨中，飄搖由不得自己。就叫雲渺吧？飛得高一點，離塵世遠一些，煩惱就會少一些。」

老祖宗說這話時，突然眼睛裡放出一種久違的光芒，亮晶晶的像一團月光。

李天倫立即跪下，雙手合十，以表示對活祖宗的尊敬和感激之情。可是，活祖宗眼中的光芒，瞬間就消失了，一雙耷拉的眼皮，鬆弛下來，幾乎蓋住了雙眼，眼睛只剩下一條縫隙。他看著老祖宗的神態，有些心酸，活祖宗真像一棵多年的老樹，樹幹、樹枝、樹葉都乾枯了，看來不會再在塵世待多久了。他說：「活祖宗呀，還得麻煩你，給天倫將來的孩子取個名吧，提前預備，圖個吉利，也圖個出自你老人家的聖人之口。」

活祖宗說：「想得也是，我在這個塵世活膩了，不該再占地方了。」

天倫急忙說：「活祖宗在這個世上就是神仙，神仙是無量壽的。」

活祖宗說：「那是讓人高興好聽的，老朽樂意聽，但從來不信。」活祖宗喝了一口放在桌子上的水，喉嚨裡響了一聲，說，「生女兒隨雲渺，就叫雲夢吧，雖然人生縹緲，但可以做夢。如果是兒子，就叫善福吧，行善就會積累福德，這是古聖先賢的名言。」

天倫聽了，再次跪下，給活祖宗叩了個頭，說：「謝謝活祖宗的吉言，祝活祖宗健康永壽！」

活祖宗搖搖手，天倫站起來，往桌子上放了五塊錢，說：「老人家買個好吃的吧，小輩只有這點孝心了。」

活祖宗說：「禮重了，一把紅糖足夠了。」

天倫明白，活祖宗這話，也是一句笑話。實際上，活祖宗取名，從不收費，只是有些人帶點禮物而已。他覺得活祖宗真的可能不久人世了，所以，放了五塊錢，也是敬神呀。

半年後，活祖宗以一百一十六歲的高壽，離開了人間，小小山村裡過了一個規模宏大的喜喪，全體村民，不管男女老少，全部披麻戴孝，儘管日子並不富裕，有些人家買一件衣服都是很難的事，但大家不管是近親七尺孝布，還是遠親三尺孝布，家家竭盡全能，送別這位老祖宗。

出殯那天，抬棺木的，舉白色旗幟的，全是一身白，而隨後的送殯隊伍，從村口排到了墓地，兩人一排，足足有五里路長。棺木下葬時，跪地向老人家做最後的訣別時，一面坡都成了白色湖泊，人頭晃動，白浪翻滾。

送葬結束時，村長拿著電喇叭說，國家的宗教政策允許了，村頭的土地廟可以重修，從今天起，改稱之乎活祖宗為之乎老祖宗，之乎老祖宗已經成神仙了。之乎老祖宗的塑像，可以放在土地廟裡供起來，他是文曲星下凡，他早年培養的學生，不但有國民黨的高官，也有共產黨的大領導，儘管他們走在了老祖宗的前面，今天沒有辦法來送行，但他們是老祖宗一生的榮耀。文曲星人走了，但我們要把他的魂留下，保佑我們李家村世世代代出文化人，保佑我們農家子弟個個考上大學。

村長的倡議，贏得了大家一片歡呼，三百多人當場捐款兩千多元，一個月後，土地廟在村頭恢復了，三個月之後，之乎老祖宗一尺高的塑像，由縣文化館一位泥塑家送來，放在了土地廟裡。

土地廟不大，也就一人多高，下面是青石壘的上香的地方，多半人之上的神龕裡，左邊安放著土地爺，中間放著觀世音菩薩，之乎老祖宗放在觀世音菩薩的右邊。村長徵得縣文化館泥塑家的意見，將之乎老祖宗正式稱為之乎文曲星，還請縣裡一位寺院住持來開了光。從此，每月初一十五，村民們都會在觀世音菩薩、土地爺和之乎文曲星的面前放上供果，插上香，以表達他們的敬仰之情。

雲夢出生時，之乎老祖宗已經走了六年，村子裡的許多年輕人，都出門打工了，剩下的都是一些老人和小孩，可村頭土地廟的香火依然旺盛。那天，天倫折了幾支鮮豔的桃花，拿著三個蒸饃，一瓶酒，到了土地廟，敬過觀世音菩薩、土地爺和之乎文曲星後，向之乎老人家禱告說：「生下的又是一個女兒，就按你老人家說的，叫雲夢。雲渺已經上小學一年級了，老師說，她的學習成績很好，成績排在年級前三名。望你老人家保佑雲渺、雲夢將來考上大學，圓我今生天倫之樂的夢。」

說到這裡，天倫流淚了，不知他是激動，還是對未來充滿希望？連他自己也不知道。

敬完觀世音菩薩、土地爺和之乎文曲星，李天倫收拾了裝供果的籃子向家走，剛走出沒有幾步，聽到有人喊他的名子，他一聽知道有事，不然不會有人輕易這麼喊的，他一邊答應一邊跑起來。喊的人在高處，他在低處，他能聽見喊的聲音，喊的人卻無法聽到他的回音。那邊喊的聲音不斷加大，而且越喊越急促，當喊的人聽到他的回應時，他已經到了家門口，他還沒有進家門，接生婆急速迎上來，說：「大出血，從沒有見過，趕緊送縣醫院。」

這時，門口已經有幾個小夥子，拉了一輛架子車等著，他衝進屋裡，看見地上一灘血，床前一片血紅。他撲上去，連著被子和褥子，捲到一起，抱起已經昏迷的老婆淑英跑出去，放在架子車上，和幾個小夥子一起，沿著山路飛奔而去。可是，半路上淑英就沒有氣了，為了最後一點希望，他們還是竭盡全力，用了一個多小時，把淑英送到了縣醫院，醫生測過心臟後，又翻開眼皮看了看，說晚了一個小時，早就沒有心跳了。他聽了控制不住自己的情緒，蹲在地下大哭起來。四周的人圍過來，看著一個大男人如此傷心，感到好奇，當人們打聽到情況，無不表示惋惜，有女人在旁邊抹淚。

在別人一再勸說下，天倫終於止住了哭聲，可他不能接受醫生的結論：晚了一個小時！他沒有去敬之乎文曲星前，就拉上淑英往醫院跑，也來不及呀。他想不通，祖祖輩輩山村裡生娃，都是接生婆接生的，大出血的現象是很少發生的，為什麼偏偏讓他李天倫遇上了？

回家後，他把淑英的遺體放在中堂，安頓好了喪事，他又到土地廟，跪在之乎文曲星面前，說：「老祖宗呀，你活著的時候，我家三代人的名字都是你賜的，我們緣分不薄，可你能告訴我淑英為什麼這麼快去了？」

他十分希望得到答案，可神龕裡的之乎文曲星一動不動，連眼皮也沒有眨一下，他在失望中回到家，吃了幾口飯，和雲渺一起躺在喪道裡，守著淑英過夜。而要了她媽命的雲夢，好像知道自己犯了錯，整個晚上幾乎沒有哭一聲，睡在喪道的李天倫居然忘了剛出生的女兒的存在，半夜時分，哭紅了眼的雲渺，突然說：「爸爸，妹妹應該吃點東西。」

雲渺的話提醒了他，他跳起來，趕緊去灶房熬了一碗米粥，把上面的清湯倒出來，端到睡房裡，躺在被子裡的雲夢，在昏黃的燈光裡，好像有了感應，動了動身子，雲渺把妹妹抱起來，看著爸爸一小勺一小勺餵。雲夢靜靜躺在雲渺的懷裡，小小嘴巴微微裂開一條縫，當爸爸的小勺挨上去的時候，靠自然的流動，潤進小嘴唇裡，大約吸進去五六勺後，她就不聲不響的睡著了。看著這個剛剛出生就失去了母親的女兒，李天倫悲從心來，忍不住躲開雲渺淚流滿面……

眼前的情境突然消失了，李天倫感到一座大山向他壓來，身體承受著從未有過的重量。好像明兒動了一下，揮了一下手臂，掀掉了身上的被子，滑落的被子的一角，砸在了他的身上，他感到了又有一座大山倒向他，覺得身子瞬間就會被壓碎，變成一粒粒塵埃，像長江巨浪四射的飛沫，快速下落，消失在川流不息的水流中。他希望這一刻，明兒能醒來，那樣他仍然可以看一眼外孫。可是，他的願望又一次落空了，明兒的胳膊放下後，又恢復了睡眠，他的小嘴砸吧著響聲，好像在夢中叫喚著爸爸媽媽，又叫喚著姥爺。

李天倫突然又找不到身體了。他的眼前，又出現了另一個情景……

雲夢出生半年後的一天，外村來了一個遠方親戚，帶來一個男娃，說娃他爸李天倫認識，名叫鄭熊，曾經做過收購龍鬚草的生意，李天倫在他那兒掙過幾百塊錢，算是比較好的關係。他倆撥算過親戚關係，最終誰也搞不清是那一輩人結的親，輩分也已經說不明白了，於是他們以兄弟相稱。

李天倫大鄭熊幾歲，鄭熊就喊李天倫為大哥。由於龍鬚草生意不行了，兩個人幾年都沒有見過面了。遠方親戚帶來這個男孩，說是鄭熊的獨生子，鄭熊兩口子拉了一拖拉機紅薯，去縣城賣，不料走半路上，遇到一輛大貨車，由於路仄，轉彎視線不明，兩車相撞，鄭熊兩口子當場死亡，後經交警現場勘查，判定鄭熊過錯，造成這起交通事故。人死了，還沒有賠錢的，留下這個十歲的孩子牛娃。周邊的親戚，都沒有能力撫養這個孩子。來人是個小夥子，他說：「李叔，我們問了算命先生，說遠親中，有一家姓李的，家裡有兩個女兒，可以到這戶人家去。瞎子還說，只要這個孩子到了這家，一定會長大成才。親戚們算了又算，找了又找，只有大叔你家符合這娃的命。」

看著眼前的孩子，滿臉的稚氣，一雙大眼睛，充滿著渴求的欲望，純淨的眼神中，含著幾分膽怯。身上的衣服儘管很舊，但洗得很乾淨，看來應該是個勤快的孩子。雲渺出生之後，他確實想要個兒子，可是雲夢的出生，斷了他這個念想，不僅因為國家政策不讓再生，生了要罰兩萬塊錢，打死他李天倫也拿不起，現在有人送了一個兒子，應該是求之不得的。可是，家裡增加一個人吃飯，是一個負擔，最大的問題可能還不是添個碗、一雙筷子那麼簡單，眼見的這個男娃，該是上學的年齡，不讓上學，誤了孩子的一生，他付不起這個責任，如果上學，他實在負擔不起。於是李天倫問：「娃上學了嗎？」

他想借這個問話，委婉拒絕了這件事。

可是，來人似乎早有準備，馬上說：「讀三年級了，不過自他爸媽走了後，就沒有到學校去。別看他只有十歲，力氣可不小，最多的時候擔一百多斤哩，完全可以自己養活自己。」

不管怎麼說，他從鄭熊那裡賺過幾百塊錢，連一個縣長的工資只有五十幾塊錢的時候，幾百塊錢不是一個小數字，再說這個孩子一看，就是一個懂事的孩子，接受有困難，推出去又不忍心。李天倫只好說：「我和大女兒商量一下吧。」

來人說：「那先讓牛娃在你家住一晚上，如果商量後不同意，給我送回去就是了。本不該給你添麻煩，可這孩子命苦，實在沒有人家可以接納。」

李天倫只好同意。天快黑了，李天倫要來人留下吃了晚飯再走，來人說家裡還有事等著，就匆忙告辭走了。實際上，來人恐怕也是受人之托，想儘快把孩子送出去，急忙脫手是他要走的原因。天倫看得出，也能理解，就默認了。

來人走了，李天倫問男孩：「你叫啥名字？」

男孩說：「叫李牛娃。」

天黑了，雲渺背著雲夢出去剜豬草回來了，見家裡來了一個陌生的男孩，個子比自己高，年齡想必也比她大，她就問：「哥哥，從哪兒來？」

牛娃說出一個村莊的名字，離這裡大約三十多里路，走路要半天，雲渺顯然不知道，男孩也沒有再解釋，快步上去，一隻手抱住雲渺背上的雲夢，另一手幫著雲渺把捆在腰間的繩子解下來，然後雙手接過雲夢，抱到了自己懷裡。雲夢抬頭一看，是一個不認識的人，哇地一聲哭了。牛娃趕緊把雲夢舉起來，逗著她玩，雲夢居然不哭了，還咯咯咯笑起來。這一幕，剛好被進門的天倫看到，他說：「好好，叫哥哥抱一會，爸爸沒有時間，雲渺做夜飯去吧。」

雲渺說聲：「謝謝哥哥！」就去隔壁的偏房裡做飯了。

他們家住的這兩間大房，還是土改運動時，從大戶人家分來的，一間做堂屋，另一間隔了兩個睡房。當年李天倫的爹娘活著時，爹娘住一間，他和淑英住一間，沒有地方做飯，天倫就在西頭加了個偏房，做廚房用。爹娘去世後，一間天倫兩口子住，另一間雲渺住。淑英去世後，一段時間雲渺和爸爸住在一個睡房裡，幫著晚上照顧雲夢，另一間空著。時間一長，雲渺心痛爸爸，白天農活太累，包產到戶的地，全靠爸爸沒白沒夜地幹，為了讓爸爸晚上睡好覺，雲渺就和雲夢睡到另一間了，晚上雲渺一個人照顧雲夢。

白天雲渺上學了，雲夢就被李天倫關在睡房裡，放上點鍋巴之類的零食，無論是上午還是下午，李天倫從地裡回來，會在第一時間，跑到睡房裡看雲夢，大多數時候，雲夢都會睡著了，一點動靜也沒有。偶爾也有哭鬧的時候，他推開睡房門的時候，就會看到淚水打濕了雲夢胸前的衣服，有時候雲夢尿在地上，身子沾滿了尿泥和灰土，這個時候，李天倫就十分心痛，一邊叫著「乖乖雲夢」，一邊抱起雲夢，燒一鍋溫水，趕緊給女兒洗個乾淨澡。

雲夢大一點了，李天倫就把女兒帶到地頭，在他視野之內幹活。在這樣的日子裡，雲夢終於一點一點長大，學會走路了。

牛娃來了，添了一把手，雲渺上學去了，雲夢多半時候，就由牛娃照顧。給雲夢餵米湯、喝水、抱著出去玩，基本都是牛娃的事。如果白天牛娃隨著李天倫幹農活，中間喘口氣的時候，牛娃也會跑去把雲夢抱起來。雲夢看見牛娃，總會用含糊不清的語言，叫著「哥哥」。

這樣的日子，突然之間，使李天倫覺得輕鬆了許多，由於承包土地收成好，家裡的糧食多得是，暫時感覺不到多個人的壓力，李天倫反而希望牛娃就是家裡的人。過了半個月了，牛娃原來村子裡的人，也沒有任何人過來打聽，或問一句牛娃的情況。既然如此，李天倫就做好了長期留下牛娃的打算。而放學回家的雲渺，也離不開牛娃了，如果牛娃陪著雲夢玩，雲渺就去做飯；如果雲渺接過雲夢，牛娃就去做飯，倆人配合默契，不用說話，看看眼神就明白了，似乎他們早就是親兄妹了。李天倫看在眼裡，三個月後，他把牛娃叫到跟前，當著雲渺和雲夢的面，說：「牛娃，就給爸爸當兒子吧？」

牛娃聽了，激動地跪下，給李天倫叩了一個頭。小小年紀的牛娃，很懂事地說：「爸爸的收養之恩！牛娃終生難以回報。請爸爸放心，我會一輩子照顧好兩個妹妹，為爸爸養老送終。」

那一刻，李天倫流淚了，他感到慶幸，接納牛娃，不是他李天倫的功德，而是老天爺賜給他的福氣，使他這輩子終於可以實現兒女雙全、享受天倫之樂的願望。

雲渺看到爸爸流淚，就拉著牛娃哥哥，撲過去一起抱住爸爸。坐在地上的雲夢看見沒有人理她，突然哇地一聲哭起來。雲渺放開爸爸，抱起了雲夢。李天倫擦了擦眼淚，對牛娃說：「給你起個大名吧，就叫善福。那是土地廟裡的之乎文曲星，活著的時候起的，保佑娃將來有大出息。」

牛娃點點頭說：「聽爸的，就叫善福。」

雲渺聽了，高興地叫一聲：「善福哥哥！」

善福大聲回答一聲。

李天倫笑著，把善福、雲渺、雲夢的小手放到一起，然後捂在自己手心，說：「今後你們就是親兄妹！」

善福和雲渺，抱著雲夢，一起摟住了李天倫……

李天倫突然什麼也看不見了，眼前一片模糊，像陷入大霧瀰漫的山谷，霧氣濃得像化不開的冰塊那樣，堵塞了整個天下，沒有留一點空隙。李天倫掙扎著，企圖用雙手撥開霧氣，可是手在哪兒呢？眼耳鼻舌身五官統統沒有，一切努力都是徒勞的。他只好忍耐著，盼著霧氣慢慢消失。不知過了多久，霧氣終於不見了，可他看不到任何物體，眼前全是陽焰，像揭開蒸籠的熱氣，在眼前漂浮流動，沒有任何實體，也沒有任何圖景，只是一種回不去的感覺。無所不在的陽焰，如同暴雨中突發的山洪，以巨大的聲響佔領了整個空間，令人窒息，令人驚駭。

也許一天，也許兩天，陽焰終於慢慢褪去，李天倫回憶起了中斷的情景。

那是一個晚上，吃完夜飯，善福看著雲夢，雲渺趴在凳子上寫作業。好一會，善福看見雲渺嘴裡咬著鉛筆頭沒有動靜，就問雲渺：「雲渺，作業有難處嗎？」

雲渺抬頭看看哥哥，突然眼裡顯出喜悅的神色，說：「哥哥上過三年級，這道題肯定會。」

善福聽了，抱起雲夢湊過去，雲渺接過雲夢，善福拿過作業本看了看，說：「這麼做。」說著，就給雲渺講了做題的方法，雲渺睜大眼睛看著善福，驚奇地說：「我怎麼這麼笨呢？哥哥好聰明！」

善福笑笑，接過雲夢說：「沒有啥難的，多做些題就明白了。」

雲夢看著哥哥，點點頭。很快，作業做完了，雲渺站起來，收拾了作業本，對善福說：「哥哥如果上學，將來一定能考上大學。」

善福笑著說：「雲渺多麼聰明呀！雲渺考上大學也就是哥哥考上了。」

雲渺說：「如果我倆都考上大學，不更好嗎？」

兄妹倆的對話，被在門外月光下編荊筐的李天倫聽到，他一時心亂，以善福的能耐，讀了書一定會有出息，如果不讀書有可能就害了娃的前途。可是，家裡的狀況，確實沒有條件送善福去讀書。他歎口氣，無奈地放下手中的活，不只是真的口渴，還是什麼原因，嗓子裡像堵了東西，一時難受，就起身進屋找喝水。雲渺看見爸爸進來，趕忙從暖瓶裡倒了一杯溫開水，遞給爸爸，說：「爸爸，哥哥可厲害了，我想了二十分鐘沒有想通的題，他一看就解開了。」

李天倫心裡空落，一時無語。雲渺沒等爸爸回答，接著說：「爸爸，可不可以送哥哥也去上學，我可以有個伴。」

李天倫還是沒有回答，不是他不願回答，他確實不知道該如何回答。善福卻說：「雲渺說笑哩！家裡這麼多的活，咋能只靠爸爸一個人，我大了，應該給爸爸減輕負擔。」

李天倫看得出，善福的話是實心實意說的，可到了李天倫的心裡，變得不是滋味。這樣年齡的娃，應該坐在課堂裡，可善福卻每天跟著他忙出忙進，確實減輕了他的負擔，可未來呢？就讓娃和自己一樣，沒有文化，只能幹些力氣活嗎？

李天倫喝完了一杯水，終於說：「讓爸爸想想，該咋做比較好。」

善福急了，說：「爸爸別往心裡放，雲渺說笑哩。屋裡屋外，事情這麼多，過幾年雲夢也就該上學了，一個人幹活咋能負擔得起呀。」

李天倫把話岔開，說：「時間不早了，你們睡吧，爸爸還有點事，出去一趟。」

善福問：「爸爸，我陪你去吧？」

李天倫說：「不用。我很快就回來。」

善福沒有再說什麼，接了一盆水，打開暖瓶添了些熱水，開始給雲夢洗手洗腳，雲渺也過來給哥哥幫忙。

李天倫到中堂供桌的抽屜裡，取出三支香，卷在一張廢紙裡，拿著出了門。天氣已經接近夏天，晚上屋外已經不涼了，天上的月光很好，清水一樣灑在地上，山坡上的樹林，呈現出一片黑黢黢的顏色，像是大地的一塊補丁，山窪裡月光照不到的地方，就是一片黑暗。

他快步到了土地廟，月光從南面的山頭射過來，照進土地廟的神龕，觀世音菩薩、土地爺和之乎文曲星的面容，顯得十分清晰。李天倫點燃三支香，插在香爐裡，然後作揖跪下，對之乎文曲星說：「活祖宗呀，咱倆可是老關係，你告訴我該咋辦，我聽你老人家的話。如果善福將來一定有出息，我就是拚了命也要叫娃讀書，如果就是個種地的命，我也就不操心了。」他磕了三個頭起身，說，「你老人家給個準信。如果讓善福讀書，敬你的三支香的煙就是直的，不需要讀書，煙就是散亂的。」

說完，李天倫站在那兒，靜靜地等著之乎文曲星顯靈。

半空無辜刮起一股風，吹起地上的雜草和塵土飛，李天倫的心裡咯噔一聲，覺得娃完了，這書是明顯不能念了。可是奇怪，三支香的煙，根本就不聽風的，像三根細細的鐵絲，直直地吊在半空不動，不像是從燃著的香頭上冒出來的，倒像是從半空垂直下來的。

朦朦朧朧的月光裡，三根煙柱，穩穩當當立在那兒，像若有若無的夢境，既不實在，確又明明存在，李天倫的心忽然之間踏實了，那一刻他做好了心理準備，既然之乎文曲星明白無誤地告訴了他，還有什麼可以遲疑的呢？他又跪下，又給之乎文曲星磕了三個頭，說：「等娃金榜題名時，我給你老人家唱大戲。」

說完，他起身，再看一眼月亮，月光裡萬山寂靜，四周連一聲狗叫都沒有，山村已經進入了深深的睡眠之中。李天倫踏著月光，快步回家。儘管他的心裡為再供一個孩子上學，日子可能更加艱難而發愁，但他相信未來的前景，會因為孩子們有出息而改變，那一直嚮往的天倫之樂，十年後一定會實現。因此，他的腳步堅實而有力……

李天倫的意識裡，出現了散狀的如同漫天星斗閃閃發光的明點，不一會，那些明點，變成了快速旋轉的火圈，在不遠處不停地晃動，接著如同月光般明亮的白光，充滿了空間，李天倫感到自己被這片白光包圍著，又過了一會，那些濃濃的白光，被紅光所代替，就像早晨海面日出時的霞光，鮮紅的光線將天空、海水染成一個顏色，像通透的爐膛。在這些變幻莫則的情境中，他像一片羽毛，隨風飄盪。

突然一道強烈的白光，切斷了李天倫的回憶。這道強烈的白光，如同劇烈的閃電，將空間照得一片雪白，像融化了的鐵水，燒掉了整個世界，所有的影像與實體，在那一瞬間化為烏有。

那一刻，李天倫縮成了一個團，驚恐佔據了他的整個心靈。可是，當白光閃過之後，他才發現，哪有自己的存在，既沒有看到自己的身體，也沒有看到周圍的遺物，這回他確定自己真的死了。因為他看見窗子上有了亮光，他覺得天應該亮了，稍等一會，窗戶上有了一抹紅色的光，證明天確實亮了。他看見外孫明兒坐起來，揉揉眼睛，轉身看見了躺在身邊的姥爺，他搖了搖姥爺，大聲叫著說：「姥爺，我肚子餓了！」

李天倫看到了這個情景，可他並沒有感到明兒在推他。他靜眼看看，躺在那兒的是一具硬屍，根本不是活著的他。他心裡發慌，想撲過去抱住明兒，可是他用盡力氣，觸及了明兒的身體，卻不能把明兒抱起來，甚至連推一下明兒的反應都沒有，更不能和明兒對話。明兒幾乎哭出了聲，可他仍然無法與外孫對話。明兒終於不能堅持了，他下床，跑到廚房的菜板上，拿了半塊烤饃，接了一碗涼水，狼吞虎嚥吃起來。

看了這情景，他傷心得想哭。自認為有兒有女、一生圓滿的李天倫，此刻眼見著外孫一個人，連一頓熱飯也吃不上。善福走了，雲渺走了，他曾經答應過善福和雲渺，會把明兒照顧好。這句話還在心裡熱乎著，屋子裡卻只留下明兒一個人。他曾刪掉了雲夢的電話號碼，他不願意見到這個敗壞家風的女兒，可他又能怎麼樣？是他無能還是雲夢無能？而此時，雲夢是明兒在這個世界上唯一的親人了，李天倫希望雲夢回來，雲夢姐妹和善福是怎樣長大的，只有他心裡清楚。每一個日子，每一天成長，都在李天倫的心裡留下深深的烙印，度過那些艱難的日子，是多麼的不容易……

李天倫走進了茫茫黑夜，所有的一切沉入黑暗，過去的沒有了，眼前的沒有了。明兒也從他的視野中消失了，讓他留戀、渴望、恐懼的心，也沒有了，他不知道自己到了哪裡，更不知道自己是不是存在，在這一刻，他知道自己真的從這個世界上，徹底的消失了。

過了很久很久，也許一天，也許兩天，也許更長的時間，等他慢慢甦醒的時候，他聽到了遙遠天邊的雷聲，由遠及近，像放空的鐵桶，在碎石的路面激烈地滾動，發出炮火一樣的轟鳴聲。接著，是雷電交加的夜晚，傾盆的大雨，像無數條粗壯的繩索，從天而降，不停地抽打著地面。隨之暴風雨中，傳來野獸的叫聲，有狼的哭嚎，有熊的怒吼，有老虎的狂嘯，有狐狸的尖叫……瘋狂的雨夜，在黑暗中變成了靈魂的絞肉機，不斷粉碎著感知中的世界，使一切變得無形無相，卻充滿恐懼。

狂風暴雨過後，李天倫又一次看見了過去。

善福要上大學了，李天倫知道，又一個艱難選擇的時刻到了。他必須做出決定：要麼雲渺輟學，要麼善福不上大學。這是一個無法兩全的選擇，無論確定哪一個，就會傷害另一個。李天倫於心不忍，欲哭無淚，可他沒有辦法，今天晚上，他必須做出最後的決定。

天黑了，入夜的天色更加陰暗，七月的天氣，晚上的氣溫突然下降，有些秋天的感覺，李天倫穿上一件褂子，提上荊條編的籃子，如八年前一樣，用廢紙卷著三支香，他要去土地廟，問問之乎文曲星，然後再做決定。不過這一次，要比上一次的決定，更為重要，好在今年的蘋果豐收了，他提的籃子裡，除了三支香，還有十幾個蘋果。他要給之乎文曲星、觀世音菩薩和土地爺多上一些供果，以表達他的誠心和對這件事的看重。

四周刮著風，雖然不大，卻能聽到樹林裡的響動，樹葉的搖擺聲，和著旋風吹過山溝的聲音，發出一陣陣嗚嗚的鳴叫，使人懷疑黑暗的天色不再放明了。天是陰的，沒有星星，也沒有月亮，天下黑得伸手不見五指，李天倫打著手電筒，沿著山路，高一腳底一腳摸到了土地廟前，他先上好供果，然後取出三支香，準備點燃。他帶了火柴，也帶了打火機，先用打火機打了五六遍，也沒有將香點燃，火苗擺動兩三下，就被風吹滅了。

他不得不改用火柴，先劃了一根火柴，火苗剛剛冒出，就被風吹滅了，這樣試過幾次，沒有一次成功，他不得不一次拿出十多根火柴，隨著「哧」的一聲，三根手指捏著的火柴，全部燃了，冒出一股不小的火苗，李天倫急忙把香湊上去，三支香瞬間被全部點燃了。

他熄滅了手中的火柴，把三支香恭恭敬敬插到香爐裡，然後雙手合十作揖，再跪下磕了三個頭。磕完頭，他沒有起來，對著之乎文曲星說：「老祖宗啊！三支香，兩個女兒在兩邊，左邊為大，是雲渺，右邊是雲夢，中間那一根就是善福，如果善福該上大學，中間的香煙就是直的，如果該雲渺繼續讀書，左邊的那支香的煙，就是直的，右邊的不用管了，雲夢還在上小學，早著哩。」說完了，他起身站起來，說，「你老人家聽清楚了吧，請你老人家告訴我。」

說完，李天倫打開手電筒，恭敬地站在那兒觀察。可是，由於風向不斷變化的緣故，三支香已經燃了過半，仍然沒有一支香的煙是直的。只要煙冒出頭，立即被風吹散，在一米高的地方，變成散狀細絲，隨即飄走。眼看香快燃盡了，仍然沒有結果。李天倫只好說：「今天天氣不好，不怪老祖宗，這樣，我就自己做決定了，請老祖宗保佑！」

李天倫不想傷害女兒，更不想傷害善福，想來想去，沒有萬全之策，臨近家門時，他心一橫，覺得應該拚一回。回到家裡，李天倫把兩個女兒和善福叫到一起，說：「善福的大學錄取通知書到了，我們得商量一下。」

李天倫話音剛落，善福就說：「爸爸，我早想好了，之所以參加高考，只是證明一下這些年的努力，沒有給爸爸丟人。學就不上了，從現在開始，我就是一個真正的勞力了，爸爸年齡大了，再不能像從前那樣，沒有命地幹活了，身體也不允許。雲渺和雲夢好好學習，哥哥我保證，一定按爸爸的心願，供你倆讀大學。」

已經考上高中的雲夢，聽了哥哥的話，堅決不從，說：「我之所以考高中，就是為了讓哥哥安心考大學，如果我說不考高中了，哥哥就不會報考大學的。現在哥哥考上了，該我成全哥哥了。哥哥學習比我好，又是男孩，將來一定會闖天下，實現自己的理想，爸爸的希望也就實現了。」

雲夢才上小學三年級，看看哥哥姐姐，不知道自己該說什麼。就表態說：「我放學回來，多幫爸爸幹活。」

李天倫聽著落淚了，三個孩子比他想像得還懂事。他們都是自己的心頭肉，虧待哪一個，他的心裡也過不去。他說：「你們既然是爸爸的孩子，就要聽爸爸的話。」

三個孩子幾乎同時說：「聽爸爸的。」

李天倫說：「那就好！」李天倫嚴肅地說，「晚上我去問了之乎文曲星，老祖宗用三根直直上升的煙示現，三個娃都能考上大學。既然老祖宗說了，我就得這麼辦。善福學費的事，我想辦法，入學前一定把三千塊錢給你。雲渺開學就去高中報到，雲夢還小，當然更要努力。」

雲渺和善福還想說什麼，被李天倫制止了。兩個孩子知道，爸爸一旦決定了，三頭牛都拉不回。

離開學還有三天，善福就出發了，因為路上要坐一天汽車，兩天火車。出發前，李天倫把包括學費、三個月伙食費在內的四千塊錢，交到善福的手上，說：「兒子記住，爸爸一定供你讀完大學。任何時候都要堅持！」

善福流著淚，跪下，給李天倫磕了一個頭，說：「爸爸，兒子記住了，爸爸的大恩大德永世難報。」

善福離開家後的那天晚上，臨睡前，雲渺進了李天倫的睡房，說：「爸爸，我理解你的心，可事實擺著，如果我和善福哥都上大學，這個家是無論如何也撐不起的。」

幽暗的電燈光裡，雲渺的臉色有些發白，李天倫心頭一顫，說：「爸爸說了，就一定會有辦法。」

雲渺說：「我相信爸爸，可那樣太累了，不現實，我們不如保護重點，只要善福哥上完大學，工作了，我們的一切問題就解決了。」雲渺說了一大堆，意思就是供一個人上大學才是最佳的決定。李天倫想想，是這個道理，最後就問雲渺：「那你咋辦？」

雲渺說：「上職業高中，國家有補貼，花不了幾個錢，學點技術，將來進工廠當工人。」李天倫見雲渺說的是真心話，想想也符合實際，就同意了。

當年的寒假，善福在大學旁邊的飯店裡打工，沒有回家，等來年暑假回家時，才知道雲渺讀了職業高中，說什麼也來不及了。善福紅著眼對雲渺說：「這一輩子，有哥的，就有你的。」

雲渺笑著說：「沒那麼嚴重，只要能吃苦，現在的技術工人很吃香！」

實際上，善福上大學，只是第一次離開家門時，拿了李天倫給的四千元，隨後給他寄錢，全部被他退到李天倫的卡上了。他在大學裡勤工儉學，做了兩份工作，一份是在飯店打工，另一份則是替一個老闆管理網站，兩份工作不但掙夠了學費和生活費，還有節餘，時不時還會給李天倫的卡上打點錢。

這樣的日子，似乎是上天的恩賜，李天倫十分感動。

轉眼間，雲渺兩年高職畢業了，被縣城印刷廠招工，在廠裡負責庫房管理。那時的工廠材料和成品進出，開始實行電腦管理，由於雲渺電腦技術考試，在畢業班考了個第一，所以被工廠看中了。這工作不算太重，是一個難得的崗位，雲渺卻被選中了，儘管工資只有五百塊錢，剛剛和政府規定的最低工資線持平，但在山村人的眼裡，已經是了不得的工作人了。善福也上大三了，再過一年，畢業就可以找工作了，從此家裡只有雲夢一個人讀書，李天倫的苦日子快要結束了，那個兒孫滿堂、吃穿不愁的天倫之樂，與他很近了。可是，就在他滿懷喜悅迎接未來的時候，老天爺似乎嫉妒他充滿希望的日子，突然給了他一個巨大的打擊。

他的胃多年不好，不注意受涼或吃得硬了，胃就會痛，不過吃幾片快胃片或止痛片，問題就解決了。後來慢慢加重了，他就在村子裡的老中醫那裡，抓幾副中藥，吃了也可以管一陣子。可是近來病情突然加重，吃什麼藥都不靈了。老中醫知道後，勸他去縣醫院檢查。無奈，他抽了一個空檔時間，去縣醫院看了醫生，樓上樓下差點搞暈，按醫生的要求檢查了一遍，花了一百多塊錢，他簡直心痛得難受。醫院要他三天後再來看結果，李天倫實在不樂意，從家裡到縣城，要翻兩座山，到公路邊如果搭不上順路的車，來回得整整一天。

三天後還好，李天倫走了兩個小時山路，上了公路，花了兩塊錢，搭上一輛三輪車。到了醫院，醫生問：「家屬來了嗎？」

看醫生問話的神態，十分凝重，他的心咯噔一下，知道事情不好，但再不好也得應對。他說：「我一個人來。」

醫生問：「家裡還有什麼人？能不能讓他們來一趟。」

他說：「就我一個人，孩子們上學。」

「老伴呢？」

「十幾年前就去世了。」

醫生一聽，說：「大叔，對不起！」

他說：「有啥你就給我說，大不了一個死字，咱農村人怕啥。」

醫生一看，態度變得和藹起來，請他坐在椅子上，手裡拿著片子，說：「胃癌中期，不過抓緊治療，還是有希望治癒。」醫生請他放鬆，說，「胃癌的手術已經很成熟了，但得抓緊時間。」

聽了醫生的話，冒出他腦子的第一個念頭，不是能不能治好，而是要花多少錢。他問：「手術費多少？」

醫生看了看他，說：「包括放療、化療在內，手術費大約得十萬左右，你就按十萬準備吧。」

李天倫一聽，差點從椅子上掉下來，十萬這個數字對他而言，如同天上的星星，是一件十分遙遠的事情。他急忙說：「我想想再來找你。」

醫生說：「時間耽擱不得。」

他點點頭，快步出了醫院，好像他不馬上離開，就會被人抓起來，迫使他拿出十萬塊錢。他想，就是把住的兩間房子都賣了，也湊不夠十萬呀！

捨不得花兩塊錢搭便車，用了三個小時，趕回了家。一路上，他的腦子裡山崩地裂，天翻地覆，他想不通的是，為什麼偏偏在這個時候得這樣的病。他一生勤勤懇懇，老實做人，從沒有幹過虧心事，這樣的事情不應該攤在他頭上。即使讓他遇到，晚幾年他也沒有怨言，雲夢沒有結婚也不要緊，只要善福娶了媳婦，生了孫子，他看一眼也就心滿意足了。那時叫他得這病，他就告訴兒女們，他不治了，慢慢死去挺好的。那樣，也算他李天倫實現了天倫之樂的願望。

可老天爺就是和他過不去，以這樣的殘酷方式對待他。他服輸但不服氣，一路快走，快七十歲的人了，居然像小夥子那樣力氣十足，兩邊的山丘，快速向後退去，山間的溪流，水聲比平時大了許多。路過村委會時，他已經想好了，就進到屋裡，給值班的會計說一聲，摸起電話，給雲渺打了個電話，要雲渺星期六如果有空回來，雲渺說這周剛好她輪休，準備回家的。

放下電話，李天倫已經決定，把這件事告訴雲渺，但不告訴善福。因為善福只要知道了，就一定要回來，還有一年畢業，他不能耽誤了孩子。何況回來又有什麼用呢？十萬的醫療費不會從天上掉下來，那不給娃出難題嗎？所以，他準備給雲渺說清楚，吃藥可以，但絕不能動手術，慢慢熬，過去了就過去，過不去大不了一個死。只要善福畢業有了工作，照顧雲夢沒有問題，他大可以放心地去死。至於心中那個天倫之樂的夢想，他也想明白了，爺爺沒有實現，老爹沒有實現，為什麼自己非要實現呢？也許那本來就是一個念想，根本不可能實現。他想通了，心裡也就釋然了。

星期六一大早，雲渺就搭一個便車回來了，直接坐到了村口。進屋時，李天倫剛吃完早飯，雲夢已經上學去了。他問女兒：「吃早飯了嗎？」

雲渺說沒有，李天倫要給女兒做飯，雲渺說自己來，她麻利地進灶房，煮了一碗麵條，放了些青菜，滴了幾滴香油，放了點鹽，就是一碗很可口的飯。吃完後，不見爸爸到地裡去，有些奇怪。就問爸爸今天該做什麼？李天倫說要告訴女兒一件事。

雲渺問啥事？李天倫進睡房，拿出了一堆化驗單。雲渺接過來看不懂，就直接看診斷結論，一看嚇一跳，臉色立即白了。說：「爸，那得趕緊住院呀。」

李天倫把他的想法說了一遍，雲渺說：「不管怎麼著，先看病。」

李天倫說：「雲渺啊，十萬塊錢把家賣了也湊不齊。」

雲渺一聽數字，確實懵了。但當她清醒過來，堅持要先借錢，不努力就放棄，無法給善福交代，也無法給自己的良心交代。最後李天倫擰不過女兒，父女倆達成一致意見，先不告訴善福，由雲渺去工廠裡說說，看能不能借點錢先住院。

雲渺說：「等我哥哥參加工作了，我倆掙錢，五年不行十年總行吧，這些錢一定能還清，只要爸爸和我們在一起，就是我們最大的幸福。」

雲渺的話，讓李天倫落淚，他想沒有白疼這個女兒。他同意了雲渺的意見。

回廠的第二天，雲渺給村委打了個電話，讓會計在大喇叭上喊一喊，讓她爸接電話。李天倫聽到大喇叭的喊聲，趕到村委會，雲渺在電話上說，廠裡答應可以借給一些錢，但得等幾天。李天倫說：「不急不急。」

掛完電話一個多月後，善福回來了，和雲渺一塊回的。李天倫馬上明白，是雲渺叫善福回來的，立時臉色變了，心想這姑娘是怎麼回事，父女倆商量好了的，怎麼還是把善福叫回來了。他想發火，看看善福，終於忍住。

善福早就料到了，不等爸爸開腔，搶先說：「爸爸，不是雲渺叫我回來的，是我有事打電話找雲渺，隨便問爸爸的身體咋樣？雲渺支支吾吾說不清，我反覆催問下，雲渺才告訴的。」善福說，「爸爸你說，這麼重大的事情，我問雲渺，她能不告訴我，我知道了能不回來嗎？不回來，我還是你的兒嗎？」

善福幾句話說得李天倫沒了脾氣，但他仍然顯出極不高興的樣子，說：「爸爸知道你的心，可回來影響你的學業不說，我們這個家承擔不起這麼多的錢，就是你們借錢，這麼大的數字，我的命沒有那麼值錢。看著你們沒有負擔，我死也能閉住眼睛。」

善福說：「爸，沒有你說的那樣嚴重。」他從口袋裡掏出一張銀行卡，說：「解決了。」

李天倫一聽，根本不信，這麼一筆鉅款，說解決就解決了？他瞅著善福手中的銀行卡，沒有說話。

善福解釋說：「雲渺告訴了你的病情，我報告給了老師，老師建議學生會開展了捐款救助活動，還在網路上發佈了『救助同學爸爸』的啟事，加上我打工的飯店的老闆提前預支的工資，湊夠了十萬。」

雲渺說：「爸爸，我哥哥在同學們中間威信很高，多麼高興的事啊。」

李天倫的臉色慢慢平復了，可他還是沒有說話，善福的說法太過容易，他還是持懷疑的態度。

善福說：「同學們捐的七萬多，老闆預支兩萬，走時又給了我一個一萬元紅包，不剛好湊齊嗎？」

捐款救助這樣的事，李天倫在新聞上聽過，提前預支工資這樣的事，他也聽過，所以，經不住善福反覆說明，李天倫終於相信。他的心中再一次升起了生存的希望，感謝上蒼送給他這個好兒子，也感謝逝去的淑英給他生了個好女兒。

第二天上午，李天倫就在善福和雲渺的陪同下，到縣醫院，三天後動手術，為了達到最佳效果，善福找高中的同學幫忙，聘請了省醫院的一位專家，到縣醫院來主刀，完成了這次手術。隨後一個月，善福和雲渺請假輪流陪床，接著不久放療、化療，李天倫終於從生死關口活過來了。

十一黃金周，善福回家，叫了幾個高中同學，收割了水田裡的早穀，其他的農活，基本都是雲渺在照顧父親的同時，趕回家裡幹的。而李天倫在醫院住了兩個月後，回到家裡休養，定時按照醫囑進行放化療，一時啥活也幹不了，偶爾做做飯餵餵豬、餵餵雞，用點力氣的活，一點也不能幹。在很長一段時間裡，種莊稼的事，就交給了雲渺，加之雲夢還在上學，家裡不能沒有人照應，雲渺直接辭掉了工廠的工作。

但對李天倫來說，孩子們的努力，終於使他躲過了這一劫。等到善福畢業的時候，李天倫基本恢復了身體，雖然氣力大不如從前了，但除了每天按醫囑服藥外，基本可以做些輕鬆活，自己照顧自己沒有任何問題了。

因為善福提前有約，畢業之前三個月，就在江城上班了。學校舉行畢業典禮後，善福利用調休的幾天假期，趕回家裡看望李天倫。

回家的當晚，善福把三個月的工資，放在李天倫的面前，說：「爸，我留了一點，剩下的你留著用。」

李天倫看看長大的善福，突然發現他已經是一個大小夥了，而且長得高高大大，精氣神十足，一對能說話的眼睛，充滿了喜氣和力量。李天倫隨口說：「你留著吧，攢著娶媳婦。」

善福突然漲紅了臉，說不出話來。站在旁邊的雲渺，看著爸爸，笑笑說：「就看你同意唄。」

李天倫說：「男大當婚女大當嫁，天經地義，爸爸咋會不同意？」

雲渺叫哥哥到外邊去走走，說她有話和爸爸說。善福出去了，李天倫看看女兒，說：「啥事還需要背著你哥哥嗎？」

正午的太陽，從正門照進屋裡，陽光像一隻綿羊，俯臥在堂屋的正中，顯得特別溫順。雲渺沒有看爸爸，卻瞅著陽光發呆。爸爸又叫一聲，她才驚醒過來。她說：「爸爸偏心。」

「爸爸可從來不偏心。」

「那你為啥只關心哥哥，不關心我？」

李天倫覺得有些奇怪，說：「從小到大，我對你倆是一樣的，只不過他是男孩，吃得比你多些。」

雲渺說：「誰說這個？」

李天倫問：「那說哪個？」

雲渺說：「婚事呀。」

李天倫說：「我以為是啥事哩。這事得有先後，你哥哥解決了，當然就輪到你了。」

雲渺撒嬌，說：「不嘛。」

李天倫一聽，急了，說：「這姑娘咋了？什麼事情上跟哥哥爭過，偏偏這事。」

雲渺說：「你也不怕麻煩，娶了兒媳，又嫁女。」

李天倫還是沒有反應過來，說：「總不能一次辦兩個事吧？」

雲渺說：「咋不能？」

李天倫睜大了眼睛，說：「這可是你說的。」

雲渺說：「是我說的，沒有錯啊。」

李天倫嚴肅地說：「那我得問問善福。你哥哥如果同意了，你可不能反悔，不然我這張老臉無所謂，以後一家人咋過日子哩。」

雲渺說：「誰反悔誰是小狗。」

李天倫說：「小孩子說的話，管啥用？」

雲渺正了正身子，說：「好吧。如果反悔，我雲渺就不是爸爸的女兒。」

李天倫聽了說：「好！」他指著門外，說，「你去把善福叫回來。」

一會兒，雲渺一陣小跑回來了，後面跟著善福。進了屋，李天倫第一次認真看了看女兒，忽然發現雲渺真的長成了一個大姑娘，大大的眼睛，和她媽當年一個樣，俊俏極了。高挑的身材，如果穿一身好衣服，一定不比大城市裡的漂亮姑娘差。雲渺見他不說話，就催：「爸爸，你找哥哥啥事？」

李天倫對雲渺說：「到一邊去，我和你哥哥說個話。」

雲渺說：「是我哥哥，為啥不讓我聽？」

李天倫瞪女兒一眼，說：「叫你到一邊就到一邊去。」

善福笑笑，沒有說話。

雲渺瞅善福一眼，很不樂意地出去了。

李天倫見雲渺出去了，對善福說：「善福，你老實告訴我，雲渺這姑娘咋樣？」

善福說：「我妹妹好呀，天底下最好的妹妹了。」

「我不是這個意思。」

「那爸爸說的啥意思？」

李天倫說：「我說了，你如果覺得合適，就答應，不合適，就當我這話沒有說過，以後咱還是一家人，你是哥哥，她是妹妹。」

善福說：「爸爸，你就說吧，我和雲渺妹妹誰是誰呀。」

李天倫看看善福，說：「你也不小了，該找個媳婦成家了，雲渺也過了十九歲的生日，算二十了，也老大不小了。現在城市咋樣我不知道，農村娶個媳婦動不動幾萬、十幾萬，這不是個小數字。如果你覺得雲渺還可以，我就把雲渺許配給你，這樣一家人永不分開，有你照顧雲渺，雲夢更不用說，我萬一有個三長兩短，也能放心得下。」

李天倫剛說完，想不到善福就跪下了，他含著淚說：「感謝爸爸的養育之恩！更要感謝爸爸把自己疼愛的女兒嫁給我，善福哪一世修來的功德，能承受這麼大的福報。」

李天倫被善福的話感動了，雙眼噙著淚，他彎腰扶起善福，說：「那就好，今天我就給你倆做主。」

下午，李天倫炒了兩個帶肉的菜，炒了一盤青菜，又到村子裡的小賣鋪，買了兩根香腸，打了二兩燒酒，煮了個冬瓜湯，蒸了一鍋白米飯，算是一頓豐盛的家宴。菜上桌，酒倒滿，李天倫舉起酒杯，說：「都喝一口，咱們慶祝一下。」

雲夢放學回來剛進門，一臉不解，問：「爸爸，啥大喜事，值得喝酒？這可是咱家沒有過的事。」

李天倫說：「雲夢聽好了，你姐要嫁給你哥。」

雲夢一愣，立即明白過來，滿臉不高興地問雲渺：「姐，這麼大的事，可從來沒有聽你說過。不夠姐們！」

李天倫說：「下午才定的。」

雲夢說：「這也太快了吧？」

李天倫說：「在一塊十幾年了，時間還短？」

雲夢說：「過去叫哥哥，不叫姐夫呀。」

雲渺說：「就你事多，以前叫啥還叫啥。」

雲夢嘻嘻笑著，說：「好吧，只能說你們保密工作做得好。」她說，「哥哥是自家人，姐夫隔了一層，還是叫哥哥好。」

李天倫說：「別鬧了！」他看看三個孩子說，「這樣多好啊，兩個大事解決了，雲夢還小，只要好好學習，考上大學，我這一輩子就知足了，啥也不圖了。」

這頓飯雖然簡單，但總是個儀式，李天倫算是了了一件大事，實際是兩件大事，從此可以省去許多心事。

吃完飯後，善福對李天倫說：「爸爸，你暫時能照顧自己了，我走的時候，想把雲渺帶去江城，我給單位說好了，可以安排雲渺到車間當工人，三個月試用期滿了，和工廠簽正式合同，一年學徒，第二年出師，工資可以漲到一千五。」

李天倫說：「這樣也好，你們就在城裡安家。」

善福說：「我想好了，我們過去先租房子，安頓好了，就把你和雲夢也接過去，咱一家再也不分開了。」

李天倫看看善福說：「能行嗎？開銷太大了，再說雲夢還在上學。」

善福說：「我都打聽好了，我和雲渺一領結婚證，雲渺的戶口就可以隨我遷去，這樣你和雲夢都是直系親屬，一個是老人，一個是不滿十八歲的學生，戶口都就遷過去了，雲夢自然就可以在戶口所在地上學了。」

儘管李天倫心裡不是十分踏實，城市花銷大，他倆剛剛參加工作，能不能支撐起進城後的生活，還是一個問號。但善福的計畫，總是讓李天倫看到了某種希望，他高興地表示同意。

善福和雲渺進城半年後，善福果真落實了他的計畫，儘管李天倫和雲夢的戶口還沒有辦妥，但雲夢可以暫時在離家不遠的一所高中借讀，李天倫更沒有什麼問題，他把家裡的土地，轉包給了村子裡一個種糧大戶，每畝地一年收一百塊錢的轉保費，外加一百斤糧食。李天倫想的是，進城後吃糧不用買，也省去不少的錢。

兩年後，雲夢考上了大學，儘管是三本，總是江城一所正兒八經的大學。雲夢畢業那年，善福和雲渺在離工廠比較遠的新開發的樓盤，看好了一套房子，套二，八十多平米，他們自己的積蓄，加上借了五萬塊錢，付了首付，第二年夏天，簡單的裝修了一下，過年的時候正式搬進了新居。

李天倫的幸福生活從此開始，當年五月，雲渺生下外孫明兒，李天倫樂得合不攏嘴，從此當起了照看外孫的保姆……

誰知五年後，一場新冠疫情，徹底打碎了李天倫對所有美好生活的嚮往，先是奪走了善福的命，接著要了雲渺的命，最後連他這個七十多歲的老人，也不放過，讓一個五歲的孩子，守著他的遺體，在漫漫寒夜中等待。

現在他唯一的希望，就是雲夢的出現，給身處絕境的明兒以生存的保障。

他看見明兒趴在窗戶上，瞅著外面，天黑了，天上沒有月亮，漫天的飛雪沒有停下來的意思。又過了一天，大雪停了，江城一片雪白，樓頂、樹木、街道、公園、大橋，一切的一切，全部變成了白色。

明兒又趴在窗台上，這次，他沒有看雪，而是透過窗前兩片樹葉之間的空隙，看著天上的月亮，他自言自語地說：「那是天眼，姥爺說過的天眼。」明兒還說，「姥爺說有天眼，就一定會有天眼。」是的，李天倫記起來了，他曾對明兒說過，天有天眼，天眼能看見人間的一切。李天倫說不清，到底是老天的眼睛管用呢？還是之乎文曲星管用呢？總之，偌大的世界，總有我們不知道的東西，那裡一定有隻眼睛看著，所以，他並不為給明兒說過有天眼的話後悔。只是此刻，他心疼明兒，那個天眼裡一定不會等到爸爸媽媽。

不知過了多久，李天倫看見明兒終於離開窗台，進屋又搖了幾下姥爺，李天倫看得明明白白，可他無法告訴明兒，姥爺已經死了。又過了一會，無望的明兒，在書櫃的抽屜裡，翻出一張紙條，那上面有雲夢的手機號碼。

明兒很快撥通了雲夢的電話，明兒在電話裡給雲夢哭起來，雲夢要明兒等著，她馬上趕過來。明兒終於有救了，再不會一個人待在屋子裡了。

過了很長時間，雲夢終於來了，雲夢摟住了明兒；雲夢看見了爸爸的遺體，她確定爸爸已經死了；她設法尋求防疫工作人員，來收殮爸爸的遺體。雲夢從爸爸手機的留言中，知道了姐姐和姐夫已經離世。

雲夢給同學仇欣打電話，說了家裡的不幸。因為她們曾幾次去永諦寺上香，仇欣是永諦寺老和尚的皈依弟子，雲夢讓仇欣給永諦寺老和尚打電話，超度爸爸和姐姐、姐夫。

過了一會，仇欣回話，說：「永諦寺的老和尚，這些天一直沒有睡覺，在超度亡靈和為生者祈福。」仇欣告訴雲夢，她已經把三個親人的名字，告訴老和尚了，師父馬上就會念經超度。

就在雲夢接完電話不一會，李天倫聽到了永諦寺老和尚的超度聲，儘管他沒有見過老和尚，但他在一個碟片裡，聽到過老和尚的聲音，瞬間那樣清晰，他聽得一清二楚：「嗚呼有緣善男子，倘若無法逃胎門，至此枯樹暗崖洞，森林宮殿現眼前，請捨自心之貪戀……選擇虔信之父母，觀為蓮花生雙運，捨棄心中貪及嗔，虔誠安住三摩地，即成殊勝妙法子，即得智慧之成就。」

他從老和尚的誦經中，知道這是他最後也是此刻最佳選擇時候，他要去投生了，儘管人間充滿了苦難，他不算太高的願望，在突然而至的災難面前，被徹底粉碎，一切變得那麼殘酷，那樣令人不可接受。他帶著死不瞑目的遺憾，離開了他至親的人，離開了他本不該在這個春天離開的世界。他傷心至極，但他還是要來這個世界，因為無數的因緣沒有了斷，他想看看生者和後來者怎樣面對未來，他希望下一世再遇到像之乎老祖宗那樣的聖者，隨他們到達那個永無苦難充滿光明的極樂世界……

明兒已經有雲夢照顧了，他大可以放心了，在老和尚的誦經聲中，他離開了住了六年的房間，快速上路了，他要在投胎之前，去老家的土地廟，向之乎文曲星老祖宗道別，儘管他今生活得窩囊，剛剛享受天倫之樂，卻離開了這個讓他留戀的世界。不過之乎文曲星保佑善福和雲夢上了大學，雲渺是自己放棄了的，那不能怪之乎文曲星。說明之乎文曲星顯靈了的，他轉世之前，得去感謝他老人家一次。

他瞬間飛過長江，越過高山，穿越秦嶺，到了漢水的中游，那是他的老家。這兒是他的祖上，他的爺爺、他的父親生活過的土地，更重要的是有一位德高望重，活成神仙的之乎老祖宗，坐在土地廟裡。老祖宗活著的時候，李天倫與他有過非常多的交往，他曾教給他打坐的方法，說坐久了會開天眼，就懂得了世間事物的另一層含義。可惜，他堅持不下來，坐坐停停，三天打魚兩天曬網，最終也沒有開天眼，他看到的世界，是大多數人看到吃喝拉撒睡的生活，他所希求的也是多數人希望的天倫之樂。在他眼裡，之乎老祖宗，絕對是聖人，他死了被供起來，也就成了神仙。

他到了土地廟前，土地廟還是那個土地廟，但是舊了許多，頂上的一頁瓦被打碎了，只剩下半頁懸在那裡，打碎的茬口，呈不規則的三角形，中間凹進去。牆皮也脫落了不少，四面粉刷的白灰牆壁，露出幾塊巴掌大的地方，能看出水泥勾的磚縫。再看裡面的觀世音菩薩和土地爺，身上落滿了灰塵，之乎文曲星老祖好一些，好像不久前被人披上了一件大紅袍子，想必是祈求孩子考大學的家長，給之乎老祖宗做的。過去每到過年，他都會來土地廟，給各位神仙打掃打掃衛生，讓他們和人一樣，過一個乾乾淨淨的年。可如今，村子裡的年輕人，大都到城裡謀生了，連他這個七十多歲的老人，也離開了老家，還能指望啥人來給神仙打掃衛生呢？

李天倫想給之乎老祖宗跪下，可他沒有身子，如何跪呢？他想作揖，可他沒有手，咋作揖呢？他像一團氣，也像一股風，更像一無所有的虛空，無形無相。他記起之乎老祖宗曾告訴他，人死後靈魂出竅，在未投胎之前，會變成意生身，啥形也沒有，但對世界的感知清清楚楚。

於是，他不糾結了。他對之乎老祖宗說：「你在世的時候，是活神仙呀，我和你交情不薄，這一世你對我有恩，如果你老人家已經轉世，我這就去投胎，你老人一定要找到我，咱爺倆再續前緣，我好好跟你學道行，將來也成為你那樣的神仙。」說完了，他在土地廟前停了一會。

他再一次聽到了永諦寺的老和尚的聲音，不過這次急促得多：「清淨一切善業力，摧滅一切煩惱力，降伏一切諸魔力，圓滿普賢諸行力……」

他快速離去，剎那間，他被一股巨大的、不可抗拒的吸力，送到高空，他看見一個漂亮的女子身體上，那朵盛開的花朵，嬌豔的花蕊，放射出迷人的光彩，在他注視的瞬間，他被吸進了花蕊，在接近花蕊之際，他知道他要投胎了，十個月後，他將重來人間。隨即，他在一股熱流中昏迷了……

第三章 天誡

臘月二十八，是個大晴天，王冠從江城趕回靈北市，並沒有立即回家，而是住進了靈北市最豪華的超五星級酒店，他要在這裡宴請重要的朋友和家人，宣佈他的重大決定：把靈北市的十一家冠霸海鮮連鎖酒樓，除了留下最早創業的那一家，也是集團的總部所在辦公的酒樓，其餘十家他將分別轉到兒子王霸和王侯名下。

王冠實在不想再和兩個兒子攪合，把資產大約一億五千萬，平分給兩個兒子，更換法人代表，讓他們各自經營，眼不見心不煩，能否發展壯大，就看他們自己的本事。

這算是冠霸海鮮飲食集團第一次分割資產，也是要把兩個兒子，推向獨立經營的一個大動作。所以，他得鄭重其事，不僅要兩個兒子在場，還準備邀請靈北市幾十個親朋好友、合作夥伴到場，算是見證，也是推介，把重要的人脈關係，介紹給兩個兒子。儘管王冠對兩個兒子並不滿意，甚至還有些痛恨，但畢竟是自己的兒子，分一份家業給他們，理所當然，希望他們以後靠自己的本事吃飯，別再在老子身上吃現成。

但他並沒有把這個計畫，提前告訴老婆和兩個兒子，他要搞個突然襲擊，看他們對自己到底還有幾分尊重。那些親朋好友，他也準備臨時通知，因為大多是長期合作夥伴，在經營上，他們從他的手裡，賺了不少的錢，有很深的交往，只要他們在靈北市，每次都是隨叫隨到。

可是，他今天感覺不好，明明大晴天，可他老覺得陰森森的，進酒店總統套間時，房門剛剛打開，就有一股陰氣襲來，王冠周身打了個哆嗦。放下行李箱，去浴室洗臉，似乎後邊像跟了一個人，還把他剛剛換上的拖鞋踩了一腳，他回頭看，什麼也沒有。他突然想起，上午去江城天河國際機場前，他給順子打電話，讓順子把五洲鴻海大酒店的總統套間預定兩晚，順子接了電話，沒有立即回答，王冠在電話裡喊了一句：「順子，聽清了嗎？」

順子回答：「老闆，聽清了。」

他問：「聽清了怎麼不回答？」

順子說：「老闆，我多嘴，可一想，不告訴你也不對。」

他一聽就來氣，順子什麼時候這麼囉嗦，他說：「有屁就放。」

順子說：「有個叫鄭仁松的地產老闆，就是在鴻海的總統套間裡，喝酒喝死的，第二天下午一點多，才被人發現，身子都硬了。作家楊志鵬的長篇小說《世事天機》裡，寫了這個情節，只不過把地點換成了京城。」

他沒有好氣地說：「於我何干？」

順子說：「傳得很神，幾個朋友告訴過我，自鄭仁松死了以後，那個總統套間，再沒有人住過。」

王冠聽了火氣很大，直接把順子懟了回去，說：「你怎麼不說鄭仁松住過之前，M國總理來訪時也住過？」

順子一時無話。王冠說：「酒店是人住的，不是鬼住的，我才不信這個邪！」

順子聽了連忙說：「我這就訂，我這就訂。」

王冠又加一句：「晚上把鴻海的三號宴會廳包了，安排四桌，三十八九個人吃飯，不吃標準，你把菜也點了，少要海鮮，多點野味，靈北人不稀罕海鮮，看看全國各地的狩獵公園裡，外國人打獵運過來的野豬、黃羊肉有沒有，有的話，紅繞幾個野豬蹄，烤幾隻黃羊腿，清蒸鹿肉提前安排一下，鹿血兌酒不能少，其他的你看著點。」

順子連說：「大哥，遵命！」

王冠之所以強調鹿肉，是因為這道菜，是他獨創的，也是冠霸海鮮樓的主要特色菜。鹿肉系列的菜肴，來自他一次偶然的專案考察所得。那是他去柴達木盆地，考察完專案後，接待方請他在一家養鹿場就餐，第一次嘗到鹿肉，他立即被這道菜的味道所征服。吃完後，他請接待方領他去見鹿場老闆，一見面，王冠就讚揚說這個鹿肉有特色，做好了肯定能打開大市場。他把剛剛在宣傳頁上看到的介紹，強調了一遍，說現在的人吃得好，又不願運動，往往腎氣不足，大腹便便，鹿肉不僅滋補，而且減脂，應該大力推廣。

鹿場老闆是個幹事的人，叫吳永新，吳老闆聽了王冠的話，立刻訴起苦來，說國家對鹿的飼養宰殺，有嚴格的政策規定，這個手續要北京批，而且自己也受資金的制約，無法達到政府要求，所以也就湊湊合合，以賣鹿茸為主，兼顧開個小飯店。

王冠一聽，如果冠霸海鮮酒樓，能開發出鹿肉系列菜肴，一定能再次提升冠霸的名聲和影響力。於是，他立即捕捉到這個合作機會。他直接了當問吳老闆，資金缺口多少？吳老闆說，至少五百萬。他說：「我投一千萬，這個規模行不行？」吳老闆以為他說笑話，隨口說，如果有一千萬，可以把現在的規模，至少擴大三倍，完全達到國家的要求，王冠又說：「北京的手續我來辦。」吳老闆見他口氣認真，不像是說笑，立即說：「假如這樣，董事長你當，我負責經營。」王冠說：「我今晚不走了，咱倆好好聊聊。」

當晚王冠沒有離開鹿場，兩人幾乎聊了一夜，天亮時把合作方式和資金注入、經營模式都談妥了。回到靈北市後，王冠專門召開了冠霸海鮮飲食集團會議，把這個專案作為當年的經營重點抓，並組建了鹿肉開發團隊。

第二年，鹿場擴大了三倍，半年後，他通過中國野生動物保護協會的朋友，邀請北京專家到現場考察後，很快就辦妥了許可證。而在資金不斷支持下，研發團隊，以鹿肉、鹿肝、鹿心、鹿胃、鹿腸、鹿頭、鹿蹄、鹿鞭、鹿血為原料，集團開發出了全新鹿肉系列菜肴，他們的宣傳口號是：「鹿肉：天下第一餐，腰杆永不彎！」這則廣告，既有讚揚鹿肉好吃的意思，也有鹿肉可以壯陽的暗示，加之菜品味道本來就非同一般，因此，引得冠霸海鮮樓的生意，更為火爆。

他要求集團在宣傳頁上註明，本鹿肉菜系，係冠霸海鮮飲食集團獨家研製，延續了清代皇宮御膳秘笈的手法，又結合現代人飲食特點，以鹿肉為主料，加入蟲草、枸杞、黨參、甘草等十八味中草藥，獨家發明創造的，而且註明取得的國家專利證書的編號。因此，鹿肉系列菜肴，成為冠霸海鮮樓的重要招牌菜，每年冠霸海鮮飲食集團，向全國二十多家海鮮樓供應鹿肉，需要殺掉三千多隻鹿，而且是拉到經營現場宰殺，如果把三千多隻鹿的血裝在一起，有人算過，可以把江城十里長江的水面染紅半個小時。

因此，他走哪裡，就把鹿肉系列菜肴帶哪裡，即使在靈北市就餐，只要不在他的酒樓裡，他都會安排人，把其中的至少一道鹿肉菜，帶到現場。

今天是個重要場合，當然得安排這道菜。

王冠回到靈北，進了酒店的房間，想睡一會，可突然想起順子的話，心裡就打嘀咕，感覺渾身不自在，脊背冒涼氣。

他去了一趟洗手間，出來直奔酒櫃，從裡面拿出小瓶裝的洋酒，擰開蓋子，不用酒盅，直接倒進口裡，連喝三口，感到身子發熱了，才回到沙發前坐下來，雙腿搭在茶几上，拿出手機，通知今晚來參加晚宴的人。剛從口袋裡掏出手機，正準備撥碼，手機卻不慎滑落，砸在了玻璃茶几上，幸虧茶几包了透明的高級軟質材料，才撞了一下掉到地上，沒有摔壞。他彎腰拾起來，重新打電話，先給十幾個主要朋友通知了，讓他們再叫上其他人。他打電話時，沒有一個人漏接，個個興高采烈地說，好久不見大哥了，真想！可是，他給老婆劉山水打電話，打了三遍，老婆才接起來，凶巴巴地問：「什麼事？」

他也沒有好口氣，說：「通知你兩個兒子，晚上六點和你一起到五洲鴻海大酒店吃飯，有重要的事情說。」

老婆說：「你自己不會說？」

王冠說：「我讓你說就有讓你說的道理，晚上見面了說。」

劉山水沒有搭腔，就摁了電話。王冠並不計較，他知道這個凶婆娘會通知兩個兒子的。

打完電話，剛才的陰氣似乎減弱了，他覺得有些睏了，就準備上床睡一會兒。已經躺下了，突然又坐起來，他想應該給雲夢去一個電話，不然有點對不住這個女人。他不用翻找，就直接按了號碼撥過去，這是他有限的幾個不用翻找就能撥打的號碼。撥過去，電話鈴響了兩聲，那邊就接起來了，他的口氣立刻變了，像一個膽小怕事的小孩，說：「雲夢啊！身體有沒有大的反應呀？要不要我給華至圍主任打個電話，讓她女兒華嚴關照一下，她可是留學德國的醫學碩士，雖然年輕，但醫術很好，又是婦產科的。」

那邊雲夢說：「不用操心，我前幾天剛去醫院查了，胎位正常，小孩沒有啥問題。」

王冠歎口氣，說：「我得給你道歉，這次去江城，只安排了兩天時間，到的當晚就和合作夥伴見面，商談江城最大的冠霸海鮮樓的裝修的事，我想趕在今年六月開業，根據預產期，女兒也該在那個時候出生了，算是送給女兒的一個禮物，到時候再告訴你我的用意。」

雲夢聽了說：「沒關係，忙你的，我這裡的事自己處理。」

王冠聽出雲夢的口氣不冷不熱，他已經習慣了這種口氣，儘管他希望這個女人，能像真正對待自家男人那樣對他熱情，可是，他知道雲夢不會那樣做，他的任何事情，都不會讓她提起興趣，她只不過是在履行協議。但是，讓他欣慰的是，這個女人不會惹他不高興，更不會給他找麻煩，她按協議盡職盡責，有了這點他就知足了。

每次他去她那裡，她總會先問他吃飯了沒有，如果沒有吃，她會進廚房很快炒兩個菜，下一碗麵，如果他想吃米飯，她也會不聲不響地去做，只不過比下麵條要多等十幾分鐘。她做的菜，很符合他的口味，不知道是她研究過他的飲食愛好，還是歪打正著撞上的，總之，自從她跟了他之後，只要一來江城，他就儘量去她那裡，多吃幾次她做的飯，那樣，他覺得找到了家的感覺。

大半輩子，從沒有體驗過這樣的溫暖，所以，他慢慢對她動心了，有幾次衝動，想當面告訴她，修改那個協定，或者撕毀那個協定，她要什麼只要提出來，他都會滿足她，幾次話到嘴邊了，他還是忍住了，因為他無法判斷，雲夢到底對他有沒有感情，即使有，到底有多深，他說了雲夢會不會答應。

如果雲夢只是在執行協議，根本對他沒有半點心動，那樣他說出來，等於白說，搞不好還嚇著雲夢。他知道雲夢是一個良家女孩，完全是因為生活原因，被迫給他生孩子的，也許在人格上，雲夢比他高出許多，雲夢根本看不起他這樣沒有多少文化的暴發戶，她只是向金錢低頭，而不是向他王冠低頭。

正因為這種心理作怪，他在任何場合，只要看見年輕和美貌的女孩，他就罵自己是一個老混蛋。他想，等雲夢生了孩子，協議履行結束時，他會給她提出來，理由已經想好了：女兒不能沒有媽媽。

他相信世界上任何一個母親，不會不愛自己的女兒，何況像雲夢這樣善良的女孩。那時，只要雲夢稍有猶豫，他就有充分的理由，把她留在自己身邊，從此成為他真正的女人。大不了與家裡那個惡婆子徹底攤牌，把一半的家產給她，他想會擺平的。那樣，雲夢就可以正大光明地帶著女兒。正在裝修的這家海鮮樓，就是為雲夢以後準備的。他想給雲夢一份穩定的家業，使她以後的生活有充分的保障，也算是報答雲夢給他晚年的驚喜。他想人心都是肉長的，一個善良的女人，你只要對她好，最終是會打動她的。他不由得想起與雲夢的奇異緣分……

見到雲夢的前一天晚上，王冠在江城冠霸海鮮酒樓的住處，夢見自己到了麻山的桃花園，萬里花海，一片粉紅。那個地方，順子給他吹過多少次，說好看極了，鑽進去滿目香氣。順子說，見到花海，眼睛不是用來看的，而是用來聞的。深處草棚裡的農家樂，全是山珍素餐，火爆到了一桌難求。

王冠不屑，認為天下的飲食生意，不會有超過他的冠霸海鮮樓的。他三十二歲進入餐飲業，先做普通飯店，用了兩年時間，就賺了三十萬，然後盤了一家更大的酒店，用了三年時間，賺了一百萬，然後介入海鮮買賣，僅用了四年，通過向北方幾個城市倒海鮮，賺了五百萬，然後他就開起了海鮮酒樓。想不到一發不可收拾，十七年時間，他在北方三座省會城市和江城，開了二十多家連鎖海鮮酒樓，平均不到一年時間就擴張一家。他的資產也迅速增加，兩年前就達五個億。

別人對他掙錢的方式，感到好奇，問他掙錢的秘訣，他回答說：「掙錢靠命，不靠拚命。」雖然這麼說，只有他自己知道，這些年的辛苦，如果讓他重走一遍過去的路，他絕對沒有那樣的勇氣。

除了靈北市外，江城是他的事業發展最快的城市，截至去年已經開了五家酒樓，總資產達到一個多億，所以每一年他在江城待的時間加起來，至少三個多月，幾乎每年的春天他都在，朋友多次邀請他去逛桃花節，可他一次也沒有答應。三十多年來，他珍惜時間如同生命，從來沒有認真休息過，只是年齡接近六十了，他才慢慢減緩了工作壓力。他告訴順子，今年春天一定去看萬畝桃花園。

可是，眼下是夏天，天氣熱得地上冒火，桃子早就過季，桃樹上只剩下樹枝和樹葉，可他明明看見了桃花盛開的場面，見識了萬畝麻山無盡飄逸的美景。一眼望不到邊的花海，在陽光的照射下，發出桃紅色的光線，隨著地勢的起伏，在微風的吹動下，浪花由遠及近，十分壯觀。

第二天早上，他對順子說：「昨晚我夢見了麻山桃花園。」

順子開玩笑說：「大哥要交桃花運。」

他罵了一句順子，說：「你什麼時候見過我對女人上心？」

順子說：「還沒有遇到合適的。」

他看順子一眼，沒有說話。

不過順子太瞭解自己的老闆，清楚大哥跟嫂子沒有感情，純粹是湊合夫妻，兩個兒子也跟他不對盤，大哥一個人挺孤獨的。所以，老闆多次說過，想要一個女兒，順子就開玩笑說：「找個女人生一個唄。」

王冠是說過：「這樣的事，不是不可以考慮，但前提條件是，看到動心的女人，人家還要同意，還得考慮遺傳基因，問題多著哩。」

順子聽了說：「大哥把事情搞得太複雜，世界上那些偉人，沒有聽說過哪一位，是母親懷孕時檢測了遺傳基因的。」

王冠想想說：「也是。」不過他又說：「看緣分吧，緣分到了不是不可以考慮。」

順子說：「大哥現在缺什麼？就缺這個。抖音上有一段子，說如果一個女人不愛這個男人，就給他生兩個以上的兒子，等他六十歲之後，問他要房要車；如果愛一個男人，就給他生個女兒，六十歲之後，還有人抱著他脖子撒嬌，親他，給他端洗腳水。」順子開玩笑說，「嫂子和你有仇，所以給你生了兩個兒子，現在唯一的就是心動不如行動，找個沒仇的，把這個心思解決了。」

每當說到這裡，王冠常常大笑著說：「看你順子老實，其實不是什麼好東西。」

說過幾次後，王冠倒不上心，順子卻一直放在心裡，他覺得老闆對他不錯，對他有知遇之恩。看著大哥四處奔波，沒有人陪伴，了無情趣，所以，他注意尋找撮合的機會。

倆人吃過早餐，順子陪王冠在後院走了走，兩個人就回到董事長辦公室，王冠無意之中看了一眼監控螢幕，見總裁辦進來一個女子，站著與辦公室劉主任說話，螢幕雖然有點變形，但仍然能看清姑娘的身形，她修長端莊，穿著一身發白的牛仔服，顯得清爽幹練，又不失淳樸。王冠問順子：「那個女人是幹什麼的？」

順子看了一眼，說：「今天公司招人面試。」

王冠心一動，對順子說：「告訴劉主任一聲，把這個女子留著，回頭我見見。」

順子答應一聲出去了。

幾天過去了，王冠沒有動靜，順子抽空問：「大哥，那個叫李雲夢的女子，公司讓人家等通知，可幾天了你也沒說話，劉主任說，他不知道讓不讓人家來上班，也不知道老闆的意思，該安排什麼樣的職位。」

王冠一愣，問：「哪個李雲夢？」
順子說：「四天前，你在螢幕上看到的那個面試的女子呀。」
王冠一拍腦袋，說：「看我這記性。」
順子說：「說明老闆不好色。」
王冠說：「滾一邊去。」
順子笑笑，站在那兒沒有動，王冠看看順子，說：「通知那個女人後天上午九點複試，你去找人把她的身世情況瞭解一下。」
順子說：「我已經叫私人偵探所把情況都摸清了，現在要，就給你發到電腦上。」
王冠說：「好吧，那還等什麼，現在就通知見面，免得一忙又忘了。」
順子嘻嘻一笑，退出去了。王冠打開電腦，看到了辦公室發來的關於李雲夢的個人資料，有照片，有資料，王冠很快流覽了一遍，心中已經有譜了。
一個小時後，那個叫李雲夢的姑娘，被叫到了王冠的辦公室。
雲夢進門，規規矩矩站在那裡，等著老闆發話，王冠看了一眼，立即被姑娘的神態所吸引，她的形象比照片上更加光彩奪目，皮膚白皙，不胖不瘦，身材端正，雙腿細長，一雙眼睛不算太大，但鑲嵌在那張白白淨淨的臉上，顯得格外迷人，既有古典美人的韻味，又有時髦女性的特質，完全打中了王冠心中關於美女的標準。王冠一陣心跳，但他還是忍住了內心的狂喜，輕輕地說：「請坐下說話。」

雲夢看了老闆一眼，覺得這個男人不像一些老闆那樣盛氣凌人，就走了一步，坐在椅子上，不過她還是有些緊張，不知道老闆會給自己安排什麼工作，只是劉主任告訴過，說她的工作直接由老闆分配。

兩人閒聊了一會，王冠提問，雲夢回答，無非是家裡幾個人，工作之外的興趣愛好是什麼，上大學之前在哪裡生活，童年有哪些深刻記憶，她最想幹什麼工作之類的話題。這樣的詢問，占去了一個多小時，顯然雲夢不明就裡，完全一副被動的狀態。王冠完全佔據著主動權，實際上這些客套話，只是在預熱，王冠要在雲夢完全放鬆的情況下，拋出實質性的問題，讓對手無法躲藏也無法迴避，只有按照他的思路進行。大約王冠覺得時機到了，就突然改變口氣，既顯得實在，又不失嚴肅，好像是在進行一場認真對等的談判。他說：「你是上過大學的文化人，我是一個做買賣的粗人，我就不繞彎子了，直話直說，你也不要見怪，就當是談一樁生意，與你的人格、脾性、身分沒有任何關係。」

雲夢感到奇怪，但她還是點點頭。

王冠說：「我看上你了，這麼說吧，我不是要把你包起來做二奶，或者和老婆離婚娶你，而是做一筆買賣。」

雲夢如墮五里雲霧，她說：「我沒有任何資源，也就上了個三本，讀的是秘書專業，在職又讀了個本科財務專業，還沒有拿到會計證，沒有多大的本事，能和你做什麼買賣？」

王冠說：「能！你聽我慢慢說，在我的話沒有說完之前，請你不要打斷我。」

雲夢點點頭，算是認可。

王冠說：「既然要和你做買賣，就得一清二楚。我瞭解了你一下，你出身農村，幼年喪母，十五歲之前跟爸爸在農村生活，十五歲之後跟隨父親到了江城，和姐姐一家生活在一起。你姐夫是機械廠的一名技術員，月工資五千二百元，去年年終獎拿了三千塊錢。你姐是機械廠一名工人，月工資兩千多塊。你姐有一個男孩，今年四歲。你們現在住的房子，八十三點五三平米，小套二。買房的首付，是你姐夫和姐姐十年來的積蓄，還問朋友借了五萬塊。平時你姐和你姐夫，住在廠裡一間宿舍，租金一個月八十五塊錢。你平時住在你姐的房間裡，星期六你姐和姐夫回家，你就睡在沙發上。你外甥和姥爺睡在一起。」

聽到王冠把她家庭背景搞得一清二楚，雲夢有些受辱的感覺，但既然王冠有言在先，她就強忍著沒有表示什麼。

王冠看看雲夢，見她臉上緋紅，知道他的話，不管是好是壞，對她產生了衝擊，他接著說：「我知道你們家是一個好人家，你姐和姐夫很恩愛，你對你外甥也很好，每週星期六的下午，都會提前半個小時下班，去接外甥出去玩。你爸爸在農村受苦大半輩子，在你姐夫十歲成為孤兒時，收留了他，並供他讀了大學，你姐夫參加工作後，就將你爸爸接到身邊，你也跟著到城裡上學了，你爸爸因為年齡大了，又有心臟病，幹不成什麼大活，除了抽空在社區撿點垃圾外，就在家裡帶外孫。」

王冠站起來，喝了口水，然後坐下來，接著又站起來，來回走了幾步，說：「我羨慕你們家，我沒有感受過你們家那樣的溫暖，我除了幹活就是幹活，當然，錢掙多了，可以吃好的，可以喝好的，可以住高級酒店，但家庭溫暖很難通過錢買到。」

王冠說得兩眼發紅，嘴唇微微顫抖，雲夢由開始的反感到震驚，覺得他調查自己這麼詳細，一定有圖謀不軌的陰謀，可是當他說到後來，雲夢居然有些同情。但不知道老闆要和她做什麼買賣，用得著轉這麼大的彎嗎？

王冠稍微平靜了一下，說：「所以，我想要個女兒，我會把我這一世的愛都給她，讓我八十歲的時候，還有一個可以寄託情感的人。」

雲夢有些納悶，他既然說過不包二奶，又不離婚，說這些與自己何干？就說：「難道你想讓我當人販子，給你偷一個女兒冒充媽媽嗎？這樣的事我不會幹！」

王冠說：「聽我說完，我不會讓你去做違法的事。說透了，就是請你給我生個女兒，只要你答應，我送你一套價值三百萬之內的房子，房產證上寫你的名字，只要懷孕，就給你一百萬現金，生下女兒後，再給你一百萬，孩子留給我，再與你無關。當然這個過程大約得一到兩年吧，這段時間，你不得再和其他男人有瓜葛。」

雲夢聽到這裡，呼地一下站起來，臉漲得通紅，她說：「你這是在羞辱我，這樣的買賣我不做。」說著，起身要走。

這時，辦公室的門被推開，順子出現在辦公室門口，擋住了去路。雲夢面含怒色，說：「我不同意，大白天，你想把我怎麼樣？」

王冠並不生氣，反而平靜下來，和緩地說：「我是一個買賣人，在靈北市經營全國的海鮮生意，同時在多家城市經營冠霸海鮮樓，江城有五個連鎖店，既然你來應聘，一定知道冠霸海鮮樓的經營規模，以及品牌的信譽。可以說，我從沒有做過強人所難的違法的事，買賣講究和氣生財，講究互利互惠，任何強買和強賣，都做不了長久生意的。你先坐下，我們談透了，把話說明了，你可以不同意，但請你相信我既不會傷害你，也不會糾纏你。」

王冠扭過頭，對站在辦公室門口的順子說：「滾一邊去！」

順子規規矩矩退後一步，把辦公室的門掩住，但漏出了一隻腳，表明他並沒有離開。雲夢退回來，重新坐下。

王冠也坐下，看著雲夢說：「你有骨氣，我就讚賞這種性格。說老實話，不要看我現在有錢了，我也出身農村，小時候連肚子都吃不飽，更不要說上學讀書，初中沒畢業就跑進城裡找活幹，目的只有一個，先吃飽肚子。我幹過搬家公司，幹過火車站進站口的搬運員，跑過小買賣，吃過不少苦，但我從來不偷不搶，靠雙手幹活掙錢，這是咱農村人的信條。所以，請你相信，我現在雖然稱得上大老闆，但絕對不欺負弱者。」

雲夢看也沒有看他，冷冷地說：「希望你做的和說的一樣。」

這個時候，辦公室劉主任進來報告，說市國稅局的馮處長，聽說老闆來江城了，希望今天晚上在一塊坐坐，問怎麼安排。

王冠看了看手錶，說：「告訴馮處，今天晚上有事，如果他方便，明天上午或晚上都可以。」

劉主任說聲好，剛要轉身離去，王冠叮嚀一句說：「再有什麼事，都給我擋了，今天誰也不見。」

劉主任說：「知道了，老闆。」說完退出去，拉住了辦公室的門。

王冠站起來，明顯是在調整情緒，過了一會，他說：「在外人眼裡，我是一個成功人士，似乎幸福得只有感謝命運對我的垂青，可是，世事的表面往往與實質並不一樣，我過得一點也不好，我甚至認為我的人生是失敗的，至少是不健全的。

「首先我的婚姻是小時候定親的，十七歲那年，稀裡糊塗和她睡了一覺，啥也不明白，當我進城闖蕩有點錢了，想結束這段沒有感情的親事，她卻不依，說既然我和她睡覺了，她就是我的女人。我給她家五萬塊錢，提出分手，她死活不依，提著菜刀追到我家，說我有錢了就當陳世美，想退了她，沒門！她說我膽敢拋棄她，她就殺了我全家。

「我家被她逼得害怕了，媽媽給我跪下，讓我成全這門婚事。所以，我在萬般無奈中和她結了婚。沒有感情，我就只有一門心思做買賣。事情越做越大，錢越掙越多，更加沒辦法離婚了。她說她是旺夫的女人，瞎子算過命，錢是我掙的，但功勞是她的，沒有她這個旺夫的女人，我的買賣半道上就會死。」

王冠說著說著居然流淚了。

這一刻，不知道為什麼，雲夢竟有些憐憫起這個男人。事後她想也許那一刻，眼前的男人變得可憐，在她的觀念裡，並不像一個有錢的大老闆那樣，顯得光鮮、威風。所以她的心才軟了一下，對他不那麼反感了。

王冠穩定了一下情緒，接著說：「所以，我想要個女兒，我會把全部的愛給她，讓她獲得世界上最好的教育，就像我的朋友華至圍醫生那樣，把女兒培養成一個留學國外的醫學碩士。每一次我來江城，都會約華醫生吃飯，希望他帶著女兒華嚴，看見華嚴，我就想世界上竟有這麼好的女兒。如果我八十歲的時候，有一個漂亮的女兒在身邊，那是一件多麼讓人嚮往的事呀！」

王冠仰著頭看著房頂的天花板，一副陶醉的樣子。過了一會，他恢復了臉上的沉著，對雲夢說：「我知道，你在一家會計事務所做出納，一個月工資兩千多塊錢，你來這裡應聘辦公室秘書，也就是看上工資是三千起步，正常情況下，每月可以拿到五千。這對你來說，已經是很嚮往的收入了。可是你算過帳沒有，五千塊錢，除了吃用，女孩子的化妝品還有其他的開銷，到頭來一個月存一千兩千塊錢，就算不錯了，可是一輛十幾萬元的車，更不用說動輒百萬、幾百萬元的房子，什麼時候才有可能買得起？如果你甘願在生活底層受苦受累，也不想讓你的孩子將來接受好的教育，當然清貧沒有什麼不可以的。但是，現在的社會現實，逼得許多女孩子不甘心呀。」

這場談話進行了兩個多小時，雲夢很少講話，全程幾乎都是王冠在講，雲夢只是在聽。至於雲夢心裡怎麼想的，王冠並不知道，他也不想知道，因為他很清楚自己在談一樁買賣，並不是在和一個女孩談戀愛，既然談買賣，就得把他的要求和條件說出來，讓對方清楚他想要的東西，和他可以給她的價錢，儘管他的目的是把這樁買賣談成，但最後的決定權不在他手裡，而在雲夢手裡。所以，他說完了，表明了態度，也就完成了談判的目標。他清楚雲夢即使同意做這樁買賣，也不可能當場表態，因此他說完了事。

不過，即使雲夢沒有說話，也已使王冠欲罷不能。她像一尊漢白玉雕像，高潔而冷豔，一雙明亮的杏仁眼，一直沒有正眼瞧王冠，幾乎像一個不食人間煙火的聖女，恰恰就是這一點，讓王冠著迷，現今的女人，太過看重現實，眼睛裡常常燃燒著太過強烈的欲望之火，純淨的眼神已經成稀缺。雲夢的神態，使他下定決心要拿下這個女人……

突然有人敲門，打斷了王冠的思緒。王冠起身過去打開門，順子站在門口，說：「客人都來了。」

王冠從總統套間出來，站在門口，對迎上來的幾個兄弟說：「我剛從江城回來，你們怕嗎？」

一個大漢迎上來說：「誰怕誰是孫子。」

一個小個子接著說：「大哥叫我們，那是面子，管他媽的什麼新冠不新冠，我們只認王冠。」

幾個人呵呵大笑，上來一一握手。

王冠說：「不是這話我愛聽，而是這世界上幹大事的人，不可以被嚇住！你不怕事，才能幹成大事，這樣的膽子，新冠病毒敢來找？笑話！」

大漢說：「大哥說得對，生死有命，富貴在天，小鬼專找膽小的。」

他們說笑著到了餐廳，客人們都到了，四個桌子基本坐滿了，可不見兩個兒子和老婆，王冠回過頭看著順子說：「打電話問一下，走到哪裡了？」

順子答應一聲出去了，房間裡一幫狐朋狗友開始吹捧王冠。

劉山水接了王冠的電話，根本就不當回事，這個男人對她而言，就是一個給她家掙錢的冤大頭，她不會給他好臉色的。接完王冠的電話，劉山水坐在沙發上，嘴裡罵了一句：「你叫得再歡，與老娘屁事？」罵完，繼續看她追捧的一部言情電視連續劇。劇情是一對農村青年男女，正在演繹過去歲月的戀情，這使劉山水一下子想起了往事。

她和王冠是一個村子裡的，一年夏天的晚上，她爹和王冠的父親，兩個人一塊看渠，澆灌生產隊的秧田，半夜時分，兩個老頭無聊說閒話，一個說你家的姑娘長大了，該找婆家了；一個說，你家的娃也成小夥子了，也該找媳婦了。兩人各自吸了一口旱煙，沉默幾分鐘，王冠的爸爸突然說：「既然這樣，我們就做親家吧。」她爸聽了沒回話，因為自家畢竟是姑娘，農村裡提親，男方是主動的一方，女方若主動了，就顯得身分賤了。不過既然對方提說了，總得回話，這是鄉親之間最起碼的禮數，於是她爸說：「我得回去問問閨女，現在是自由戀愛，娃們的意見起主導作用。」

王冠的爸說：「應該這樣，不過你不反對的話，我就請人提親。」

她爸沒有點頭，也沒有搖頭，月光裡兩個老頭很近，王冠的爸爸肯定看得很清楚，她爸臉上沒有表情，慢慢吸著旱煙，沒有應對。她爸這種態度，實際上是默認了他的提議。王冠的爸爸不再問第二句，當晚兩個老頭子再無話。

三天後王冠家果然來提親，來人是生產隊的隊長，王冠的爸爸是怎麼樣說服隊長，充當提親的角色的，她劉山水事後也沒有問過，肯定是花了大價錢的，因為提親是要給媒人禮物的。之所以請隊長出面，王冠的爸爸是為了保險，他絕對想把這件事辦成。媒人的角色加隊長的身分，即使她爸變卦，也不敢輕易駁隊長的面子。

隊長進門只說了一句話，說他來給王家提親，她爸熱情地請隊長坐下，還泡了一茶缸紅糖水，那是那個年代接待客人的最高規格。隊長喝了紅糖水，只問了兩個字：「咋樣？」她爸就點頭了，跟隊長兜圈子沒有必要，何況王冠的爸爸提前已經打過招呼，一個村子裡低頭不見抬頭見，再說王冠在她爸眼裡，是一個過得去的小夥，配得上他家姑娘。

實際上，提親就是走個過場，她爸她媽已經準備答應這門親事了。介紹人來的前一天晚上，她爸問她：「你覺得王小狗那娃咋樣？」當年王冠叫王小狗，王冠是他進城後改的名字，後來回村蓋了大隊的章子，到派出所把戶口上的名字改了。

她不知道爹問這話的意思，隨口回答：「身體好，有力氣，大家都說他幹活是個好手。」

老頭子歎口氣說：「就是唯讀了個初中，文化低了點。」

她聽了不服氣，回敬說：「我也不就讀了個初中嘛，比起你們老輩人一字不識，這已經是大學生了。」

老頭子看看她，說：「你不反對，那我就答應這門親事了，一個村子裡的人，知根知底。」

突如其來，她根本不明白，說：「爹，你說啥哩？」

老頭子說：「這你還不明白嗎？王小狗家要你去當兒媳婦。」

她一聽懵了，要說對王小狗的瞭解，沒有什麼壞印象，也談不上多麼好的印象，在她的眼裡，王小狗就是一個村子裡的人精，幹活賣力，但不老實，總要表現得與眾不同，平時話又少，別人不知道他整天在琢磨啥。要說瞭解他，根本不是那回事。她一時不知道怎麼表態，就什麼話也沒有說，她想自己得好好想想，這是一件終身大事，不能稀裡糊塗答應，也不能不明不白推掉。可想不到第二天中午，王小狗家人，就讓生產隊的隊長來提親。

她提不出明確的反對理由，見爸爸已經點頭，無法當場拒絕，也就看看隊長，算是默認。

提親幾天後，舉行了一個簡單的訂婚儀式，那個年代窮，沒有酒宴可擺，雙方的家人、親戚在一起吃了一頓飯，兩個人就算正式在一起了。一個月過後的一個夜裡，村子裡護渠澆水，隊長有意把他倆分到了一起，下半夜她覺得身上有點涼，就說：「大夏天的夜裡，氣溫怎麼這麼低？」

王小狗問：「冷嗎？」

她「嗯」了一聲。本來兩人就離得很近，想不到王冠一轉身，就把她摟在了懷裡。她一驚，立即用拳頭去揍他，可他不但不鬆手，而且喘著粗氣，說：「我把你辦了！」

她狠狠擂了他一拳，說：「你敢！」

想不到他說：「老輩人告訴的這個秘訣，辦了你就跑不掉了，因為我在你那裡烙了印章。」說這話時，他口氣很重，接著，她感到了他力氣大得驚人，她在他懷裡根本動彈不得，在月光的朦朧中，王冠把臉對準她的臉，用嘴巴緊緊噙住了她的嘴唇，然後向肚子裡吸，突然之間，她感到了一股強大的氣流，周身像鐵流被水激了一樣，瞬間眼前模糊了，懵懵懂懂一片空白。就那樣，在稀裡糊塗中，王冠把她抱到一個稻草堆跟前，真的把她辦了。結束後，王冠說：「總之你是我的女人，只是遲早的事。」

她也毫不客氣地說：「從此之後，你如果做了對不住我的事情，我不會放過你。」

可人怕什麼就來什麼，那年的秋天，王冠跑到城裡打工去了，而且一去就是兩年，過年的時候都沒有回來。第三年春節回來的時候，穿著一身皮衣，還蹬著一雙皮靴，完全一個美國電影裡西部牛仔的形象。她高高興興去會他，想不到他對她說：「我現在叫王冠，戶口本也改了。我們不合適，咱倆人文化程度都太低，將來的後代遺傳基因不好，我可不想讓我的兒子再當農民。」

她一聽，並沒有當場發作，只是停了幾秒鐘，說：「我不管你現在是王小狗，還是王冠，但記得你是王小狗時，我說過的話！」

他沒有在意，說：「要什麼條件可以提，但威脅我不行。」

村子裡的人都說，劉家的女兒名字叫山水，可根本不像山水，倒像一塊石頭，說話做事不像一個姑娘，像一個寧折不彎的男人。可是她劉山水骨子裡也嚮往浪漫，希望自己能像電影電視劇裡那樣，得到男人的愛，得到那樣的浪漫，比如說兩個人到縣城的電影院，看一場電影，或男人帶她到海邊游泳，或者和她旅行結婚，至少男人從城裡回來，得給她買一條純金的項鍊，可她什麼也沒有得到，這個男人竟然還想甩了她，她當然不能容忍。你不仁別怪老娘不義，她轉身離去，扔下一句話：「你等著。」

回家，劉山水對她爸說：「王小狗想把我甩了。」

她爸說：「那就看你的本事，我們幫不上忙。」

她說：「這門親事，是你給我定的，你怎麼不管？」

她爸說：「我能管你一輩子？自家的事自家處理。」

她不服氣，當然有辦法，第二天吃過早飯，她懷裡揣了一把菜刀，到王冠家門口喊王冠出來，王冠出來說：「話說明白了，你不要再來纏我。」

她語氣平靜地說：「你跟我走，咱找個地方，把話說清楚。」

王冠聽了，沒有反對，去屋裡拿了外衣，跟著她出了門。

沒有到別的地方去，她直接把王冠帶到兩年前辦事的那座稻草堆跟前。每年秋收後，村子裡的人家，都會把打完穀子的稻草，堆起來，作為牛過冬的草料。他們現在待的地方，還是兩年前那個地方，但稻草堆已經換了兩茬。她看著王冠，和顏悅色地說：「從現在開始，我叫你王冠，你在城裡發達了，我應該恭喜你，不過我是你的女人，兩年多了，你沒有碰過我，我想，現在就辦。」

王冠睜大眼睛看著她，說：「你瘋了？我已經把話說得很清楚。」

她的表情瞬間變了，怒目圓睜，從懷裡掏出菜刀，舉起來說：「當時辦的時候，你怎麼不把話說清楚？」

王冠問：「你要幹什麼？」

她說：「你敢背叛我，我會殺人！」

王冠說：「那個時候不懂事，一時衝動，稀裡糊塗辦了事。」

她拿著菜刀的手，並沒有放下去，另一隻手指著王冠說：「你說得輕巧，你稀裡糊塗一次，毀壞一個女人一輩子！」

王冠一時有些發蒙，不知道下一句該怎樣回答，她要的就是這個效果，先得把王冠的氣勢壓下去。她提著刀，瞪他三分鐘，然後說：「現在就辦，不然我立即動手。你可以跑，但跑得了和尚跑不了廟，今天和明天是一回事，希望你不要連累家人，因為這件事，是你爸先起的頭。」

可能王冠完全沒有想到，她會來這麼一手，在他們老家，像這樣退婚的事並不少見，被甩掉的男人，大多都忍了，只要能要回彩禮就算最好的結局，女方被甩了，最多母親帶著女兒，到男方的家裡鬧一鬧，給些錢也就打發了，難纏的不過花的錢多些，很少有硬來的。她的反應，無疑超出了王冠的預料，她的強勢和拚死一搏，使王冠沒有任何退路。王冠終於怕把事情鬧大，只好按她提出的條件，在稻草堆裡又辦了一次，而且那一次，她懷上了大兒子。王冠事後的解釋是：「我王冠不怕死，但我不會欺負女人。」

她相信他的話，從此她知道了他的短板，累次以威脅的方式度過他們的婚姻危機。也正是這一點，她看不起這個男人，在女人這個問題上，他有賊心沒有賊膽，所以，她很自信，認為自己牢牢掌控這個男人。想不到王冠快六十歲了，居然不聽她的了，說他對得起老婆和兒子，臨死之前，要活回自己。

讓劉山水不能忘懷的刻骨記憶，來自八個月前的一個晚上，那是個星期六，王冠破天荒地沒有出去喝酒，等大兒子和兒媳帶著孩子離開，王冠突然對老婆說：「你把電視關了，我有重要的事情對你說。」

她瞅他一眼，並沒有理會。他拿過遙控器關了電視，看他的口氣和神態，確有什麼重要的事，她雖然對他很凶，但會掌握分寸，重要的問題上，她不會和他作對。所以，她沒有再去打開電視，很不情願地坐在那裡，等王冠開口。

王冠沒有過渡，直接說：「我想要個女兒，很久了。」

她看他一眼說：「你快六十的人了，我還比你大三歲，我到哪裡去給你生個娃？」

王冠說：「這個你不用管，我只問你同意不同意？」

她說：「試管嬰兒也不行，你難道要找人代孕嗎？」

王冠說：「我不會用那樣不倫不類的辦法，我要為我的女兒負責，正常生育。」

她說：「你要找人？」

王冠說：「不行嗎？當年你逼婚，我沒有辦法，只好屈從。結婚這麼多年，我從一個窮光蛋，變成一個身價幾個億的老闆，我找過一個女人嗎？」

王冠的語氣理直氣壯，她也不甘示弱，她相信這個世界上，所有的人，都能為自己找到理由。她說：「你辦我在前，我逼婚在後，扯平。我給你王家生了兩個娃，一把屎一把尿拉扯大，供他們上了大學，我對得起你們王家，道理在我這一邊。」

王冠說：「沒有這些，你以為我還會和你生活幾十年嗎？就憑你的凶悍性格，我早就和你離婚了。」

她問：「這麼說，你非辦這件事不成？」

王冠翹起二郎腿，看也沒有看她，說：「我已經物色好了女孩，給她一套房子和二百萬，她給我生個女兒，娃一生下來，她就走人，從此與王家無關，這是一樁買賣，沒有別的意思。事情就這麼做，我只是告訴你一聲。」

儘管王冠說得一清二楚，似乎並不想把女人留在身邊，只是想要一個女兒，但她仍然不能輕易放過他，說：「如果我不同意呢？」她的語調居然第一次降下來，顯出幾分平靜。

他說：「那些比我錢少得多的男人，在外面包養二奶多得是，我從沒有沾過這樣的事，要來就正大光明。我告訴你，有朋友介紹，到美國找一個研究生學歷的洋妞生孩子，二拾萬美金一個，還是美國國籍。」

王冠的話並不令她驚奇，因為這些事，她和一幫富婆出國旅遊，早就聽說了。她並不想與他打口仗，又說：「我不同意呢？」

王冠終於忍耐不住，從沙發上跳起來，說：「我他媽把我那一份資產全捐了，讓你們一分錢也得不到。」

這話擊中了她的要害，以王冠的處事方式，他一定說到做到。王冠說的是他那一份，這就意味著她可掌控的財富，會因這件事處理不當，而失去二分之一，那是一個巨大的損失。她之所以能夠忍耐這場婚姻，就是因為錢，童年和少年時期，她見慣了貧窮帶給人的苦難，村子裡一個和她同歲的少年，因為缺少三塊錢，來不及送醫院，就把命送了。貧窮使人失去尊嚴，貧窮使人生不如死，沒有錢在當今社會，就是一條四處流浪的狗。如今因為有錢，她把兩個學習不怎麼好的兒子，都送進了大學，而後成家立業。作為一個女流，她是劉家千里之外的一面旗幟，家族以她為榮，父母之所以活到九十多歲的高壽，完全是金錢的功勞，不然以他們的身體狀態，早就不在人世了。經過幾分鐘的心理搏鬥，她說服了自己，不就是生個女兒嗎？只要不把這個女人留在身邊，成為以後爭奪家產的隱患，答應也無妨。

但她並沒有立即表態，她還要打打王冠的神氣，讓他明白即使同意他辦這件事，一切仍然要在老娘的掌控之中。

王冠見她不表態，做出轉身要走的要脅，說：「你愛怎麼著，就怎麼著，這件事我辦定了。」

她喝了一聲，說：「你知道我劉山水的脾氣，別給臉不要臉，即使同意，也得把話說清楚，我不同意你休想，我劉山水活夠了，不行陪你一起死。」

這句話中的意思，王冠聽得很明白，他立即軟下來，重新坐下，等著下文。

她緩了口氣，說：「如果你只是要一個女兒，找你兩個兒子說，如果他們同意，我沒有意見。但如果有其他的念想，那就算了吧，你想怎麼辦就怎麼辦，我劉山水等著。」

王冠聽了，說：「明天晚上，把那兩個畜生叫回來。」

劉山水狠狠瞪王冠一眼，說：「誰的種？畜生生下的，才會是畜生。」說完轉身進房間，關門看電視了，他們分床多年，她的屋子裡還有一台電視。

第二天晚上，劉山水只叫了兩個兒子，沒有讓他們帶媳婦和兩個孫子，她知道那不是一場愉快的談話，甚至顯得很齷齪，她承認自己不是一個好妻子，但她希望自己是一個好母親，一個好奶奶，她不希望這樣不光彩的事，給兒媳和孫子種下陰暗的種子。

兩個兒子是吃了晚飯來的，王冠則和平常一樣，在酒樓裡吃了才回來，她一個人隨便做了碗麵，填了下肚子，她情緒不好，推了朋友約她出去吃飯的邀請。

晚上八點多，一家四口坐在一起，算是一個很難得的團圓。這樣的場面，即使節假日，也很少在家裡出現，大多數時間是王冠不在，兩個兒子也很少一起回家。

王冠開門見山，說：「給你們說個事，我歷來做事正大光明。」他端起保溫杯，喝了一口枸杞菊花茶水，看了一眼在座的老婆和兩兒子，接著說：「我就是想要一個女兒，這是未了的一個心願，所以我打算請個女人生。」

劉山水當然沒有反應，坐在沙發上一動不動，把自家男人的話當作放屁，她等待的是這場較量的結果。因為對她來說，已經無法阻止王冠的瘋狂舉動，她指望兩個兒子有出奇的手段，斷了王冠這個念想。可是她又不報什麼幻想，兩個兒子的本事她知道，但她仍然希望奇蹟出現。

大兒子王霸抬頭望了父親一眼，沒有說話，二兒子王侯像個木樁，坐在那兒不動，根本就沒有正眼瞧父親。

王冠見他們不說話，就問：「沒有反對意見，就這麼定了？」

王霸終於忍不住了，口氣還算客氣，說：「爸，我們兄弟倆的孩子都兩歲了，你整出一個女兒來，我們叫她什麼？」

王冠說：「妹妹呀！這有什麼錯嗎？」

王霸說：「你覺得這合適嗎？」

王冠說：「人小輩分高，這在咱們老家是常有的事，你回去在村子裡走一趟，叫你爺爺的多得是。」

王霸不再爭論，只說：「我們倆兄弟，每人給你生一個女孩不成？」

王冠說：「那是我的孫子，不是我的女兒。」

王霸不再說話，瞅了弟弟一眼。王侯開口就不是好對付的，說：「你叫親戚朋友們笑掉大牙嗎？」

王冠說：「別人與我無關，我只知道要一個女兒。」

王侯說：「你不嫌丟人我們還嫌丟人！」

王冠說：「丟人？滾一邊去！老子唯讀了初中，十二歲當放牛娃，十七歲進城打工，二十二歲開始做買賣，用了三十多年時間，掙了五個億，在全國開了二十多家連鎖酒樓，培養出兩個大學生兒子，老子吃的苦、受的累，你們知道嗎？」

兩個兒子不回應。

王冠又說：「五個億，老子用一個億不為過吧？」言下之意，還有四個億你們也有份，這是明顯的一個誘惑，因為要達到目的，必須擺平兩個兒子，他不願意留下任何隱患。

王霸惡狠狠地看了王冠一眼，說：「你把我媽放哪裡？」

王侯說：「真是天大的笑話！」

王冠聽了這句話，突然臉色變得異常難看，他把端在手中的保溫杯，用力放在茶几上，發出「嘭」的刺耳的一聲。劉山水立馬覺出，王冠要教訓兩個兒子了。

平時兩個兒子躲著王冠，怕看見他，到了做事的年齡，王冠表示出要培養兩個兒子的意願，給兩個兒子分別安排了採購、分銷兩個部門的總經理助理的職位，讓他們協助總經理工作，可他們很少上心，從來沒有單獨幹過一樁活，大部分時間根本就找不到人。兩個總經理本來就管不了他們。這種狀態，以王冠的精明，不用去問，更不用考察，想也能想像得出來。可用起錢來，兩個兒子從不手軟，每個月從賬上拿走的錢，沒有少過十萬。

由於王冠忙他的事，從兩個兒子上學開始，就很少和他們見面，除了給錢其他幾乎不管不問，連一次家長會也沒有參加過。所以，兩個兒子除非萬不得已，誰也不願意與他照面，能躲則躲，今天正好在一起，難得一個發威的機會。王冠厲聲說道：「你看你們兩個人的樣子，好吃懶做，不求上進，我死了這個攤子交給你們，能守得住嗎？這才叫天大的笑話。」

王冠說出了一個事實，兩眼圓睜，口氣生硬，無疑產生了巨大的震懾力。見兩個兔崽子低下了頭，他乘勝追擊，再一次厲聲說道：「這世上從來沒有睡一覺，銀子就從天上掉下來的事！你們以為公司裡的人怕你們嗎？你們份內應該幹的事，他們樂意替你們幹嘛？屁話！他們是看上酒樓裡每天流出來的錢，因為你們是這錢的擁有者的兒子，他們既不是看我的面子，更不是看你們的面子，而是看錢的面子！」

王冠的聲音越來越大，似乎要掀掉屋頂才肯甘休。

王霸看看王侯，王侯眼睛向上，王霸收回眼光，看著地下。

王冠又說：「你們以為我眼睛瞎了嗎？你們幹了多少事我不知道嗎？人說富不過三代，我看以你們這樣的德行，富二代就完了。給你們的兒子留點東西吧，別在我死後，把這個家敗光了！」

劉山水終於忍不住了，說：「有事說事，別扯那些沒有用的。我的兒子我知道，該管的時候你在哪裡？這會兒耍威風來了？他們已經是有娃的爸爸了，不是三歲小孩。」

劉山水毫無情面的攔截，一下子提醒了王冠，他馬上意識到不能戀戰，必須迅速實現自己的目的。這正是王冠與眾不同的地方，每在關鍵時刻，他不會偏離解決問題的方向，即使一時情緒失控，他也會迅速冷靜下來，把握問題的核心，絕不讓枝節末梢干擾他的目的。他知道今天是來通知他們，自己要辦的生女兒的事，不是來教訓兒子的。所以，他對老婆的話雖然沒有回應，但立即中止了教訓兒子，說：「長話短說，我今天就是來通知你們，不是來和你們商量的，我和你媽已經說過了，找個女人生個女兒，給她一套房子，外加二百萬現金，小孩生下來走人，從此她與小孩無關，我也再和這個女人無關，這是一樁買賣，交易完畢就結束了，與王家的家業財產沒有任何關聯，她不會與你們爭奪家產。」

王霸又看王侯一眼，王侯立即懟上去，說：「我們不同意你要怎麼辦？」

王冠毫不客氣地說：「問你媽！我有的是辦法，說輕了我捐一半財產，說重了可能你們什麼也得不著。」

王冠的話，對兩個兒子無疑是狠狠的敲打，兩個兒子立即相信，這個靠混社會發達起來的男人，只要說了，就一定能辦到。對於這一點，王霸和王侯的認識是一致的。王侯一時僵在那兒，不知道下一句說什麼。王霸開口了，說：「你和我媽說，我們是兒子，不參與意見。」

兒子把球踢給了母親，劉山水對兩個兒子今天的表現，十分失望，實際上她本來就沒有報希望，她覺得應該收場了，爭下去不會有什麼收穫，她下一秒鐘也不願意看見眼前這個男人。她說：「你愛咋辦就咋辦，若你讓我不舒服的時候，我也會讓你不好受。」說著，起身離去。

王冠立即說：「就這樣辦。」說完直接出門了。

劉山水聽到門外發動汽車的聲音，知道王冠走了，從屋裡出來，對兩個兒子說：「把江城那邊盯緊點，他最近往那裡跑得勤。」……

正因為王冠是從江城回來的，劉山水斷定不會說什麼好事情，她不想到那樣的場合與他齟齬，所以，她根本就沒有通知兩個兒子。

她正準備約朋友出門吃飯，剛掏出手機，順子的電話打來了，順子問：「嫂子，走到哪裡了？大哥急著開始。」

劉山水不想得罪順子，因為他是王冠唯一完全信任的人。王冠把順子從老家帶到身邊快二十年了，順子就是王冠的一條狗，百依百順。而且順子的能力遠超她兩個兒子之上，辦事有板有眼，絕不會貿然去幹沒有把握的事。順子在王冠的身邊，王冠就多了一雙眼睛兩隻手，對他們家掙錢而言，是好事，但對她而言，未必是好事。所以，她處處提防著順子，也不得罪順子，對順子的態度，遠比對王冠的態度好。聽到順子的問話，她立即說：「剛才有事，忙得忘了提醒兩個兒子，我馬上問問兒子。」

順子一聽，知道老闆娘沒有告訴兩個兒子，但他還是忍著性子，笑了一聲說：「好嘞，嫂子，我等著，客人都到齊了，給大哥個面子。」

掛斷順子的電話，劉山水給王侯打電話，問：「兒子在什麼地方？」

王侯說：「和我哥哥在拴馬山溫泉談案子。」

劉山水突然想起來，兩個兒子曾給她說，要在拴馬山搞一個生態農業觀光旅遊大專案，和拴馬山風景區管委會談得差不多了。兩個兒子說，他們實在不願意再和王冠攪合，也想給父親證明，他們不是草包。她當然希望兩個兒子有出息，但她對他們沒有信心，所以，當時她既沒有否定，也沒有表示支持。只說了一句：「該出來自己幹了，別一直讓人瞧不起！」

拴馬山離市區五十多公里，開車趕過來也得一個小時，她說：「你老子叫你們去五洲鴻運大酒店吃飯。」

王侯大叫一聲說：「他想害死我們嗎？」

劉山水說：「他剛從江城回來，有事說。」

王侯說：「我知道他剛從江城回來，我和江城酒樓的辦公室主任劉坤良通過電話，知道他回來了。那邊冠狀病毒鬧得凶，上午十點都封城了，誰知道他帶沒帶病毒回來。政府通告，凡從江城出來的一律自行隔離十四天，他不怕死我們還怕，不去！」

說完，王侯就摁了手機。劉山水立即把電話打給順子，說：「不巧，兩個兒子去拴馬山談生態農業觀光旅遊專案，人家老闆留他們在那兒吃飯，回不來。」

順子聽了，不知真假，總之這是不來的意思。他進屋，到王冠的耳邊，悄聲說：「在拴馬山談專案，來不了。」

王冠本來高高興興，正給兄弟們講笑話，一聽順子的話，臉色一下變了，不過他並沒有發作，順子站在王冠身後，笑著說：「兩位公子在談案子，不能來陪大家，請各位原諒！」

順子說完，拱手退了兩步，然後到主桌副陪的位置坐下來。

王冠擺擺手說：「咱們開始！」說著端起酒杯，三十多人立即回應。有人說：「冠霸海鮮樓，後繼有人。」

眾人一聽，紛紛叫好。

王冠就坡下驢，滿臉笑容，感謝大家多年來的精誠合作。

菜上到半程，酒也喝得幾分微醉。王冠問順子：「鹿肉該上了吧。」順子說：「早準備好了，等著大哥發話。」說完，向服務員搖搖手，兩分鐘不到，大盤清蒸鹿肉就上來了。色澤微紅，厚中透嫩，肉塊方正，刀工細膩，一股香氣撲鼻而來。

這道菜，和往常一樣，是順子提前和廚師長商量，從冠霸海鮮樓拿來的。

王冠喝酒不喜歡用小酒盅，而是用喝紅酒的高腳杯。這時，他舉起酒杯搖了搖，加了鹿血的酒液，從玻璃酒杯的杯壁上向下流淌，在頭頂巨大的吊燈照射下，像一道道湧動的血印，又像一條條下滑的血跡，將飲者的臉映照成豬肝的顏色。王冠瞅著杯子裡的鹿血酒，本來要大大地喝一口，突然血跡在他的眼前放大了，在血紅一片的佈景裡，他看見了一個掉在接生盆裡的嬰兒，猛然之間，有一股血腥味，從胃裡沖上嗓子眼，他搖了一下頭，幾乎摔倒，旁邊的人一把扶住他，問大哥怎麼了？他定了定神，說沒有什麼，可是再端起杯子時，卻喝不下去了，到了嘴邊，就感到噁心。眾人看出他的異常，勉強又熬了幾分種，有人提議說，大哥今天剛回來，累了，早休息，改日再會，大家紛紛說好。

這頓飯吃得極不舒服，不但該辦的事沒有辦成，還鬧個心情不好。王冠讓順子送送大家，他直接回房間睡覺了。順子送完人返回樓上，說：「剛看到政府的通告，要求從江城回來的人，自行隔離十四天，如有什麼病情反應，立即到定點醫院就診。」

王冠聽了說：「這些天太累了，正好在酒店住幾天。」

順子見沒事，就告辭回家了。

順子離開後，王冠躺在床上，一點睡意也沒有，時不時覺得有股涼氣存在，眼前不斷出現鹿血酒，不僅僅酒杯是紅色的，而且滿眼都是鮮紅，接生盆裡嬰兒的哭叫聲，似乎隱約可見。這時，雲夢一雙憂傷的眼睛，正在看著他，使他想起第一次帶雲夢出門，在柴達木鹿場的經歷。

他本是一個好心，見雲夢始終高興不起來，就想帶她出去散散心，也想讓雲夢多見見世面。雲夢聽了她的建議，不過提出一個要求，不到繁華的地方，選擇偏僻的自然環境。因此，第一站，他就把雲夢帶到了柴達木鹿場，那裡既有草原，又有戈壁灘，人煙稀少，環境獨特，又是冠霸海鮮樓的養鹿基地，算是符合雲夢的想法。

他們坐飛機先到西寧，然後朋友從西寧開車拉他們去，早晨走得早，下午六點就到了，簡單地洗漱了一下，稍作休息，他就帶雲夢到養鹿場。雲夢一見，有些驚訝，上萬畝的草地一馬平川，就像展開的一幅巨大的綠色畫卷，那些散養的鹿群，一對對，漫步在草地上，晃晃悠悠，自由自在。這天又是一個萬里無雲的晴天，晚上七點多鐘，正是晚霞滿天的時候，落日的夕陽，把整個草地，變得像一幅流動的風景畫，而快要墜入地平線的夕陽，紅得像一塊即將融化的鐵餅，耀眼而不刺眼，雲夢好像突然被感動了，她說：「大漠孤煙直，草地落日圓。」他聽了糊塗，說：「你作詩嗎？」雲夢難得回應他一次，說：「修改了唐代詩人王維的詩。」

旁邊陪同的工作人員小許讚歎：「雲夢助理真有學問。」因為他介紹時說，雲夢是集團的董事長助理，所以小許這樣稱呼。

雲夢回過頭，看看小許，既沒有表示高興，也沒有表示反感，她輕輕地問：「可以和鹿直接接觸嗎？」

小許回答：「可以，這裡已經被政府開闢為一個重要的旅遊景點，為了滿足一些遊客的需求，我們經過一段時間的訓練，專門培養了一些可以和遊客直接接觸的鹿。」小許說，「那些經過淘汰選擇的鹿和人一樣，充滿靈性，你要什麼牠們都懂。」

雲夢問：「現在可以叫過來嗎？」

小許回答：「可以。」說著，小許舉起手中的紅色旗子，搖了搖，同時兩隻手拍出長短不一、節奏明晰的掌聲，很快，近處的幾隻鹿跑了過來。這時晚霞已到最後一抹，夕陽變成了一道線，那幾隻飛跑的鹿，在殘陽的最後一道光線裡，背上的皮毛變成了粉紅色，光線像一根繩子，拽著牠們飛速而來。

幾隻鹿跑到他們跟前，停了下來，睜著好奇的眼睛，打量著他們。雲夢看見站在一隻大鹿背後的小鹿，那雙無比柔和，像未經世面的孩童眼神，清澈明淨，更像晴朗的天空，萬里無雲。雲夢被小鹿的眼神感動了，她上前拍拍小鹿的頭，小鹿並沒有躲閃，而是仰著頭靜靜地看著她。雲夢從脖子上取下早上翻越日月山時，在藏民那裡買的一塊天珠，掛在了小鹿的頸上。小鹿好像也明白雲夢的善意，輕輕把身子靠過來，等著雲夢撫摸自己。雲夢給小鹿掛上天珠後，彎下身子，抱住小鹿的脖子，臉頰輕輕貼在小鹿的臉上，舉起右手，做了一個V形手勢。雲夢和小鹿互動的過程，被小許搶拍了幾張照片。放開小鹿後，小許給雲夢看照片，雲夢喜歡極了，王冠第一次從雲夢的臉上，見到了笑容。

王冠見雲夢心情很好，就陪著她在周圍又走了一會，看了看不遠處沙坎上的紅柳林。中途小許接了個電話，說吳老闆叫他回去一趟，王冠點點頭。小許離開後，就剩王冠和雲夢兩個人，在王冠的印象裡，幾乎沒有這樣的時候。雲夢從來不隨王冠出去走，除了偶爾到超市買東西，他們倆人的活動空間，只限於雲夢住的那套房子裡。

王冠曾對雲夢說，他願意花時間陪雲夢去逛街，雲夢看好什麼就買什麼。可是，雲夢就是不答應，有一次他說急了，雲夢說，她是在工作，職責範圍內沒有這樣的內容。

雲夢還提示他，最好是兩個人遵守約定，免得節外生枝，對誰也不好。至此以後，王冠不再期望什麼，所以，他們很少兩個人一起散步。這時，竟然走得那麼近，王冠明顯聞到了雲夢頭髮上，淡淡清香的味道，他有些莫名的激動，希望這樣的時候多一些。可是，太陽已經落山了，天色終於暗下來，吳老闆打電話請他們回去吃飯。

他們回到住處，簡單地洗了一下手，進了餐廳。餐廳當然不是當年王冠第一次來吃飯的小餐館，而是經過重新改造，擴大為一座像樣的酒店，還附有十多間客房。

當晚的酒宴，當然是鹿肉系列，最後一道菜，吳永新先道歉，說：「這道菜，我瞞著董事長王大哥，自己獨創的，是選當年出生的幼鹿，當場宰殺，去掉下水，保留心肝，裝進鹿茸、蟲草、靈芝、雪蓮、藏紅花等九種中草藥和調料包，整隻上籠清蒸，慢火一個小時，使藥和調料充分入肉，然後下籠再在烤箱裡烘烤二十分鐘，就成肉嫩皮脆的美食，北京來人吃過後，評價說：味道勝過北京烤鴨，當然營養價值也遠遠超過北京烤鴨。」

王冠一聽，故作驚訝，說：「吳老弟！有你的。」

吳永新連忙拱手，說：「對不住大哥，還沒有來得及報告大哥哩。」

王冠笑著說：「這不就吃上了嘛。」

吳永新立即說：「大哥，引進冠霸海鮮樓，肯定再添火爆項目！」

王冠端起酒杯，說：「這個要感謝吳老闆的用心，大哥我這次就把這道菜帶回去，希望吳老弟儘快到海鮮樓，檢驗我們是否正宗，來，咱們乾一杯！」

吳永新連忙說：「別急！這是大哥看得起我，這道菜必須配上幼鹿血酒。」

說著，讓剛才陪同王冠和雲夢參觀的小許，把裝了半玻璃罐子的鹿血酒端上來，他們清了杯中的酒，換上了新的鹿血酒。雲夢不喝酒，吳老闆請雲夢少喝一點，嘗嘗味道，說一定難忘。王冠給雲夢解圍，說雲夢確實不會喝酒。吳老闆說不喝也可以，聞聞味道也會感到不一般。雲夢推辭不過，只好讓吳老闆給她倒了一點。

倒完酒，吳老闆端起酒杯，指著桌子上的鹿肉，說：「這酒裡的鹿血，就是剛殺的這頭小鹿的血，鮮肉活血，你們能說這不是天下第一美餐？」

主人、貴賓、陪客，一共八個人，統統舉起了酒杯，正要碰杯，小許從口袋裡掏出一個天珠掛件，遞給雲夢說：「剛才雲夢助理掛在那隻小鹿脖子上的，差點忘了。」

雲夢看見天珠，臉色大變，端著酒杯的手發抖，王冠一看，心裡頓然明白，問：「這隻鹿？」

吳老闆指著小許，說：「小夥子說了，雲夢助理特別喜歡這隻小鹿，正好要做這道菜，就殺了牠，雲夢助理既然喜歡牠，說明牠與雲夢助理有緣，對於喜好的食材，更能補充身體能量。」

吳老闆正在繪聲繪色地講解，雲夢手中的酒杯突然掉到了地上，發出一聲刺耳的粉碎聲。隨即，雲夢臉色發白，呼吸困難，倒在椅子上。王冠緊忙扶住雲夢，吳老闆有些不知所措，王冠說：「沒事，可能是高原反應吧。」說著他扶起雲夢，說，「大家吃，我把雲夢送回房間，再回來陪大家。」

吳老闆連忙說：「好好好，我們等著。」

說著大家起立，把王冠和雲夢送出餐廳。

進了房間，王冠說：「我知道你為什麼，但吳老闆也是一片心意呀。」

雲夢說：「不用管我，你去喝酒吧。」

王冠說：「我去給你端碗麵條吧。」

雲夢說：「不用，我已經吃飽了。」

王冠見雲夢臉色好轉，就給她倒了一杯熱開水，放在床頭櫃上，自己到餐廳喝酒了。

第二天，雲夢堅決要求離開鹿場，她說閉上眼睛，就會看見那隻小鹿的眼睛。王冠無奈，本來是陪著雲夢出來玩的，現在只好縮短了行程，三天後，他們坐飛機返回了江城。

在王冠離開江城回靈北的那天晚上，雲夢對王冠說：「為了你的女兒，請你不要把蒸烤幼鹿這道菜，引進冠霸海鮮樓，你們殺生太多了。」

要在平時，任何人說這樣的話，對他而言，如同放屁，他根本就不當回事。可是雲夢說為了他的女兒，他的心就像猛然被戳了一刀，渾身打了個冷顫，他記住了這句話。後來，吳老闆來靈北市，幾次提議把蒸烤幼鹿引進冠霸海鮮樓，王冠既沒有反對也沒有答應，就這樣不了了之了。

今晚酒桌上，酒杯裡血紅的鹿酒，使他再一次想起了雲夢說的話，而那句「你們殺生太多了」的話，此刻像一個警告，突然在他的耳邊轟鳴。

王冠難以入睡，半夜十二點，又給雲夢去了電話，接通後說：「雲夢，太晚了，可我睡不著，請你原諒我打擾。」

雲夢說：「我在家裡，哪裡也不會去，在完成你我兩個人的協議前，我不會找任何男人。何況現在封城，我哪兒也去不了。」

王冠趕忙解釋：「我不是這個意思。」他歎了口氣，說，「今晚喝鹿血酒，想起了你給我說過的話，心裡難受。」

雲夢說：「你難受與我有關係嗎？協議裡可沒有這一條，我不負責讓你高興。」

王冠並沒有氣惱，說：「也許我真的殺生太多了。」

雲夢說：「這話是對的，那些被殺的命也是命，畜生有時比人善良。」

王冠知道，雲夢不會那麼簡單地接受他，現在他們只是在履行一份協議，跟感情沒有任何關係。放下電話，王冠周身不舒服，那股涼氣依然存在，儘管房間裡的暖氣很熱，他還是下床從櫃子裡拉出一條毛毯，加蓋在被子上，慢慢感到身子熱了，但仍然睡不著，一夜失眠。

接完母親劉山水的電話，沒有去參加老頭子晚宴的王霸和王侯，當晚也沒有回家，他們在拴馬山溫泉泡完澡，吃了一頓美食，喝了一斤茅台酒，躺在按摩床上，討論他們的計畫。

在幽暗的燈光裡，王霸說：「你真的認為這個專案可行嗎？」

王侯說：「說它可行就一定可行。」

王霸說：「什麼意思？我不懂。」

王侯說：「政府招商專案，不可能不經過論證，至於操作起來，能不能賺錢，那就看經營者的本事了。」

王霸說：「難道我們不是為了賺錢嗎？」

王侯說：「我們的當務之急，是把冠霸海鮮酒樓的資金調出來。」他說，「我詳細問過江城那邊辦公室的劉主任，他說最近老頭子準備在江城，新開一家酒樓，而且房產不是租的，是自行購買的，面積一千五百平方米，價值近四千萬，而且付款既沒有走公司的帳號，也沒有走老頭子的私人帳號。這是為什麼？」

王霸問：「在誰的名下？」

王侯說：「在一個新成立的公司名下，老頭子不是法人代表。」

王霸說：「這就奇怪了，全國的連鎖酒樓，哪一個法人代表不是他的。」

王侯說：「更為明顯的是，股東只有李雲夢一個人，這不明擺著，要將他想挪出的資產，直接轉移到李雲夢的名下。你想想，錢不走公司和他自己的帳戶，而且擁有房產的公司，與老頭子沒有任何關聯，即使我們出面打官司，到時分割遺產，也與我們沒有半毛錢的關係。」

王霸一拍大腿坐起來，說：「原來如此，我還以為老頭子只不過如他所說，小打小鬧給那個女人一點，想不到他想搬家。」

按摩技師嚇了一跳，後退一步，差點把洗腳水踩翻。

王霸笑著道歉，說：「對不起！」

兩位按摩小姐幾乎同時說：「大哥家可真有錢啊！」

王霸說：「這倒是。」

王侯繼續說：「老頭子不是說過嗎，只要我們能自己獨立幹專案，他可以投資。

我曾問過酒樓的財務人員，目前能調動的現金，總公司的賬上大約有一個億，我們套他三四千萬總能說得過去吧？」

王霸問：「怎麼個套法？」

王侯說：「我已經找靈北市最牛的專案策劃公司，撰寫了專案論證報告和投資計畫書，開發拴馬山生態農業觀光園，總投資兩億五千萬，第一期四千萬，第二期四千萬，剩下的資金第三期注入。專案建成後，包括觀光、飲食、休閒、度假在內的收入，年利潤可以達到六千萬元，保守一點估算，包括建設期三年，六年絕對收回成本。」

王霸說：「這麼說，是個好專案，但是老頭子能同意嗎？投資可不小。」

王侯說：「邊建設，邊經營，第一期一年半之內完成，第二年十一假期即可經營。這麼好的專案，他如果不同意，以後他休想再在我們面前指手畫腳。」

王霸說：「這也倒是。不過江城劉主任那裡提供的資訊可靠嗎？」

王侯說：「可靠，我已經搞定他了。所以，我斷定老頭子會同意我們這個專案，他也擔心我們找他的麻煩。」

王霸問：「需要我做什麼？」

王侯說：「老頭子問時，你一口咬定，是我們兩個人一起考察、論證、商量後選定的專案，這樣他得安撫我們兩個人。」

王霸說：「這個沒有問題，真的開始經營時，怎麼個辦法？」

王侯說：「你當董事長，我當總經理，就咱兩個股東，股份平分。」

王霸說：「把媽也要上，三個股東，有些事她出面應對老頭子，可能比我們更有力量。」

王侯說：「這一點，我倒沒有想到，聽你的，把咱媽也拉上，三個股東，三三開，平攤。」

王霸笑笑，說：「實際咱媽的還不是咱倆的，她要那麼多錢幹啥去！」

王侯說：「就這麼定了！我儘管把專案論證報告和投資計畫書弄好，一周之內交給老頭子。這兩天回家給咱媽也說說。」

說完，兩個人覺得睏了，王侯對兩個技師說：「我們要睡了。」

其中一個小姐問：「時間到了我們就下鐘，不叫醒你們了。」

王侯說：「按到天亮！」

小姐驚訝地說：「按一晚上嗎？」

王霸不耐煩地說：「我兄弟說了，能缺你們錢嗎？」

兩個小姐連忙說：「謝謝大哥！謝謝大哥！」

雲夢接完王冠的電話，自己也睡不著了，和王冠的交往猶如一場夢，荒誕不經，又實實在在。

王冠和她第一次在辦公室談話的時候，她完全可以站起來走人，儘管順子站在辦公室門口，但如果她要走，相信光天化日之下，王冠不敢把他怎麼樣。何況來應聘之前，雲夢做過功課，把王冠為法人代表的全國公司查了一遍，總共有二十五家，從沒有違法記錄和負面新聞，更多的是當地政府的表彰，還有顧客的正面評價。有報紙報導說，冠霸海鮮飲食集團，不但是靈北市飲食業的一塊金字招牌，而且是全國飲食業的一個制高點。王冠還以個人名義和公司名義，多次捐過款，做過一些慈善，報紙和新聞網站有宣傳。所以來應聘時，她對這家企業有點好奇，對這位擁有二十五家公司的董事長，也有點好奇。

但她想不到，來應聘辦公室文員，居然出現這樣奇葩的談話內容。因此，她先是厭惡、鄙視，後來是聽故事，再後來是理解，最後有少許同情。結束談話時，雲夢變得麻木，腦子裡一片空白。

從冠霸海鮮樓出來，雲夢沒有回自己的住處，而是打電話聯繫到同學加閨蜜仇欣，坐了二十幾站公車，中間還換了一次車，用了一個半小時，擠得滿身汗，終於趕到仇欣住的出租屋。那是市郊一套民房，改建分割的群租房，按房間出租，廚房公用，房間也就不到十平米，月租金五百元，按月支付。見了仇欣，她感到肚子已經很餓了，仇欣問：「我們出去吃飯，還是叫外賣？」

她說：「有事和你說，叫外賣吧。」

仇欣說：「好嘞。」接著就在手機上下單。

她說：「今天我請客。多少錢，我轉給你。」

仇欣睜大眼睛看看她，說：「今天怎麼了？和我客氣起來了。出去吃大餐你請，今天兩份麻辣燙、兩個燒餅就不勞駕你了。」

倆人說笑著坐下，仇欣問：「什麼事這麼急？今天又不是節假日，咋有時間跑過來？」

雲夢說：「我想跳槽重新找份工作，現在這份出納員的工作，工資實在太低了，兩千多塊錢，除去房租，吃飯，衣服都不敢買，更不要說化妝品了。」

仇欣說：「我不也這樣嗎？真的難死了。」

她說：「什麼時候是個頭啊！」

仇欣問：「找到了嗎？」

她說：「找到了，可是和董事長見面，坐在馬上看花——騎（奇）聞。」

仇欣睜大眼睛，問：「莫非？」

她就毫不保留地把王冠與她談話的內容，告訴了仇欣。仇欣聽完，顯出十分驚奇的神情，問：「你答應了嗎？」

她說：「哪能呀，我這不是過來和你商量嘛。」

仇欣說：「媽的，男人有錢真威風，要摟什麼樣的女人就摟什麼樣的女人。」

她說：「我們不說別的，先說眼下該咋辦。」

仇欣說：「聽過包二奶的，聽過借腹生子的，沒有聽過這個，你咋想的？」

她說：「姓王的說的是真話，靠我們這點工資，這輩子只能在底層生活，可我們又不甘心。如果答應了他，心裡這道坎很難過去。」

仇欣看看她，說：「說白了也就這麼回事，人們笑貧不笑娼，總比和許多男人進行交易好得多，如果按我們現在這種活法，心裡倒沒有什麼坎，可是，很可能不但找不到真愛我們的男人，還受窮一輩子，白馬王子只是童話，與我們無緣。」

正說著，點的外賣到了，兩個人接過來，就在小房子裡吃起來，一個人對著桌子，另一個就轉不過身，只好一條腿放在床上，另一條腿放在地下，兩個人背對背吃了這頓飯。不過麻辣燙和燒餅，都是她們愛吃的。

吃過晚飯，倆人躺在床上聊。聊到半夜，各種情況都分析過了，得出一個簡單的結論：這件事沒有萬全之策，要麼做，要麼不做。至於這個男人會不會賴帳？她們分析的結果，以王冠的資產和過去的資歷，這點錢對他而言，是個小錢，他不至於下作到做了事不認帳。不過要想萬無一失，最好在履行協議前，讓他把房子買在雲夢的名下，並且是一次性付款。要這樣辦了，至少有這套房子作保障。

說到最後，她問仇欣：「這樣說，我應該答應？」

仇欣說：「最終，這件事，還得你李雲夢拿主意。」

她說：「如果換作你，你咋處理。」

仇欣說：「沒有假設，因為不是我，我說的任何話只能是參考，不是當事人，根本無法體會你這時心裡微妙的掙扎。」

雲夢說：「我理解，做之前，我還得回趟家，給我姐說一聲，我爸爸那一關肯定是過不了的。」

仇欣問：「過不去怎麼辦？」

雲夢說：「給我姐說清楚，乾脆兩年不回家，就說出國工作了，等事情辦完了，再回家。」

仇欣說：「是個辦法。」

天亮出門時，仇欣抱住雲夢，在她的耳朵邊說：「祝你成功！」

第二天，正好是星期六，雲夢去幼稚園接了外甥明兒，並帶他去公園玩了兩個小時，天黑回家。第二天，雲夢趁爸爸和姐夫不在的時候，把事情的全過程，給姐姐雲渺說了，姐姐開始極力反對，可當她把王冠關於她們家的分析，變了個說法說給姐姐聽了，姐姐無力反駁。雲夢瞅了瞅正在看電視的外甥，說：「姐，我不想像你們一樣過得這麼苦，至少明兒以後上學，我有能力幫他接受好的教育。」

雲渺看看妹妹，說：「你的事，最後你說了算，明兒的事，你不用管。」

姐姐明顯表示拒絕雲夢的好意。

雲夢不再爭論，對姐姐說：「爸爸的事，就拜託你了，雲夢不會忘記爸爸的養育之恩，也不會忘記姐姐和姐夫對我的好，我這樣選擇，自有我的道理，以後我會報答你們的。」

姐姐沒有回應，雲夢心情不好，說有事，不在家吃午飯了。離開時，姐姐的眼裡，突然噙著淚水，說：「想家了就回來。」

雲夢撲上去，抱住姐姐，摟了一會。

第三天早上，雲夢從住處給王冠發了個簡訊，說可以見面。雲夢的簡訊發出不到一分鐘，王冠回電話，問：「在哪個位置？」

雲夢說了地址，王冠說：「你等著，我馬上讓人去接你。」

雲夢接完王冠的電話，向單位請了一天假。

大約過了四十分鐘，樓下有喇叭聲，雲夢從三樓窗戶向下看，是輛藍色的寶馬越野車。雲夢下樓，見車前站的那個人有點面熟，那人看見她，立即迎上來，說：「我是王董的助理，叫順子。」

雲夢一下想起來，就是那天王冠和她談話時，堵在王冠辦公門室口的那個人，就沒有好臉色看他，冷冷地走向車門。順子立即拉開車門，對雲夢說：「以後就是熟人了，有什麼事儘管給順子說，順子不敢半點怠慢。」

雲夢依然沒有說話，板著臉鑽進了車裡。

很快，雲夢被拉到了江城冠霸海鮮飲食集團總部，進了王冠的辦公室。王冠見雲夢進來，從皮椅上起來，給雲夢倒了一杯水，回到辦公桌前坐下，看著雲夢說：「說說你的想法。」

雲夢沒有客氣，說：「我同意，但我還有個條件。」

王冠說：「什麼都可以說出來。」

雲夢說：「房子必須在我的名下，一次性付款，協議生效前辦妥。」她說，「我要的只是一個起碼的保障，你應該理解。」

王冠想也沒想，馬上說：「可以。」又問，「還有什麼？一次說清。」

雲夢說：「沒有別的。」

王冠說：「那就這麼辦。你回去等信，看好了房子，我會立即通知你的。」

雲夢站起來要走。王冠說：「中午來了幾個朋友，願不願意一塊吃飯？我的邀請可能顯得唐突，不過我是真心的。」

雲夢說：「中午還有事。」

王冠說：「那就不為難了。」王冠站起來，走到雲夢跟前，說，「謝謝你這麼看得起我。」

雲夢沒有回應，王冠伸出手，做出告別的樣子。出於禮貌，雲夢伸出了手，王冠輕輕地抓住雲夢的手，另一隻手也壓了上去，雲夢感到了手發熱，同時感到王冠的雙手有些顫抖，雖然雲夢涉世不深，但能看出王冠的激動。

這次，王冠直接把雲夢送到樓下，對跟在後面的順子說：「把雲夢送回去。」

順子答應著，打開了車門，汽車開動了，王冠才轉身離去。

只過了一天，一大早雲夢就接到王冠的電話，又問了一遍她的住址，讓雲夢等著，他馬上到，並說房子已經看好了。雲夢不得已又向單位請了假，在房子裡等著。大約過了半小時，王冠就到了。來接她的車，並不是前天接她的那輛寶馬，而是一輛賓士，順子沒有來，也沒有司機，而是王冠自己開著車來的。上了路，王冠說：「這件事只有我們兩個人去辦，等一會到了，你看好了房子，有朋友會在現場，用現金交房款，我不想這件事，留下任何隱患。房子在你名下，錢既不是公司出的，也不是我的卡上出的，沒有任何證據，可以證明這套房子與我有關聯，這是為了保證你名下房產的安全。」

王冠這麼一說，雲夢突然想起了一部電視劇裡，妻子與男人的外室女人，爭奪房產的情節。妻子查到男人給外室女人買房的付款憑證，以夫妻共同財產為名，並以外室女人有過錯為藉口，要求法院判決外室女人所得產權無效。雲夢本來沒有想那麼多，只要房產在她名下，就不會有問題，想不到王冠比她想得更周到，她倒不是感激王冠為她著想，很可能王冠是為了自己的安全，他既想做這件事，又不想惹出更多的麻煩，所以才辦得周密。雲夢只聽不說，王冠又說：「我王冠從來說一不二，更不欺負弱者。」

不管王冠怎麼解釋，以引起她的興趣，但雲夢始終沒有回應。

到了售樓處，是一個竣工的高檔社區樓盤，已經接近尾盤了，精裝修，擺上傢俱，即可提包入住。王冠一到，馬上就有售樓小姐過來接待，顯然他們已經見過面了。售樓小姐熱情地說：「王先生，請問還看別的房子嗎？」

王冠說：「把我看好的那一套，給我的助理介紹一下。」

售樓小姐馬上一臉堆笑，轉向雲夢，說：「請問助理貴姓？」

她說：「叫我雲夢好了。」

售樓小姐說：「我先把樓盤所在的位置介紹一下吧？」

王冠說：「不用了，黃金地段，交通四通八達，誰都知道，你就介紹那套房吧。」

售樓小姐說聲好，就指著沙盤一棟位於中間的樓，對雲夢說：「王先生看好的這套房，位於天海花園十五號樓十六層的東戶，這棟樓，是這個高檔社區的樓王，這套房面積一百七十點五平米，四室兩廳兩衛，三個房間朝南，大廳朝東，另一個房間和廚房、公共衛生間朝北。本來這套房很早就賣出去了，可是辦理貸款手續時，對方的信用出現了點問題，一時半會貸不下款，拖了半年，公司催款，客戶無奈之下，不得不退房，剛退房的當日，就被王先生趕上了，真是好運氣！」

售樓小姐又詳細介紹了房內的智慧設施，然後說：「我們直接去看房。」說著拿上鑰匙，帶著王冠和雲夢坐售樓處看房車，到了十五號樓。

雲夢在樓下看到，已經有不少住戶搬進來了。

進了房子，售樓小姐說：「雲夢助理看看，如有問題，只要是裝修標準之內的專案，我們一定讓客戶滿意。」

雲夢在屋子裡轉一圈，感到客廳敞亮，房間佈局合理，裝修新穎，特別是落地玻璃大窗戶，更顯得大氣、上檔次。雲夢從來就沒有想過能住上這樣的房子，也從沒有在哪個人家，見過這樣氣派的房子，她壓住內心的激動，又仔細在每個房間看了看，看不出任何問題。

王冠見雲夢不吭聲，就走到跟前，悄悄問：「可以嗎？」

雲夢點點頭，王冠對售樓小姐說：「簽合同吧，有什麼問題再找你。」

售樓小姐一聽，滿臉笑容，忙說：「好的！」

下樓的時候，王冠打了一個電話，雲夢聽到電話裡說：「大哥準備好了，馬上到。」

到了售樓處，王冠把雲夢的身分證要過來，讓售樓小姐去辦手續，他們則坐在大廳喝茶。

大約二十分鐘後，購房的網簽合同準備好了，雲夢按照要求，在幾個地方，簽上名字按了手印。這時，一個四十多歲的男人，提著一個不小的密碼箱來了，王冠迎上去，接過箱子，說了幾句客氣話，就讓那個人走了。回過頭，叫上雲夢，隨售樓小姐上二樓財務處，辦理交房款手續。

接近三百萬元的房款，售樓處的財務人員，點了半個多小時。辦完房款手續後，售樓小姐直接將房子的鑰匙交給了雲夢，並到物業管理處，辦妥了所有入住手續。雲夢拿著房子的鑰匙，腳下有些騰雲駕霧，她極力裝出鎮定的樣子。售樓小姐接待完畢後，王冠又帶著雲夢到了房子裡，這次是雲夢自己開的。王冠說：「雙用鎖，有時間把密碼和手紋設置一下。」

進了房間，王冠說：「你看看，擺放那些傢俱，你喜歡什麼風格的，可以和我一起去傢俱廣場看看。」

雲夢說：「這幾天我老請假，不好，你看著辦。」

王冠說：「如果你沒有時間，我請人辦，不過你放心，肯定請專業人士出面，一定會讓你滿意的。」

從房子裡出來，已經下午一點了，王冠說他餓了，這次一定要雲夢陪他吃飯。雲夢上車，沒有說話，被王冠拉到一家五星級大酒店的自助餐廳，說：「我不太清楚你的口味，吃自助餐，想拿什麼就拿什麼。」這樣也好，雲夢求之不得，進了餐廳，跟在王冠後面，付錢時雲夢嚇了一跳，一頓午餐，一個人收三百八十塊錢。付完錢，拿上盤子，琳琅滿目的美味佳餚，品種繁多，色澤豐富，許多雲夢根本就沒有見過。她取了幾樣清淡一些的菜，都是她平時吃慣了的。坐下後，王冠見她盤子裡只有幾片牛肉，兩塊羊排，幾隻蝦，還有三種蔬菜，就說：「你這樣吃，虧大了。」

雲夢說：「這些就夠了。」

在回住處的路上，雲夢說：「什麼時間簽協議？」

王冠開著車，說：「真的簽協議嗎？那是沒有法律效力的，房子都到你名下了，網簽後就不能改動了，從任何意義上講，那套房子都是你的了，還不相信我嗎？」

雲夢說：「我怕你不放心我。」

王冠說：「如果那樣的話，說明我王冠不識人，那怪不了別人。」他說，「就是個君子協議，在心裡不在紙上。」

雲夢沒有再說什麼，一路無話。

把雲夢送到住處，王冠沒有下車，搖下窗戶，說讓雲夢留下身分證和一把新房子的鑰匙，他說這幾天他安排傢俱，萬一有什麼需要辦的手續，就不用雲夢跑了。最後他對雲夢說：「我們這周星期天再見面，等著我的電話。」

雲夢嗯了一聲，就上樓去了。

三天後是星期天，一大早王冠來電話，到雲夢的住處拉上雲夢，到了新房子，屋子裡的傢俱一應俱全，都是環保品牌，沒有任何異味，直接可以入住。雲夢知道，那個讓她恐懼的時刻，快速來了，她也明白這是她找的，怪不得任何人。

她進房間洗了澡，將二十四歲的女兒之身，給了一個比自己大三十四歲、認識才幾天的男人。儘管她明白自己在履行協議的約定，但並不知道等待她的，將會是一種什麼樣的結果。

事情結束後，王冠顯得有些激動，他說：「想不到寶貝還是第一次，這說明我選對了，我會好好對你的。」說著，從口袋裡掏出一張卡，說，「雲夢，從這月開始，每月給你往這張卡上存一萬塊錢，作為你的生活費。這張卡用你的身分證辦的，裡面已經存了五萬塊錢。」

雲夢沒有去接，她要保持最後一點尊嚴。她說：「生活費就不用了，我有雙手，我有工作。」

王冠笑笑，故作輕鬆，說：「這不是給你一個人的，為了未來的女兒，身體要照顧好。」

雲夢仍然沒有接，王冠就把卡放在桌子上，然後把雲夢的身分證和他帶的那把鑰匙，也放在桌子上。他對雲夢說：「我什麼也不留，要來的時候，我給你打電話。」

隨後王冠又說：「你可以搬過來了，如果需要幫忙，打個電話，我會派人來的。」

雲夢說：「不用了，本來就沒有什麼東西，幾件衣服，幾雙鞋，打個計程車一趟就拉完了。」

王冠又說：「明天我就要回靈北市去了，下次來，給你買輛車。」

雲夢沒有答話。

又坐了一會，王冠說：「今晚給個面子，一定和辦公室的幾個人吃頓飯，認識認識，我不在，有什麼事，可以直接找他們。」

雲夢沒有反對的理由，點點頭表示同意。

兩個月後，王冠和她見面，他真的給她買了車，是進口的女式奧迪A5，他說：「本來可以買更好的，但以你的性格，喜歡低調，這款適中。」

半年後，她懷孕了。王冠將一百萬現金存入了她的卡號……

想起這些事，雲夢覺得，人生似乎沒有所謂的幸福選擇，她的人生因王冠而擺脫了貧困，也因此改變了正常軌跡。她既不能否定自己，也不能肯定自己，她更不知道自己是幸運，還是悲哀，時刻陷入一種深深的迷茫之中。只有近來肚子裡的小生命，時不時的動彈，給她一種生活的勇氣，不管大人們出於什麼目的，孩子是無辜的。可是，她知道孩子出生，就意味著母子分離，她完全不知道到時如何應對。對於王冠的電話，她既談不上渴望，也談不上反感，此時生活與他有著割不斷理還亂的聯繫。即使他的話對她是安慰，她仍然找不到安全感，只能走一步看一步。封城的決定生效前，劉主任送來許多蔬菜和米麵，至少可以支撐一個月，加上冰箱裡儲存的肉食、魚和蝦，生活暫時沒有什麼問題，但以後的日子會是怎麼樣，她不知道，只能過一天算一天。

想想這些煩心事，下半夜的時候，天快亮時雲夢才睡著。

王冠關在總統套間的第三天，也就是正月初二，順子來看他，說：「靈北市已經成立了新冠病毒疫情抗擊指揮部，發佈的第一號通告裡，要求近期有江城接觸的人，立即上報指揮部，實行單個隔離，情況十分嚴重。」

這些天，王冠關在房子裡無事，除了看電視，就是看手機，對於疫情，他清清楚楚，順子講，他只是聽，等順子說完了，他說：「別搞得神經兮兮，以為到過江城的，一定會被傳染。」

順子笑著說：「也是，不過指揮部有要求，必須到醫院去隔離。」

王冠說：「我正好不想在這裡住了，感覺憋屈，不像住在五星級大酒店的總統套間裡，倒他媽的像被拖進了一個陰溝裡，整天感到有股涼風在周圍轉。」

順子一驚，說：「該不是發燒吧？」

王冠瞪了順子一眼，說：「別看見井繩就想起蛇！」

順子笑笑，說：「我讓老婆熬了點小米粥，你喝一碗，酒店的菜吃久了實在是反胃。」

王冠從順子手裡接過小碗粥，三下五除二喝完了，說了聲：「味道真不錯。」

順子收拾了碗筷，從公事包裡，掏出一本不薄的裝訂冊子，放在老闆面前的茶几上，說：「你那兩個公子，搞的專案論證報告和投資意向書，關於拴馬山生態農業觀光園的。」

王冠看也沒看，問：「你信嗎？」

順子說：「我仔細看了。」

王冠說：「你說說看法。」

順子說：「他們下了功夫，還是你看看我再說，不要先入為主。」

王冠沒有說話，表示認可。

順子見沒有事，就告辭出去了。

第二天，順子來看老闆，王冠沒有提起兩個兒子的論證報告，他也不好多問。又過了兩天，老闆還是沒有提起。隔一天，順子再來，就主動提起，問：「大哥，兩個公子的論證報告看了嗎？他們催問。」

王冠本來半躺在少發上，一聽順子的問話，呼地一下端正身子，將放在茶几邊上的論證報告，拿起來扔到了地下，勃然大怒，說：「這兩個東西，不就是想套我的資金嗎？」

順子一時不解，看著老闆。

王冠說：「這不是明擺著嗎？那麼一塊偏僻的地方，政府的配套設施根本不到位，溫泉也就是勉強經營，你搞上萬畝的農業生態觀光園，看似發展潛力巨大，實際就是個釣魚工程，早晚也得拖死。」

順子這回沒有順著老闆的話說，反而提出不同意見，說：「大哥，我認真看了，這次我沒有跟你去江城，跑了一趟拴馬山，這回真不全是你說的那樣。」

王冠坐下，看著順子，好像不認識他，說：「我倒要聽你說說，怎麼就不是那麼回事？」

順子說：「靈北開發區管委會，下定決心要開發拴馬山，正在加大力度進行基礎設施投資，估計一兩年之內會有大的改觀。有許多地產開發商盯上了周圍的土地，但管委會有個基本的思路，先發展生態觀光農業，再啟動度假村，但那些開發商一個個精得跟猴一樣，知道觀光農業投資大，見效快，把錢投進去，政府卻把地賣給了別人，豈不是給他人做了嫁衣裳？所以，遲遲沒有人動手。在管委會招商局的撮合下，兩個公子就出頭了，他們還見了管委會的頭，一聽是冠霸海鮮飲食集團的，管委會主任來精神了，說既然是本地企業，又有實力，可以重點考慮。不過這論證報告，思路不完全對路，沒有把有價值的東西充分整出來。」

王冠聽了問：「以你的意思？」

順子說：「你不是老想把這兩個人弄出去，讓他們單獨負責一個專案嗎？公司可以前期參與，把前期工作做好了，專案落實在了，叫他們兩個兄弟去負責。那天和我一起去拴馬山的朋友裡，有外地來的一個很厲害的房地產專案策劃人，他說五年之後，這裡的旅遊地產，一定會火起來，就看這個時候，有沒有膽量先把觀光園搞起來。圈地的方法，顯然是以專案帶土地，所以策劃案是一個關鍵。」

王冠聽順子這麼一說，提醒了他，他問：「這兩天網上炒得很熱，說新冠肺炎病毒是從華南海鮮市場出來的，還有人建議，將來在華南海鮮市場原址，建立一座紀念碑，以警示世人，並禁止野生動物交易。看這陣勢，華南海鮮市場以後不會開了，咱們在江城的這塊生意肯定會受影響。」

順子說：「何止海鮮批發市場，全國餐飲業幾乎全部停業，所有的商店除超市外，幾乎全部關門。靈北市疫情防控指揮部，也已發表通告，所有餐飲業、娛樂業等多個行業停業，至於重新開業時間，以政府通知為準。如果事件持續兩三個月時間，我們冠霸海鮮樓的生意損失，將會相當慘重。」

王冠說：「是這樣。」接著，兩個人分析了冠霸海鮮樓整體情況，算了一筆賬，得出一個統一結論，冠霸海鮮樓恐怕在疫情之後，可能面臨發展方向的選擇。

順子離開時，王冠說：「可以告訴那兩個兔崽子，就說專案我看過了，再詳細考察考察。」說著，王冠交代，「你再找真正的行家論證論證，如果可行，咱們就投，六十歲重新創業。」

順子不忘拍馬屁，說：「大哥就是和一般人不一樣，總能在危機之前找到突圍方向。」

王冠罵一句：「從哪裡學來本事，聽著就彆扭。」

順子接過王冠遞過來的論證報告，笑著離開了。

大年初六，順子有事沒來酒店，王冠打電話，問順子是否看到了華至圍醫生所在醫院，發出了醫療物資緊缺，希望社會捐助的呼籲，順子說剛看到。王冠說他提前二十多天，曾從華醫生那裡，知道了可能發生疫情的情況，他讓劉主任團購了一萬個醫用口罩，他讓順子告訴劉主任，立即聯繫華醫生，除留出少量自己用的外，全部捐給華醫生所在醫院。順子回答立即落實，十幾分鐘後，順子給王冠回電話，說十天前就到貨了，劉主任說，馬上按照董事長的安排，立即捐贈。

又過了一天，早晨起床，王冠感到有些發燒，渾身無力，他有些心慌，就打電話告訴順子，順子到了一看情況，立時緊張起來，說：「得趕緊去醫院。」

王冠這時臉色發白，說：「我以為昨天晚上透氣忘了關窗戶，半夜驚醒爬起來看了看，窗戶關了的，躺下後就覺得那股涼氣加重了，早晨起床，一摸額頭，真他媽的發燒了。」說著，他已經拿好了行李，讓順子開車送他去醫院，順子連忙擺手，說：「使不得，使不得，指揮部有規定。」說著撥打一二〇，十幾分鐘之後，救護車就到了。

第二天下午，王冠確診被新冠肺炎病毒感染。緊接著，指揮部要求，對王冠可能密切接觸的人，進行逐一排查，查到密切接觸者和再接觸的人，包括王冠回靈北時乘坐的航班、在五洲大酒店聚餐、酒店接觸過的管理及服務人員在內。第二天上午十二點，靈北疫情防控指揮部發佈公告，說靈北市新增確診病例一例，而與這位確診病人接觸者，人數已達三百二十八人。本地新聞網站立即發佈新聞，稱這位新冠病毒感染者，是靈北市的「毒王」，半個小時後，這則新聞後的留言就達上限。有留言者說：「明明從江城回來，還在酒店請客聚集，他不怕死，也不想讓別人活，這種人就是垃圾人。」有人說：「真是無知者無畏，不知道這個毒王是個什麼鳥？」更有甚者，說：「這個毒王，是靈北人民的公敵！建議進行人肉搜索。」

果不其然，當天下午，就有人發帖稱，這名新冠肺炎病毒感染者，是靈北赫赫有名的冠霸海鮮樓的老闆。這一下炸開了鍋，跟帖紛紛提議，全體靈北人以後拒絕到冠霸海鮮樓吃飯，讓這家野蠻酒樓迅速倒閉。幾天時間，冠霸海鮮樓成為網友集體攻擊的目標，大家斷言這家海鮮樓，在疫情結束之時，必定壽終正寢。

順子在隔離中，通過醫院的朋友，希望以治病為名，暫時收繳王冠的手機，可是這件事很難辦到，隔了一個晚上，王冠就全部知道了，他無法相信，自己在這件事上的小小任性，竟然毀了幾十年創下的基業，他陷入極度恐懼之中。

九天後，王冠的病情加重，進入重症監護，儘管呼吸困難，周身無力，可他的意識相當清醒，只是晝夜不分，常常被噩夢驚醒。當他再一次進入噩夢之中，他的遭遇恐怖至極：他躺在一個山谷裡，周圍站滿了鹿群，一隻隻鹿，睜著驚恐的眼睛看著他，不一會，他被一群野獸擊倒在地，野獸們爭先吞噬他的肌肉，喝他的血。

騎在最上面的是熊，牠們用熊掌死死按著他的頭顱，撕咬他臉頰上的肉；野豬用鋒利的牙齒，拽著他腿上的皮，向下撕扯；黃羊則騎在他肚子上，舔著從頭上流淌下來的鮮血；從空中飛來的雪雞，則啄食他的眼睛。

突然之間，山谷變成了海洋，無數的魚蝦、螃蟹等海生動物，紛紛向他游來，不斷衝向他血肉模糊的身體，吞噬最後的血肉，最終，他只剩下一具骨架。在難以忍受的痛苦中，他看見雲夢站在岸上，手裡拉著一個女孩，那是他的女兒，不但已經出生，而且長大了。他想撲上去，拉住女兒的手，可他只是一具骨架，根本無力站起來，只能看著女兒在岸上哭泣……他猛然驚醒後，預感到自己大限已至，不會有多長時間了，他立即給順子發了一則微信留言：

順子兄弟，我恐怕要走了，有兩件事得拜託你處理，江城牛老闆那兒放著五百萬，是用來支付最後一筆裝修款的，現在看來已經沒有必要了，我馬上給牛老闆發資訊，就說有急用，讓他把這筆錢，立即匯到雲夢的賬上，作為即將出生的女兒未來的生活費。我與牛老闆打交道多年了，他會按照我的意思辦的，為了保險，不要告訴他我染病的消息，你催著點，務必落實這件事。

第二件事是，正在裝修的海鮮樓，是在以雲夢的名字註冊的公司名下，可是以後能不能再開海鮮樓，還是一個未知數，房產證還沒有辦，中間不知道會遇到什麼事，所以，我還沒有告訴雲夢。疫情結束後，你負責把這件事辦妥，即使海鮮樓不開了，也要把房產萬無一失地辦給雲夢。這兩件事辦妥了，大哥我在黃泉路上就沒有牽掛了。

至於公司的事情，我管不了了，他們看著辦吧，儘管你和他們關係不算密切，但許多事他們離不開你，而且公司有你的股份，他們怎麼也不會不認帳。你跟大哥這麼多年，大哥有你這個好兄弟，這輩子知足了，有什麼對不住兄弟的地方，請原諒大哥。

發完這條信息，他給江城的牛老闆發了訊息，並把雲夢的卡號一併發去，他還給牛老闆說，等一會公司的董事長助理黃順子會和他聯繫。

給牛老闆的訊息剛發出去，就收到了順子的回覆：「大哥挺住！沒有事，一定會挺過來！」順子說，「今生能跟著大哥，是我三世修來的福分，大哥不但給了我工作，給了我財富，給了我房子，就連我的女人，也是大哥替我操心辦的。大哥的恩情永世難忘。大哥交代的事，我一定會盡心盡力辦的，至於其他的，這輩子的錢，已經夠用了，不用再爭什麼，一切隨緣，但會盡力協助兩位公子，做好公司可能的發展。」

對於讓牛老闆匯錢的事，順子說：「我會盯著辦的，如果牛老闆不按大哥說的辦，我有辦法讓他辦。」

最後，順子說：「大哥挺住，兄弟我離不開你！我等著和你一起，去江城迎接侄女的出生。」

王冠看到順子的回覆，流淚了。

但他不敢有絲毫怠慢，得趕在清醒之際，辦完他最牽掛的事情。他立即給雲夢微信留言：

雲夢你好！我一直沒有告訴你，是因為我認為自己不會感染，所以只在酒店的房間裡隔離，想不到隔離快要結束的時候，身體發熱，我仍然以為是開窗戶受涼感冒了，可是拉到醫院，血液檢測，拍胸片，確診感染新冠病毒。這時候我還不當回事，像我這樣身體一直壯得像牛一樣的人，確信能夠抵抗過去，所以沒有和你聯繫。你那邊的情況，我一直讓辦公室劉主任注意，隨時向我報告，知道你們母子平安，我很高興。

可是，雲夢，這陣我覺得不行了，真的恐怕不行了，周身一點力氣都沒有，骨頭好像散了架，胸膛憋得心臟快要跳出來，呼吸一陣陣像要斷氣。所以，趁這會兒好一點，我把有些事情交代一下：

我不在了，房子是辦在你名下的，付錢時我請朋友幫忙拿的現金，這你知道，房款從任何證據鏈上講，都與我無關。已經給你的那一百萬元，也是請朋友從他的銀行卡上取的現金，給你存的。我已經安排朋友，馬上再給你匯五百萬元，也算是我最後對你和女兒的一點心意。我一旦不在了，你千萬要保住肚子裡的女兒，孩子是無辜的，有錯是大人的錯，你要把孩子生下來養大。

你和女兒是我這輩子最後的牽掛，可能人生的希望永遠在沒有實現的地方。我走了，你不要和王家再來往，正因為他們是我的家人，我對他們太瞭解了，以他們為人處世的方式，他們不會容忍你和女兒的存在，你離他們越遠越好，不要和他們有任何財產上的糾纏。我給順子叮嚀了，他是一個可以相信的人，他會替我關照你們母子的。

雲夢，這一世，我最對不起的人可能是你。開始，我只是想讓你給我生個女兒，可是，你的溫柔和善良，打動了我，我慢慢覺得我和你在一起，才感到了做人的樂趣，才感到了賺錢的意義，我不得不承認我離不開你了。儘管我裝得若無其事，實際我心裡每時每刻都惦記著你，生怕你有什麼閃失，我名義上不斷關心你肚子裡的女兒，可你現在和女兒是一個人啊，女兒生下來之後，我怎麼捨得讓你離開女兒，女兒不能沒有媽媽。又想想，這只是我的想法，你未必同意，現在好了，我要死了，可以還你自由了，即將出生的女兒，也不會失去母親。想到這一點，我反而輕鬆了，反而不怕死了。

雲夢，再見了！

雲夢午覺醒來，看見了王冠的留言，大吃一驚，不管她對這個男人是什麼態度，是這個男人，改變了她的命運，無論是惡緣還是善緣，在這種時候，雲夢還是表現出了一個女人的善良，她想了幾秒鐘，給王冠回了微信：「沒事的，堅持住，你的女兒等著你。」

可是，這條微信發出去後，一直沒有王冠的回音。

晚上臨睡前，雲夢接到一條手機簡訊，是銀行發來的，提醒她的銀行卡，收到匯款五百萬元。看到這條簡訊，雲夢一點也高興不起來，她甚至有些麻木，似乎到賬的五百萬元，與她一點關係也沒有。在面對貧窮和金錢的選擇時，她最終選擇了金錢，可當金錢改變了她的生活方式時，她卻沒有找到任何幸福感，不但遠離了親人，而且變得越來越焦慮不安，不想見人，陷入深深的孤獨之中。

令她迷惑不解的是，生活的意義到底是什麼，是有房有車？有高檔品牌服裝？自由選擇化妝品？做一個替別人生孩子的工具？所有的是或不是，變成了一個個模糊的概念。那份出納工作，每天很累很累，收入微薄，但對她而言，卻成為近一年來，唯一可以和人正常打交道的方式。王冠的微信留言和收到的五百萬元，使她覺得生活在一個魔幻的傳說中，這些事根本不是發生在她身上。

雲夢在又一個焦慮和不安的夜晚，沉沉睡去，凌晨三點多醒來，突然接到順子發來的微信簡訊：「大哥王冠二十分鐘前去世了，我在隔離中，沒有辦法告別，他的家屬已經辦完手續，按照防疫指揮部規定，馬上就送殯儀館火化。」

另一條簡訊說：「大哥離開前，唯一放不下的是你和未出生的女兒，後事交代給我了，我會按照大哥的吩咐，一一辦妥。請保護好孩子，那是大哥最後的寄託。」

瞬間，雲夢感到巨大的恐懼向她襲來，黑暗中沒有一絲亮光。她雙手顫抖著給順子回了八個字：「萬分震驚，沉痛哀悼！」

她沒有再躺下，坐在那裡好長時間，才穩住情緒，剛要躺下睡覺時，突然手機鈴響了，她拿起來一看，是爸爸的手機號碼，他們已經七八個月多沒有聯繫，她急忙接起來，聽到的卻是外甥明兒的聲音，明兒說姥爺睡去幾天了，沒有醒來，她問明兒爸爸媽媽呢？明兒說，出遠門好多天了。雲夢一聽，知道出大事了，她急忙聯繫了朋友，用僅一個小時的功夫，說服有關方面，允許她去姐姐家所在的社區。

她開著車，瘋了一樣趕到姐姐家，看到爸爸的身體已經僵硬了，看看他死前的病狀，她判斷爸爸是因為心臟病突發去世的，又從爸爸的手機上，看到了姐姐臨去世前的留言：

雲夢：不知道你現在怎麼樣，姐姐一直牽掛你。因感染新冠病毒，一周前你姐夫已經走了，我也感到不行了，不想在這個時候打擾你，就把留言發給爸爸，讓爸爸到時告訴你。爸爸年齡大了，有心臟病、高血壓，身體不好，明兒只能託付給你。你姐夫是值班時感染的，算工傷，會有撫恤金的，買房時欠的五萬塊錢，就從這筆錢裡出，每月的房貸也只能靠這筆錢還了，以後只能委屈妹妹了，姐姐心裡不安。

好妹妹，爸爸經常看著你的照片發呆，他刪掉你的電話號碼和微信，也不讓我們跟你聯繫，那只是一時傷心過度，希望你早點回去，看到我的簡訊，那樣爸爸也就有依靠了。

再見了，親愛的妹妹！

看了姐姐的留言，她幾乎崩潰，她不知道一個五歲的孩子，是怎麼守著一個老人的遺體，在恐懼中等待希望。她緊緊摟住五歲的明兒，癱坐在爸爸床前，現在，明兒是她在這個世上，唯一的親人了。

天亮後，她剛有睡意，突然手機響了，她隨手接起來，一聽聲音，雲夢立即判斷，是王冠的老婆劉山水打來的。那個女人惡狠狠地說：「李雲夢，我告訴你，老頭子死了，那真是蒼天有眼，他的死連他自己也沒有想到，他想不到病毒會找上他。

他死了不足惜，可惜的是他沒有來得及立遺囑，所以你這個狐狸精，不可能再從老頭子那裡得到一分錢，從此，你就死了這條心吧。以前的事，我可以認為那是老頭子的錯，我不怪你，但我必須讓你明白，老頭子給了你多少錢我不管，你住的房子我也可以不要，過去的一切可以既往不咎，但你必須打掉肚子裡的孩子，休想以孩子的名義，爭奪我王家一分錢的家產。如果你不同意我給你的出路，我可以明確無誤地告訴你，我和我的兩個兒子，有足夠的辦法，讓你失去一切，包括你現在住的房子，和肚子裡的孩子。」緊接著，那個女人說，「你看著辦！」

在接聽電話的過程中，雲夢的身子不斷發抖，而且抖得越來越厲害，聽了劉山水的話，她把手機換到另一隻手上，回擊說：「我也告訴你，從現在開始，我和你們王家沒有任何關係，至於我肚子裡的孩子，那是我的，我想怎麼處理就怎麼處理。」

劉山水說：「那就好！希望你說到做到，不然還是我說的那句話，我讓你失去一切！」

雲夢憤怒地告訴劉山水：「我對王家的財產，沒有任何興趣！」

摁了手機，雲夢坐在那兒發呆，時間過了很久，她才回過神來，看看身邊的明兒，又輕輕摸了摸肚子裡正在動的孩子，她的心情平復了很多，她知道，許多無法預料的日子還在等著她過，而身邊的明兒，和肚子裡即將出生的孩子，是她未來的希望……

第四章　天道

雲夢接到一個陌生電話，對她來說無異於晴天霹靂，她一時反應不過來，又問了一句：「請問您是哪一位？」

對方答：「江城市監察委工作人員，姓劉。」對方接著說，「請你於本周之內來市監察委留置點，協助調查有關案件。來之前，提前一天報告監察委，就用我打的這個電話聯繫，到時我們會告訴你具體地址。」

雲夢不知道如何回答，「嗯」了一聲算是回覆。放下電話，她有些發懵，不知道會有什麼事情牽扯到自己。她的意識像過電，迅速在腦子裡掃描一遍，認真想了想所有的可能，沒有找到任何與別人有糾葛的線索。她上班時就是一個出納員，所有帳目都是單位會計在做，她的職責只是到外面催款要賬，從沒有和任何人發生過工作之外的聯繫，更沒有借過誰的錢，收的款也都由付款單位直接匯到單位賬上，連一分錢也沒有經過她的手。除了仇欣外，再沒有和什麼人有過密交往，不可能參與任何活動，怎麼會有案件涉及到自己呢？

她拿著手機，一時愣在那兒不動，仇欣從房間裡出來，看見她發呆，問：「啥事？」

雲夢一驚，回過神來，說：「市監察委來電話，說有案件需要我配合調查。」

仇欣一聽，哈哈一笑，說：「騙子，肯定是騙子！現在的騙子，不斷升級，過去是公安局、檢察院，現在又變監察委了。你想想，監察委是幹嘛的？是調查公職人員違法違紀的，你一個足不出戶的自由職業者，還是一個弱女子，和公職人員八竿子打不著一撇，你想讓人家找，還輪不到哩。」

雲夢一想是這麼回事，不過她說：「我也是這麼想，可人家說了姓名，又留了電話，還說去時提前告知，會發地址。他騙我幹嘛呀？」

仇欣突然像在牆縫裡發現了文物，睜大眼睛說：「該不是看上你的錢了吧？你剛剛把價值兩千多萬元的房產捐出去，這影響多大呀，怕被人盯上了。」

這時，女兒萌芽在屋裡哭，明兒喊：「媽媽，萌芽尿床了。」

仇欣要進去抱，雲夢答應明兒一聲，搶在前面，進屋見萌芽的尿布全濕了，趕緊抱起孩子，仇欣過來幫手，兩個人很快給萌芽換了新的，萌芽不哭了，雲夢拍拍萌芽，說：「乖乖睡覺覺。」

明兒在床邊玩，雲夢說：「明兒真能幹，這麼小就知道照顧妹妹了。」

明兒仰著頭，說：「那當然。」

仇欣要抱萌芽，雲夢說：「讓她自己睡吧。華主任特別告訴我，儘量讓孩子自己活動，不要老抱著，會養成孩子的依賴心理，對孩子的成長不利。」

仇欣笑笑說：「剛當媽媽啥都會了，看來還是要早點當媽媽。」

雲夢說：「那你快點呀！」

仇欣說：「誰有你那麼好的運氣！」

雲夢睜大了眼睛，說：「你這麼認為？」

「純屬開玩笑。不過你想想，要真按正常路走，達到像你這樣的生活水準，真的做夢吧。」

「我寧願回到當初，也不要現在。」

「別站著說話不腰疼。」

雲夢突然不說話了，兩隻眼睛盯著地下，一動不動。仇欣一看，笑著說：「生氣了？說笑話哩，何必當真。」

雲夢抬起頭，看著仇欣說：「我那麼小心眼嗎？你的話提醒了我，是不是王冠啥事與公職人員有瓜葛，牽出了給我的錢？」

仇欣一聽，臉色一下子白了，說：「如果那個電話不是騙子，你說的極有可能。」

雖然兩個人不清楚，如果像她們分析的那樣，會有什麼樣的後果，但肯定是一件麻煩事。仇欣立即提醒，說：「這樣的話，得趕緊找順子哥，只有他才能幫你。」

雲夢一聽有道理，馬上就要打電話，可一看時間，中午一點多，順子有睡午覺的習慣，就在微信上留言：「速來電，有要事。」

仇欣說：「有可能他離開江城了。」

雲夢說：「不管他在那裡，只要看到訊息，一定會立即回覆，只要有事，他也會盡心處理。」

「你對他這麼自信？」

「幾件事情都證明了。」

「但願！」

雲夢說：「我們也休息一下吧。」

仇欣點點頭，帶著明兒進另一個房間了，雲夢回到自己的房間，看著女兒萌芽睡得很香，她就合衣躺在床上，想休息一會。可躺下後，怎麼也睡不著，順子不回覆，她一點睡意也不會有。她不斷地推測各種可能，是不是順子知道了什麼，有意躲著她？或者順子也已經遇到了麻煩，自顧不暇？她思來想去，最後還是告訴自己，順子不會躲她，可能真的在睡午覺，也可能在回靈北的飛機上，手機關機。可是，即使她這樣想了，仍然心神不寧，滿腦子都是與順子、王冠有關的情節。

四個月前，她的肚子越來越大了，終於不能上班了。不僅因為她很難回答遇到的人，問她老公是幹什麼的，更因為她挺著一個大肚子，東奔西忙，怕萬一肚子裡的孩子出了問題，她的良心不安，無法向死去的王冠交代。儘管這個孩子的來歷，是非正常婚姻的結果，但畢竟她答應了王冠，而且懷上了王冠的孩子，王冠又給了她那麼多的錢，就算是一筆純粹的交易，也應該履行承諾，再說孩子是無辜的。所以，她和閨蜜仇欣認真商量後，決定辭職，也請仇欣辭掉了工作，她說：「我也沒有親人了，你搬過來我們一起住，我生了孩子你幫忙照顧。不然我一個人，還有明兒，咋能忙得過來？我們一起合計在網上開個網店，或者網店加實體店，自己給自己當老闆。」

仇欣說：「好是好，徹底擺脫了當下勤苦不賺錢的煩惱，可我沒有多少積蓄，人言親兄弟明算帳，我沒有實力和你一起做呀。」

雲夢說：「你把我們的關係看成啥了？我並不敢說我高尚，可你來了給我幫忙，我相信比任何外人要實誠得多。就這一點，多少金錢都是換不來的。」

「這是姐妹應該做的，換了你也會這樣。」

實際上，雲夢在開口前就已經想好了。她說：「這樣你看行不行？你先過來，因為我再過兩個月就要生了，你來算一邊幫我，一邊咱們做做開網店的前期準備，孩子出生一年內，這段時間我給你發工資，你不要嫌少，每月五千元，吃住你不用管。這期間如果我們考慮成熟了，可以把網店先開起來，後面根據情況再開個實體店，這樣線上線下一起來，我就不信兩個人不能吃飽肚子。至於合作細節，咱倆商量？你看這樣行嗎？」

仇欣聽了，十分樂意地說：「包吃包住工資高了，減去一千。」

雲夢說：「客氣啥？我還怕你不樂意哩。」

事情這麼定了，仇欣第二天就給單位打了辭職報告，一個月後離職。倆人在一起，時刻不離，過得挺開心的，網店的進展也不錯。可是，到了雲夢臨產時，倆人還是慌了，誰也沒有經歷過，不知道該怎麼準備。這個時候，雲夢想起了順子，就打了個電話，順子接到電話，開玩笑說：「嫂子有喜事吧？不然怎麼想起給我打電話了。」

雲夢嚴肅地說：「你不是說有事給你打電話嗎？」

順子的口氣立即變了，說：「是，是，」接著他問，「這幾天我正要和嫂子聯繫，我算算侄女該出生了。」

雲夢聽了一愣，順子居然把王冠交代的事真的放在心上。說：「按預產期算，就這幾天，我不知道該咋辦。」

順子說：「我馬上聯繫華至圍主任，他是大哥的好朋友，他會把你照顧得很好的，我這裡事忙完了，肯定過去祝賀。」

雲夢聽了客氣地說聲：「謝謝！」

順子「噗」地笑出聲，說：「哪跟哪？以後不許說謝謝，不然晚上睡覺大哥找我的麻煩哩。」

通完話大約十幾分鐘，順子的電話就回過來了，他說：「已經給華主任說過了，華主任讓明天去找他，他會把一切都安排好的。」末了順子還交代，千萬不要在華主任面前提起他女兒華嚴，因為華嚴半年前，在抗擊疫情時，感染去世了。順子告訴雲夢，華主任是江城的名醫，他女兒也是一名留學歸來的醫生，十分漂亮、聰明，想想失去這樣的女兒是多麼傷心。說著說著有些動感情，雲夢聽得差點掉淚。

第二天上午九點，仇欣陪著雲夢去華主任所在的醫院，在門診見到了華主任。雲夢第一眼看到華主任，有些吃驚，在她的想像裡，華主任應該是和王冠差不多年齡的老醫生，想不到華主任看上去很年輕，按順子所說的華嚴的經歷，雲夢推算華主任至少有四十五歲左右了，可看上去他比實際年齡年輕得多。一米八零以上的個頭，周身沒有多餘的贅肉，頭髮烏黑，兩眼有神，完全稱得上一表人才。

華主任一見雲夢，十分熱情，把她和仇欣讓到了辦公室，他看完幾個預約的病人後，回到辦公室，專門問了雲夢的情況，接著安排在醫院做了一次全面的體檢，又問了雲夢住的地方，最後交代雲夢，說：「從情況看，就這一兩天之內，如果沒有什麼要緊的事，今天晚上就住進來，有情況可以隨時處理。不然突然臨產，你住的地方離這裡比較遠，怕來不及。」

雲夢聽從華主任的建議，立即開車回去拿了些必備的東西，當晚就住進了醫院。仇欣開車回去住，不能把明兒一個人留在家裡。每天根據雲夢的口味，仇欣做些可口的飯菜，及時送到醫院。第三天凌晨五點，雲夢肚子痛得難以忍受，值班醫生一看，臨產了，趕緊給華主任打電話，二十多分鐘，華主任就趕到了。值班醫生說：「根據胎位，如果順產有問題的話，得剖腹產，需要家屬簽字。」

華主任說：「我來簽。」

醫生好奇地問：「她是你什麼人？」

「我女兒呀！」

「你有幾個女兒？」

「不管幾個，這個肯定是。」

值班醫生問完，突然覺得自己多嘴，分明知道華主任的女兒華嚴前不久，在新冠病毒疫情中感染去世了，哪壺不開提哪壺，就忙說：「好，好，好。」

華主任簽完之後，雲夢被推進了產房，進去前，華主任上去輕輕拍了拍躺在手術床上的雲夢，說：「不要緊張，我們誰不是媽媽生的？我在產房外面等著你。」

因為順子把什麼都告訴他了，華至圍感到身上擔著一份責任，儘管他對類似於王冠這樣富起來的人，幹的有些事並不認同，但王冠已經死了，何況他在世時做過許多好事，臨終前，還給自己所在的醫院捐了將近一萬個醫用口罩，要知道那個時候，這些口罩所起的作用，不是後來隨便可以評說的。而這個女孩子即使也錯了，她肚子裡的孩子卻是無辜的，如果他不出面，就再沒有一個親人來簽字了。

雲夢聽了華主任的話，差點掉淚了，她的心裡立即平復了，沒有一點負擔，她想她要當媽媽了，孩子是會保佑她的。

不知道是運氣，還是華主任的鼓勵，進產房後，她按照醫生的提示，忍著疼痛盡力配合，二十多分鐘後，孩子順產，護士稱完重量，高興地說：「女孩，七斤二兩。」

對於孩子她心裡有數，因為王冠動用了關係，懷孕第一次產檢，是去外地醫院檢查的，醫生就告訴她是女孩，而七斤二兩這個分量，她也是滿意的，因為懷孕期間，她反應較大，吃飯並不好，孩子能長這麼健康，她除吃了些營養品外，是靠她身體本身的素質。

她從產房裡出來時，華主任真的在產房外面等著，這使雲夢很感動。華主任見她順產，沒有什麼問題，又給仇欣交代了一些護理注意事項，這才去上班。下午吃飯前，仇欣準備去買產婦特餐時，華主任的妻子嚴妍醫生，送來了專門為她做的多種食材搭配的營養餐，她實在不知道該如何感謝，嚴妍醫生卻說：「我是醫生，又當過母親，有經驗。」

嚴妍醫生雖然一句帶過，好像是一件很平常的事，可雲夢從她的眼神中，看出了一種深深的愛憐。雲夢有些感動地說：「阿姨，我怎麼感謝您？」

嚴妍醫生的眼圈突然紅了，說：「華嚴如果還在的話，她在婦產科上班，照顧你更方便。」

聽到嚴妍醫生這麼講，雲夢一時落淚，仇欣叫聲：「阿姨。」上去拉住了嚴妍醫生的手。

不過嚴妍醫生很快恢復了情緒，說：「看見孩子小不要急，孩子需要慢慢帶，跟在自己身邊，看著她一天天長大，就感到做父母的快樂了。」

雲夢乖巧地說：「阿姨，記住了。」

她們又聊了一會，嚴妍醫生才離開。雲夢在醫院住了三天，華主任每天必來一次看看，而嚴妍醫生則每天送一餐，連仇欣也被感動了，羨慕地說：「哪輩子積來的福氣，能得到這樣的疼愛？」

雲夢半開玩笑半認真地說：「你快點找個人，把自己嫁了，生孩子時我這樣疼愛你。」

仇欣說：「那麼容易？現在的好男人稀缺，碰到好男人也都結了婚，即使你願意給這個好男人做情人，他會像王冠那樣對你？做夢去吧，你是特例，不可複製。」

雲夢突然不說話了，仇欣的話戳到了她的痛處，外人很難設想她處境的屈辱和艱難，她相信世上沒有免費的午餐，只是你付出的代價多少而已，而這個代價是無法量化的，結果是無法預料的。如果讓她重新選擇，她寧願回到從前那個家，也不會讓自己的一顆心到處流浪。

仇欣見雲夢不說話，以為自己的話傷著了她，就說：「只當我沒說，不要往心裡擱，過去了的就過去了，永諦寺的老和尚常說，活在當下，過去心不可得，未來心不可得，當下這顆心明明了了就是快樂。」

雲夢說：「我咋能怪你哩？我是羨慕你，父母都在，還有一個弟弟，心裡有個事，可以去找親人，這樣的生活，才是幸福的。」

仇欣突然明白了過來，說：「是這樣的，不過人的命運千差萬別，沒有辦法周全。」

雲夢說：「如果命運可以置換，咱倆換，你幹不幹？」

仇欣想了想，搖搖頭，說：「不換！」不過言畢，又加一句，說，「想那麼多幹啥？是啥就是啥，個人的業力所致，所以人們說認命，不是向命運低頭，而是說承認當下的現實。」

仇欣的話提醒了雲夢，她想，是的，眼前的這麼多的人對自己好，還有身邊剛出生的女兒，還圖什麼呢？

晚上夜深人靜時，在窗戶透過來的淡淡月光裡，雲夢看著產房裡雪白的臥具，和雪白的牆壁，有一種進了童話世界的感覺，她雖然從小就知道自己長得漂亮，可是由於家庭貧窮的緣故，她的內心，常常被難以排遣的自卑所佔據，很少有特別快樂的時候。遇到王冠後，儘管她擺脫了貧窮，卻加重了她的自卑，她不知道自己這種不明不白的身分，會被人們怎樣看待。在這個物化的時代，可能還有人羨慕她遇到了有錢人，做了一樁好買賣。可對她而言，她背離了家庭，失去了親情，她時時處在一種矛盾和痛苦之中，她從沒有想過會遇到像華至圍夫婦這樣有地位、有品味的人的關愛。此時她住的房間，似乎不是醫院，而是童話世界裡王子的宮殿。因此，她的內心深處，被華至圍夫婦的愛護軟化了。她下定決心，不管未來做什麼，她都會選擇像華醫生夫婦那樣做人做事。

後半夜，繁鬧的城市終於休息了，醫院裡靜極了，不知是自己的奶香，還是仇欣身上帶來的香水味，她感到自己置身於老家秦巴山地秋夜的空谷，四周溢滿了醉人的芳香。身邊的女兒睡得正香，這樣的時光，給了她對未來人生的莫大希望。

女兒出生百天的前四五天，順子突然到了江城，他來找雲夢的時候，是個早晨。一大早七點多，有人敲門，雲夢打開門一看，站在門口的是順子，手裡還捧著一個大花籃，各種鮮豔的花朵，在他手上奔放。雲夢有些吃驚，讓進屋裡的同時，驚叫著說：「你怎麼來了？」

順子放下花籃，攤開雙手，說：「我為啥不能來？」

「你忙呀。」

「早就應該來了，不過事情沒有處理結束前，沒有見面禮，不好意思見嫂子。」

雲夢顯得有些不高興，說：「當然歡迎你，不過以後最好不要叫嫂子，我比你小了十多歲，這樣不好。」

順子坐下，說：「大哥才走幾個月，我不能這麼快就忘了，那樣你能看得起我嗎？」

雲夢說：「我理解，但我不希望你這樣叫。」

順子說：「好吧，聽你的。大哥說過，不要欺負女人。」

「你以後就叫我雲夢，我叫你黃總。」

「叫啥都可以，一個稱呼而已。」

這時，仇欣從廚房裡出來了，雲夢介紹了順子，說：「這是冠霸集團的黃總順子大哥。」

仇欣笑著說：「早就知道，順子大哥好！」

仇欣已經做好了早餐，牛奶麵包雞蛋，加幾個小菜，多一個人少一個人都是一回事，雲夢說：「咱們一塊吃。」

順子也不客氣，不過正要動筷子，又放下，說：「得先看看侄女，這是頭等大事。」說著，進洗手間洗了洗手，雲夢已經把萌芽抱了出來，不過萌芽睡得正香。

順子輕輕接過來，說：「小傢伙，一點面子也不給這個叔。」

雲夢說：「可好帶了，像知道媽媽的辛苦一樣，每天吃飽了就睡，即使醒著，也不鬧，靜靜躺在嬰兒車裡自己玩。」

順子突然眼紅，說：「她知道爸爸不在了，心疼媽媽。」

這句話說得雲夢也眼紅了。

仇欣趕緊說：「吃飯吃飯。」說著，進屋把嬰兒車推了出來，接過萌芽，輕輕放在了嬰兒車裡。

吃完飯，萌芽醒來了，雲夢進屋給孩子餵過奶後，仇欣推著孩子出去了，雲夢才和順子坐下來說事。順子從皮包裡抽出一疊文件，遞給雲夢，說：「這是我代表大哥，送給你和萌芽的禮物，這幾天抓緊時間把手續辦了。」

儘管順子說得平常，雲夢接過一看，嚇了一跳，腦子「轟」地一聲，成了空白。

需要簽字的文件，是一處一千多平米的商業用房，位於江城新建的商業中心，價值四千五百萬元，她愣了許久，才回過神來，她急忙翻出王冠臨終前發來的留言，才知道那就是他所說的，送給女兒的禮物，是準備裝修新開的一家冠霸海鮮樓。她知道這件事，但她完全沒有想到，王冠會把四千多萬元的房產，辦在她的名下。雲夢的心裡一時難以承受，這個數字，對她這個從小就受貧窮折磨的普通人家的普通人而言，簡直就是天方夜譚，即使是幸福，也來得太猛，壓得她喘不過氣來。她沒有說話，也沒有動筆。

順子並沒有看出她的情緒變化，仍舊用平靜的口氣說：「恐怕對不住大哥了！現在來看，確實無法裝修了，在這裡開海鮮酒樓也不可能了。不要說江城已有的五家連鎖海鮮酒樓，就是整個冠霸集團所有的酒樓，都呈萎縮之勢，就連靈北本部也在想辦法轉型。」順子看看雲夢又說，「不過這些大哥都想到了，所以大哥交代我，無論如何要把這處房產辦到你的名下，以保證你和女兒，以後不會因為沒錢而受苦。」

順子平緩的敘述，在雲夢聽來，是在聽廣播裡說書，完全是一個故事，與自己毫不相干。順子並不明白她的感受，接著說：「本來侄女一出生我就應該過來祝賀，就是忙這些事，終於忙得有點眉目了。你簽完字，給我寫一個委託書，把身分證給我，我抓緊時間把手續辦妥，把房產證拿到手，我也就完成大哥的託付了。」

雲夢終於聽明白了，慢慢緩過神來，她什麼也沒有說，按順子指的位置，簽上了自己的名字。等一切都辦完後，雲夢一下子清醒過來，她才掂出這件事的分量。這是一筆巨額財富，王冠已經死了，順子如果起異心，相信他有的是辦法，使自己獲得好處，既然順子沒有這樣做，說明他對王冠忠誠，但自己應該明白順子在這件事上的作用。於是，她想了一會，抬起頭看一眼順子，說：「黃總，在你看來，不應該說感謝，但這件事對我和女兒來說，說聲感謝是不夠的，這裡面的意思你懂得。你看這樣行不行？」

雲夢又看了順子一眼，儘量平靜地說：「我不知道辦這種事的規矩是啥，但我過去上班的企業，中間辦事的人，一般都會提成百分之一到百分之五的點，作為辛苦費。這件事重大，至少得給你百分之五的辛苦費。」雲夢說完，瞅著順子，等他回答，即使順子提出了更高的要求，她也會答應的。

順子聽了雲夢的話，盯著雲夢看了一眼，眼神有些奇怪，雲夢一時不知道他的意思，有些發蒙。順子開口說：「我還是叫聲嫂子吧，你把我順子看成了什麼人？」

雲夢一聽，馬上說：「黃總對不起！我只是按照一般的方式處理問題，沒有半點看不起黃總的意思。」

順子說：「大哥對我恩重如山，受大哥的委託，是我今生報答大哥的唯一機會，我順子如果有半點私心，我順子還是人嗎？」

雲夢一看，慌了神，不知道如何平復誤會，就忙說：「對不起，對不起！請黃總原諒我的無知！」

順子並不聽雲夢解釋，按照自己的思路走，他繼續說：「即使沒有這些財富，你是一個成年人，一個漂亮的女人，你有自己的雙手，日子肯定不會有問題，但對侄女而言，她的命比我順子的命都重要，只要我順子在世一天，就不會讓她受苦，我順子只要有一口食，我也會想把它先給侄女。我死不足惜，侄女好了，我去黃泉路上見到大哥，也心安理得。」

雲夢說：「黃總，你讓我很感動，這樣的俠義之人，我只在武俠小說裡見過，現實中恐怕絕跡了。」

順子仍然不顧雲夢說什麼，只是想把自己要說的話說完。他說：「我是一個粗人，但我今生，有兩件事絕對不幹。一是不碰大哥的女人，二是不碰大哥的錢財，哪怕這錢財已經給別人。」

順子的話已經說得再明白不過了，雲夢什麼也不說了，不過順子又追加了一句，說：「大哥沒有說過，但我得替他說清楚，你還年輕，以後肯定會嫁人，以前大哥給你的我不管，但這處房產，是大哥留給你和侄女的，任何時候，你處理這筆財富時，你只能動你那一半，另一半等到萌芽長大，一分不少地留給她。如果誰侵佔了侄女的利益，在法律意義上，我雖然不是監護人，但我有辦法為她討回公道。」

儘管這些話在雲夢聽來有些刺耳，好像她會損害自己女兒的利益，但雲夢仍然被順子對王冠、進而對萌芽的一片真情打動。她說：「請黃總放心，萌芽不僅是你大哥的女兒，也是我雲夢今生最親的人，在我的心裡，她比我的命值錢。」

順子突然含著淚站起來，雙手一抱，說：「謝謝嫂子！」

不管出於什麼心態，話說到這個份上，兩個人都被對方的話打動了。突然之間陷入沉默。

這時，仇欣推著萌芽上樓了。順子站起來說：「我走了，去抓緊辦手續。」

雲夢送順子要出門，突然被仇欣喊住，說：「順子大哥，公安局你肯定有熟人，把萌芽的戶口幫忙上上，將來上幼稚園、學校都需要。」

順子回過頭說：「把雲夢的戶口本和萌芽的出生證明一起給我，這幾天我抽時間辦了。」

雲夢聽了，進屋拿了戶口本和萌芽出生證明，順子接了裝進皮包裡，轉身要走了，又轉過身問雲夢：「跟誰姓？」

雲夢沒有絲毫猶豫，說：「姓王。」

順子說：「大哥沒有白疼你。」說完轉身走了。

第三天上午，順子打電話，讓雲夢到房產交易中心辦手續，接著他發了位置圖。仇欣看著萌芽和明兒，雲夢開車到了地方，進大廳見到順子，他把一切都準備好了，按號叫到雲夢的名字，雲夢就上去簽字，稅錢也是順子提前準備好了的，說是王冠安排的。一個多小時後，雲夢就拿到了商業房屋的不動產證。離開時，順子也把戶口本交給了雲夢，說萌芽的戶口上了。雲夢點點頭，表示感謝，不再說謝謝。上車時，順子說：「我在江城還得忙一段時間，處理海鮮酒樓的業務。不管我在哪裡，有啥事都可以給我打電話，我會儘快處理的。」說完又交代，「按大哥說的辦，不要和王家有任何聯繫，包括江城海鮮酒樓的人，那個劉主任，更不要再來往，只當這世上從來沒有發生過你與大哥的啥事。」

雲夢點點頭，說：「明白。」

回到家裡，雲夢把不動產證輕輕放到桌子上，對仇欣說：「我怎麼覺得脊背發涼。」

仇欣拿過不動產證一看，說：「走路被金磚砸著頭疼吧？」

雲夢說：「重了會砸死人。」

仇欣睜大眼睛看著雲夢，說：「啥意思？」

雲夢說：「你想想，這麼大的數額，順子又反覆交代，不要和王家有任何聯繫，我心裡老不踏實。咱們老家有句話，叫吃得快了別噎死。看似塊金疙瘩，你有沒有守住的命。」

仇欣想想，說：「這也倒是。記得老子說過：禍兮福所倚，福兮禍所伏。現在到手了，也只能這樣。」

雲夢突然說：「你不是有師父嗎？咱們可不可以去問問？」

仇欣說：「當然可以。」

於是，仇欣給師父打了個電話，她倆決定第二天抱著萌芽，帶著明兒去永諦寺拜見老和尚。

第二天中午，天氣很好，是多日來最明朗的一天，雲夢開著車，仇欣在後排抱著萌芽，旁邊坐著明兒。她們從家裡出發，用了一個半小時，到了永諦寺。進了老和尚的禪堂，雲夢有些緊張，仇欣把萌芽遞給雲夢，自己給老和尚磕了三個頭，然後接過萌芽，教雲夢也磕了三個頭。磕完頭，雲夢接過萌芽，抱在自己懷裡。老和尚慈悲地給她們讓了位置，侍者進來泡了茶水。

仇欣問候完老和尚，就直接把雲夢的事講給了老和尚，這是她倆提前商量好了的。仇欣說：「既然要聽師父的建議，就得毫不保留地把事情講給老和尚。」雲夢說：「雖然我不懂，但俗人的事，咋能瞞得過聖人呢？」

所以，仇欣讓明兒到院子裡去玩，明兒出去後，仇欣給老和尚講了那筆巨額房產的來歷，也講了萌芽的來歷。老和尚靜靜地聽著，等仇欣講完了，就看著雲夢。雲夢在仇欣的講述過程中，就已滿臉通紅，她知道這是一件並不光彩的事，她曾暗暗發誓，今生不會講給任何人聽，何況這件事的始作俑者，已經死了，她要把這個秘密爛在肚子裡，讓出生後的女兒，只知道她的爸爸，在她出生前幾個月感染新冠病毒去世了。一千多萬人的江城，像她這樣的小人物，不值一提，很快就會淹沒在流失的時間裡。她相信仇欣不會把這個故事講給外人，這是她們兩個人之間的約定。可是面對老和尚，她知道必須說實話，才能得到老和尚的加持，得到處理這件事的好辦法。可是，儘管她有思想準備，但在仇欣的講述過程中，她仍然感到了一種羞恥，感到了一種極大的不自在，她恨不能鑽進地縫裡，以躲避老和尚清澈的目光。當老和尚的目光落在她身上的時候，她感到羞愧難當，不知道如何開口。老和尚似乎明白她的一切，眼光裡沒有一絲一毫輕賤她的意思，反而慈悲地看著她，說：「孩子，受苦了。」

就這一句話，雲夢的眼淚「嘩」地下來了。

老和尚說：「在這個娑婆世界，沒有一個人是美滿的，都是各自的業力牽引，由不得自己，過去了就過去了，誰見過長江裡的船夫，追逐身後的浪花呢？」

雲夢終於說：「師父，那筆突然而來的巨額房產，我始終感到不安，該怎麼處理呢？」

老和尚並沒有正面回答，而說：「你沒有錢的時候，想錢嗎？」

「想。」

「得來的錢，是你想要的方式得到的嗎？」

「不是。」

「以後還想得到錢嗎？」

她老實回答：「想。」

老和尚喝了口茶水，說：「想只是一種妄念，既然是妄念，就不會成真。人生的所有是一個人的福報使然，是你無數世來的行為因果所致，積累了多少就是多少，讓它增長的唯一辦法，就是不斷積累福報。起一個善念，說一句好話，做一件善事，無論大小，都是在積累福報，當然你發心越大，積累的福報也就越大。想明白這個問題，你就知道怎麼做了。錢在福報裡放著，什麼時候得？得多少？是和福報成正比的；得了以後，是增值了，還是減少了，就看你怎麼用。用在善處，自然會成倍增長，用在不善處，不用說在速減。」

雲夢看著老和尚，說：「師父，我懂了。」

起身告辭時，仇欣把一個紅包放在師父面前的茶几上，說：「雲夢給孩子積點福報。」這是在路上，仇欣和雲夢商量好了的。

老和尚沒有說什麼，起身走到雲夢面前，接過孩子，抱在手上，念了加持咒，說：「孩子來到這個世界，認誰做母親，是天大的緣分，出身不可以選擇，但後天的成長是可以選擇的。多麼好的小生命，好好照顧她。」

雲夢聽了，眼淚又出來了。

出門要走了，老和尚突然叫住雲夢，眼神裡充滿了慈悲，說：「得到時不管是什麼心情，失去時不要糾結，所謂的財富，只是在世間來回流動的遊戲，今天在你的賬上，明天或許就到了別的地方，是自己的總會再轉回來，不是自己的失去只是遲早而已。再說，這世上有永恆不變的財富嗎？」

雲夢雖然不全明白老和尚話中的含義，但她知道老和尚一定是在點撥她。她點點頭，說：「師父，記住了。」

回家的路上，雲夢突然想清楚了，她知道該咋處理這筆巨額資產了。但她沒有告訴仇欣，她想在明天約定的慶祝萌芽百天的宴會上，宣佈自己的決定。想好了處理方式，雲夢立即感到心裡踏實了。

下午，她正準備問順子，慶祝萌芽的百天聚會安排在哪裡？因為順子堅持要自己做東，說這事替大哥盡心，雲夢沒有理由反對，就依了順子。雲夢剛拿出手機，順子的電話卻過來了，他說：「華主任一聽我要去酒店舉行，就要求去他家，說家宴更能體現家庭的氛圍，我說不過他，只好答應明天上午十點到他家。」說罷，順子發來了華主人家的位置圖，以及樓號資訊。

第二天上午，雲夢和仇欣，帶著明兒，抱著萌芽，準時到了華主任家，順子也到了。順子扛了一箱茅台酒，雲夢拿了一箱從老家一家茶廠，專門訂購的巴山雲霧茶，又帶了仇欣保存的永諦寺老和尚寫的條幅，一併送給華主任，華至圍連說客氣了，看到老和尚的條幅，當眾打開一看，「法界一如」四個字，像一灣清水，又像萬里藍天，明淨無跡，興奮地說：「難得的墨寶！」

嚴妍在廚房裡忙著做菜，華至圍進去當幫手，偶爾出來招呼大家。順子知道，華至圍保留了女兒華嚴房間的樣子，就提出到華嚴的房間去看看，華至圍同意了。打看房門，華至圍沒有進去，雲夢、仇欣隨著順子進去了。

雲夢一眼看見了化妝台上，華嚴在武漢大學櫻花樹下拍的照片，上面還給這幅照片起了個名字，叫《青春如是》。照片上，華嚴甜蜜的笑容，和清澈的眼神，瞬間感染了雲夢，她想，像這樣清純的女孩子，世間少有，她的眼神裡沒有一絲雜質，純淨得如同老家秦巴山間的清泉，每一滴水都會映照出陽光的明媚。

王冠曾經給她提起過華嚴，順子更是多次給她說過，如果她還活著，她想一定會和華嚴成為好朋友，她的身上所透出的魅力，會讓每一個走近她的人，感到純粹的精神力量。可是她走了，在最美的青春年華走了，說她是天使，天使為什麼就不能在人間待得更長久呢？雲夢瞬間想起了自己的命運，幾乎同樣的年齡，人生的軌跡卻完全不同，她慶幸自己活著，卻活得污濁，和華嚴比起來，自己如同被灰塵污染了的水缸，渾濁不堪。可世事總是讓渾濁的泥石流到處氾濫，給人間不斷製造障礙，卻讓清澈的水流常常斷流，給人間留下遺憾。她無法解開這個人生之惑，只是看著照片上的華嚴，感到心痛。

家宴開始了，十幾道菜擺滿了桌子。華至圍夫婦招呼大家坐下後，順子打開酒瓶，給每個人斟上，說：「回去時，大家都打車回去，今天敞開喝，祝賀小侄女如期來到人間，百天快樂！」

說完，大家提起杯子，紛紛祝賀。可是，雲夢的思緒，始終沒有離開華嚴，她想，華主任倆口子，該如何承受這樣的打擊？這樣想，她的話就不多，而且高興不起來。

順子看出端倪，提起酒杯，說：「雲夢呀，你要好好感謝華主任和嚴醫生，知道嗎？你進產房時，是華主任簽的字，幸虧是順產，要是剖腹產，華主任可真當回爸爸了。」

雲夢不解，看著順子，順子說：「當時值班醫生問，誰簽字？華主任說：我簽。

問：你是她什麼人？華主任答：爸爸。對方又問：是你女兒？華主任說：是的。對方愣了，問：華主任幾個女兒？華主任回答：不管幾個，這個就是。」順子說罷，給雲夢把酒杯添滿，說，「給爸爸敬一杯。」

雲夢根本沒有思想準備，一時有些不知咋辦，仇欣立即說：「乾脆雲夢今天就認了吧，給華主任和嚴妍醫生當乾女兒。」

雲夢一聽紅了臉。不全是她害羞，而是她覺得自己不配。想不到嚴妍說：「感情好呀，就不知道雲夢願不願認這個乾爸乾媽？」

雲夢立即明白，她多慮了。這樣的人家，不會有那麼多的分別念，於是她趕緊提起酒杯，說：「如果華主任和嚴阿姨不嫌棄的話，雲夢這一輩子都不會辜負長輩期望，當一個孝順的女兒。」

華至圍馬上接過話頭，說：「白撿一個這麼好的女兒，誰不答應誰傻呀。」

大家一陣笑聲。

雲夢起身，端起酒杯，說：「感謝爸爸媽媽的疼愛，雲夢永世不忘。借今天的機會，敬爸爸媽媽一杯！」說完，和華至圍夫婦碰了杯，一口把杯裡的酒喝完。

大家熱烈鼓掌。由於掌聲笑聲太大，竟然把萌芽吵醒了，萌芽叫了一聲，嚴妍立即站起來說：「快把外孫抱起來，姥姥祝你百天快樂！」

萌芽在仇欣身邊的童車裡，仇欣抱起來，在寶寶的臉上親了一口，就遞給了嚴妍。嚴妍接過抱在自己懷裡，唱起了童謠，萌芽睜著兩隻眼睛，一動不動，靜靜看著嚴妍。

這頓飯吃得很高興，尤其是雲夢，始終處於幸福之中。待收拾完桌子和碗筷，大家坐在一起喝茶，雲夢當著大家的面，說：「爸爸媽媽在場，黃總在場，閨蜜仇欣在場，雲夢從昨天去永諦寺，見過老和尚回來，就想好了，今天我說一件事，請爸爸媽媽收下女兒的一點心意，也請黃總和仇欣作證。」

大家面面相覷，不知道雲夢要幹什麼，臉上一副莊重嚴肅的樣子。雲夢拿出了提包裡的東西，說：「這是剛剛辦好的價值四千五百萬的不動產證，按照提前答應過黃總的比例，其中一半留給女兒萌芽，我的那一半拿出來，請爸爸媽媽處理，建議以華嚴姐姐的名字，在醫院設立一個基金會，給那些像華嚴姐姐一樣出色的醫生，提供生活學習方面可能的幫助。」

雲夢說完，把不動產證，和自己提前寫好的捐贈書，遞給華主任過目。雲夢的行為，不但使華主任驚目，在場者都感到突然。短暫靜場後，嚴妍醫生首先問：「順子兄弟，這麼大的事，你提前也不說一聲。」接著，她對雲夢說，「謝謝雲夢的好意，這可使不得，這麼大一筆資產，我和你爸爸，根本沒有經驗處理這樣的事情，我們只是一個醫生，再說，孩子還小，你還年輕，以後用錢的地方多著哩。」

順子立即聲明：「我說嫂子，你可別冤枉人，我也是第一次聽雲夢說。不動產證確實是我幫雲夢辦的，如果分割財產，必須保證一半留給萌芽也是我說的，可捐贈的事，我一點也不知道。」

仇欣瞪著眼睛看雲夢，自從她搬來和雲夢住在一起，雲夢大事小事，都得和她商量，可這件事雲夢確實沒有給她透漏半點資訊。

雲夢見狀，知道自己可能做得太突然，就解釋說：「我確實和誰也沒有商量，但這件事不是臨時起意，而是昨天和仇欣帶著女兒，去永諦寺聽了老和尚的開示，我經過慎重考慮後決定的。這些天，我一想起突然而至的這筆巨額資產，心裡就發慌，昨天聽了老和尚的話，做出這個決定後，心裡一下子輕鬆了。」

雲夢的解釋，使大家明白了前因後果，一直未說話的華至圍，正色地說：「雲夢，我和你媽媽一樣，首先感謝你對我們的信任，也對你這種無私的行為表示敬意！但這件事不是一個小事情，我雖然沒有和你媽媽商量，但我想我的意思你媽媽一定會同意。第一你姐姐華嚴，雖然是在抗疫時去世的，但我們從來沒有想過以她的名義做什麼紀念活動，華嚴和我們一樣，都是普通人，生生死死每時每刻都在周圍發生，我們只要活得有點意義，在不給別人添麻煩的前提下，能幫助別人，就心安理得了。第二，你既然有這樣的想法，我明天上班向醫院的領導彙報一下，據聽說醫院所在的醫學院，正在設立幫助培養人才成長的基金會，好像剛剛批准，可以考慮捐給這個基金會。不過一切得等落實後，你自己根據情況決定。」

雲夢立即表態，說：「好！就聽爸爸的。」

嚴妍說：「我同意你爸爸說的。」她看了一眼雲夢，說，「想不到雲夢有這樣的心地，我們沒有看錯人，好人一定會有好報的。」

順子這才從驚愕中醒過神來，說：「我們這些老爺們，手裡的錢比雲夢多得多，可為啥不知道做點人事呢？我大哥沒有這樣的福氣，如果他活著，有這樣的女人在身邊，不知活得有多麼幸福。」

華至圍忙說：「抗疫關鍵時刻，王總還不是給我們醫院捐了將近一萬隻口罩嗎？你可知道那個時候，那些口罩的作用，等於保護了無數人的生命。」

順子紅著眼說：「可大哥死得冤呀。」

華至圍說：「老祖宗講，人之初性本善，西方人講人是天使和魔鬼的集合體，釋迦摩尼講得最徹底，凡所有眾生皆有佛性，又說佛性是平等無二的，自然清淨，無緣大慈，同體大悲。人性中惡的成分，只是後天的染汙，沒有絕對的惡人，也沒有絕對的好人，除非是一個證悟了人生宇宙真相的聖人。王總的那份心意，在那一刹那，就是菩薩心腸，意義大哪裡去了！」

順子說：「聽華主任這一說，我的心裡好受多了，這樣吧，華主任落實後，醫學院確實這樣做，雲夢捐了，我也捐一百萬，雖然不多，也算個心意，做好人先從小處做起。」

順子說完，大家哈哈大笑，仇欣打趣說：「這麼說，順子大哥現在不是好人？」

順子說：「至少沒有華主任好。我們做的那些事，都是吃喝玩樂，消磨人們的時間和意志的閒事，哪有華主任和嚴妍醫生治病救人有意義。」

嚴妍說：「做醫生的仁心，倒是希望天下的人，最好一輩子不去醫院。可是，人不能不吃不喝不玩呀，不吃不喝餓死，不玩悶死。順子兄弟幹的事意義大著哩。」

華至圍說：「永諦寺的老和尚說過，不在你做什麼事，而在於你發什麼心，只要心正，是為了更多人的利益，而不是自己的小利益，就一定是在做好事。」

順子笑著說：「我終於給自己的職業找到了一個冠冕堂皇的理由，以後可以理直氣壯地告訴兒子，別以為老爸幹的都是吃吃喝喝沒有意義的事，意義大到哪裡去了，攸關人的生存。」

大家聽了笑了。

過了三天，華主任給雲夢打電話，說：「雲夢，你的心意可以實現了。醫院的領導研究了，接受你的捐贈，醫院已經啟動了資助專業技術人才深造基金會工作，你的捐贈是截至目前為止，最大的一筆捐贈，醫院邀請你參與基金會的管理工作，可作為醫院的正式職工，擔任基金會辦公室副主任，你還可以安排一名具有大學本科學歷的工作人員，同樣作為醫院的正式職工。」

雲夢聽了，當即告訴了仇欣，說：「這下可好了，不用找工作了，咱倆的都解決了。」

仇欣當然也高興，她說：「有一份正式工作，把網店當副業，多好的事呀。」她說，「你看看，但做好事莫問前程，好事來了吧？」

分割房產的事，正在請順子出面，按照正常程序辦理……

雲夢想著一個個過往的細節，越想腦子越亂，想立即見到順子，可是，直到晚上十點，也沒有等來順子的電話。雲夢心裡發毛了，瞎想亂猜順子是不是也出事了？要是那樣，整個天就塌下來了，她不知道自己該咋應對。仇欣勸了她幾遍，她仍然心事重重，看看夜深了，只好躺下。躺下又睡不著，雲夢的心理幾乎崩潰了。夜黑得像無底洞，黑暗中的空氣，像化不開的冰塊，堆滿了空間，雲夢被壓得喘不過氣來，她緊緊摟著萌芽，才使自己緊繃的神經，有所依託，此刻，只有懷中的萌芽，是對她唯一的安慰。

凌晨一點，手機突然響了，她拿起手機一看，是順子打來的。她急忙說：「你還在江城嗎？」

順子說：「在呀。中午和朋友吃飯，酒喝多了，一覺睡到這個時候，剛看到訊息。」

雲夢說：「你方便的話，趕緊過來一趟，有重要的事。」

「啥事？明天說不行嗎？」

「可以的話，現在就過來，電話裡不好說。」

順子一聽，說：「好，你等著，我馬上過去。」

雲夢趕緊起床，本來是合衣睡的，擦了一把臉，到大廳燒了一壺開水，坐在那裡等順子。這個時候了，她依然懷疑順子來的路上會堵車，擔心順子一會半會趕不過來。她越這樣想心越急，立秋的氣溫一點也不涼爽，半夜了，仍然冒著火爐般的熱氣，本來她是不願意用空調的，但這時她不得不打開空凋。

等順子的二十多分鐘，好像是兩天、兩個月、兩年，對於雲夢來說，面臨的麻煩事，她完全不知道該怎樣面對，她腦子裡不斷閃現出電視裡，那些貪官和罪犯受審的鏡頭。她推測自己到底與他們有什麼瓜葛，王冠給她的錢，其中有多少與犯罪有關，也許全是，那樣的話，她將失去一切，可能連她住的房子都可能被收繳拍賣。

想到這裡，她心裡像塞滿了乾草，火苗瞬間從她的心底燃燒，用不了多長時間，她就會被燒死。失去一切對她而言，無非回到從前，但萌芽會跟著她受苦。更為嚴重的是，如果把四千多萬元的不動產收繳了，即使萌芽沒有了這筆未來生活的保證，憑她的雙手，她仍然可以把萌芽養大成人，可捐贈給華主任醫院所屬醫學院的事情將泡湯，成為一個大笑話。她的名聲並不重要，重要的是華主任的名聲，這件事被演繹成什麼樣的故事都有可能，那將是對華主任夫婦的巨大傷害，對華主任倆口子這樣的大好人，哪怕是一點傷害，她的良心都過不去，何況這麼大的事情，其傷害程度無法估計。

聽到動靜，仇欣也爬起來了，出來一看，燈光下雲夢臉色發白，她著急地問：「哪裡不舒服？」

雲夢看一眼仇欣，搖搖頭。

「那你臉色咋那麼不好？」

雲夢把自己的擔心說了。仇欣說：「兵來將擋水來土掩，先聽聽順子大哥的意見，去之前儘量把事情搞清楚，再想咋面對。這會兒想的再多也是空的，說不定啥事也沒有，我相信王冠大哥辦事縝密，你想想連房子這樣的事，他都不讓別人沾手，怕引起麻煩，別說後面給的錢和房產。」

雲夢聽了，覺得仇欣說得有道理，精神稍微放鬆了一下。這時，有敲門聲，雲夢知道是順子到了，正要起身，仇欣已經跑過去把門打開了。

順子進屋，雲夢給他倒了一杯茶水，這才把事情詳細說了一遍。順子聽完想了想，說：「房子的事情我不清楚，但依大哥辦事的性格，這件事一定會辦得萬無一失；後面的房產我親手辦的，也不會有任何問題。如果出事，一定出在大哥臨走前讓牛老闆匯給你的那五百萬。」

順子這麼一說，雲夢放下了巨大的負擔，儘管五百萬不是一個小數字，這筆錢會讓她辦成許多事，可這種情況下，保平安才是最為關鍵的。住的房子沒有問題，起碼不會面臨暫時的困局，最後辦的房產沒有問題，也就不會使華主任夫婦受到傷害，即使那五百萬被收繳，甚至自己遭到處罰、坐牢，也不要緊。

雲夢說了自己的想法，順子半開玩笑說：「你想坐牢還不夠資格。」

仇欣說：「順子大哥，這個時候了還開玩笑。」

順子沒有接話，而是直接給當時匯款的牛老闆打電話，連打三次，手機關機。順子說：「不好，聯繫不上，八成是他那兒出了問題，我趕緊去打聽，等確鑿消息後再行動。」

雲夢說：「那我等你的話。」

順子點點頭，匆忙出門了。

第二天一天沒有消息，晚上九點多，順子打電話，說他馬上到。雲夢給萌芽餵了奶，把萌芽哄睡著，仇欣也帶明兒去房間睡下，出來和雲夢在大廳裡等。

不一會兒，順子到了。他神色凝重地說：「就是那個狗日的牛老闆出事了，他幫貪官隱藏財產，而且是上千萬現金，已經被抓起來了。」他又憤憤然地說，「他媽的，那姓牛的真倒楣！不過幹事真的很難，做得稍微大一點，你不可能不和一些官員打交道，你可以保證自己不出事，但無法保證每一個官員不出事，他一出事，搞不好就會牽扯到你，說不清道不明，就得跟著貪官背黑鍋。」

雲夢一聽，心裡咯噔一下，問：「那我該咋辦？」

順子說：「我用了一天時間，找了幾個人，基本搞清楚了，又專門找律師諮詢了。律師說，這樣的事情，依據慣例，隱藏的那筆錢，即使匯到另外一個人的帳戶上了，也要收繳。只要是通過銀行匯的款，一查便清清楚楚。不追繳，辦案人員沒有成績，所以，他們的重點在錢而不是人，只要這筆錢追回了，對當事人的處理，如果沒有參與其他關聯交易，沒有因此獲得利益，一般不會追究責任的。」

雲夢聽了問：「難道這錢不是王冠的嗎？」

順子說：「牛老闆那裡肯定有大哥這筆錢，但問題是姓牛的匯給你的這筆錢，如果剛好是貪官放在他那兒的錢，那查案子的人，完全有理由認定這筆錢，是你非法所得。」

雲夢一想，是這麼回事，即使牛老闆匯的錢，應該是給王冠的，但他挪用了貪官藏匿的錢，理所當然要追回去。就說：「現在不是保不保這筆錢的事，而是咋給監察委的人說。」

仇欣說：「錢該是誰的就是誰的，保證雲夢安全是第一位的。萌芽還這麼小，不能離開媽媽。」

順子說：「這個我和律師分析過了，只要這筆錢，與雲夢沒有任何其他瓜葛，人身自由放心好了。」

仇欣說：「那就不要緊。」

順子又說：「律師交代，儘量少說話，人家問啥你答啥，多餘的話不說，回答儘量簡單地說，能不說細節就不說細節，不願說的、不清楚的，一律回答不知道，也可以不說話，言多必失。」

雲夢點點頭，表示記住了。

順子離開時說：「我還得在江城待一段時間，處理海鮮酒樓的事，有啥情況，隨時告訴我。有我順子在，天不會塌下來。」

雲夢十分感動地說：「大恩不言謝，但還是要說一句謝謝！沒有黃總，我和仇欣都不知道咋辦了。」

順子說：「都是大哥的恩德。」

當晚，雲夢睡得踏實了，做好了把那五百萬上繳的準備。想通了，負擔也就解除了，遠處的馬路不吵了，社區的院子裡也顯得特別靜，屋子裡的黑暗也溫柔多了，像一隻熟睡的貓，靜靜地躺在身邊。雲夢一閉眼睛就睡著了，一覺睡到第二天早晨七點。

八點半，雲夢按那天監察委打過來的號碼撥過去，接電話的人說自己姓劉，雲夢就報了姓名，說騰出時間了，隨時可以去監察委。劉姓工作人員答應一聲，掛了電話，十分鐘後又打過來，通知第二天上午九點到留置地點，說完用簡訊發了地址。雲夢把地址輸入導航地圖，一看住的地方比較遠，開車得一個小時十分鐘。

第二天上午九點，雲夢準時到了監察委通知的地點，是一座四層樓房，外面是一道鐵門，她停好車，打了個電話，便有一個工作人員出來開門。進大門後，通過一個偏門，進去後做了登記，然後被引到一樓的一個過道，過道似乎很長，雲夢剛剛進來，覺得光線有些暗，見有多名員警在過道裡偶爾走動，走近了，才發現有十多個房間，員警顯然是門口值班的。

雲夢被工作人員帶到最裡面的一個房間，進去是一個醫療室，值班醫生給她量過血壓，稱過體重後，問她有無什麼疾病，身體有無不適的地方？她回答沒有。檢查完身體，工作人員拿著體檢表，把她帶到了另一個房間。雲夢見房間當中一張桌子，兩把椅子，靠近窗戶的地方，單獨放了一把椅子。工作人員讓她坐在靠近窗戶的椅子上。這時，有兩個人進了房間，一位是男的，一位是女的。帶她進來的那位工作人員，將手中的體檢表，交給了那位女的。帶她進來的工作人員交接完後，退出房間。

進來的兩個人，並沒有立即和雲夢說話，讓她把手機放在一個小籃子裡，放在了靠牆的角落。那位男的，是個二十六七歲的年輕人，坐下後打開電腦，顯然是做記錄的；而那位女的年齡大些，大約四十歲左右，直直地坐在那兒。雲夢與他們之間的距離，大約兩米。儘管雲夢背對窗戶，因為天氣陰沉的原因，房間裡開著燈，燈光比窗戶上進來的光線強，雲夢看他們有些模糊，只能看到大概面容，他們表情嚴肅，一副浩然正氣的樣子。時間在流逝，但他們仍然沒有開口，沉默的氣氛有些壓抑，雲夢的手心發涼，身上卻發熱。這樣的場面，雲夢只在電視劇裡看到過，想不到自己今天成了其中的角色。

幾分鐘後，女的開腔了，她說：「根據《中華人民共和國監察法》第十八條規定，有權依法向有關單位和個人瞭解情況，收集、調取證據。有關單位和個人應當如實提供。任何單位和個人不得偽造、隱匿或者毀滅證據。據此，我們就有關案件詢問你，希望你如是提供相關情況，如果作偽證，需承擔法律後果，聽清楚了嗎？」

雲夢答：「聽清楚了。」

女的自報家門，說：「我是監察委監察員，姓劉。我旁邊這一位是歐陽監察員。」介紹完後，她向雲夢發問：「姓什麼？」

「李。」

「名字？」

「雲夢。」

「文化程度？」

「大學本科。」

「籍貫？」

「陝西漢中。」

「身分證號碼？」

雲夢把自己的身分證遞了過去。

問話者的口氣緩和了下來，她說：「我們的工作是為國家清除污垢，所以我們看到的多是不好的東西，說話一針見血，不繞彎子，也希望你積極配合我們，把涉及到的問題講清楚，盡到一個國民的義務。你聽明白了嗎？」

雲夢點下頭，「嗯」了一聲。

接下來開始話家常，問雲夢的孩子多大了，好不好帶，請沒有請保姆？對方問一句，雲夢答一句，對方問得多，雲夢答得簡短。只有到了不得不說明白的時候，雲夢才會多說。比如對方問：「你一個人帶著自己的女兒，還有一個侄子，帶得過來嗎？」

雲夢答：「我的一個老鄉在幫我。」

對方又問：「你姐姐和姐夫怎麼去世的？」

「半年前，感染新冠病毒去世的。」

「你的父母不能幫你帶孩子嗎？」

「我的母親生我時大出血就去世了，我父親是在我姐姐、姐夫去世後，突發心臟病走的。」

對方對雲夢的遭遇，表示出同情。

時間已經過去半天，可是並沒有涉及任何財產，雲夢有些納悶，想不出其他任何一件事，與她有牽連。不過雲夢時刻記著順子的提醒，對方問啥答啥，絕不多說一個字。中午吃飯時間，調查她的兩個人出去，進來另一個人，給她送來一碗米飯兩個菜，一葷一素，還有一小碗湯。進來的人，放下飯菜後，並沒有離去，而是看著她吃。米飯和菜，她只吃了一半，那碗湯倒是喝完了。吃完飯過了一會，兩個監察員回來，剛才看著她吃飯的人，拿走了碗筷和吃剩的飯菜。

重新開始問話後，問了雲夢的收入情況，又問她在哪兒上班，住著多大面積的房子，雲夢一一作答。看似無意之間，實際上已經有了一條明晰的思路，姓劉的監察員切入正題，問：「以你的收入，住一百多米的大房子，買房的錢哪兒來的？」

雲夢看了一眼監察員，壯著膽子說：「如果與案子沒有啥聯繫，個人隱私可以不回答嗎？」

女監察員突然變換話題，問：「你認識牛大壯嗎？」

雲夢一愣，根本想不起她認識的人裡面有一個牛大壯，忽然她想起給他匯錢的牛老闆，莫非就是牛大壯。她不能確定，就說：「不認識。」

「真的不認識？」

「不認識。」

「見沒有見過面？」

「沒有。」

女監察員站起來，提高了聲音說：「李雲夢，我提醒你，必須如實回答我們的詢問，如果沒有證據，我們會隨便找你嗎？」

雲夢身子一抖，不過她很快穩住自己的情緒，說：「我第一次從您這裡，聽到這個名字。」

女監察員重新坐下，瞪著雙眼，厲聲說道：「那你說說，誰給你賬上匯了五百萬元？」

雲夢知道，這才算切入正題，但這個提問，如同遞給她一把沒有柄的雙刃刀，從哪裡都無法下手。在她沒有想清楚之前，她按照順子的提示，保持沉默。可是，其結果，她保持沉默的時間越長，對她來說壓力越大，她必須找到一個既不暴露她和王冠的關係，又能證明這筆錢來歷合理的說法。她快速在腦子裡轉了一轉，卡殼了，以她的經歷和交往，這完全是一件不可能的事。正在她不知道如何開口時，女監察員又換了一個話題，問：「你做過煤炭生意嗎？」

雲夢答：「沒有。」

「你參與過海鮮買賣嗎？」

「沒有。」

「你在漢口的一家遊輪公司工作過嗎？」

「沒有。」

女監察員終於不耐煩地說：「你什麼也沒有做過，我相信你不認識牛大壯，更沒有參加過牛大壯的經營活動，但你得把收入說明白，不然如何解釋，你一個大學畢業兩三年的年輕人，如何買得起一百多平米的大房子，還是一次性付款。」

繞了一個彎，又回到了原來的話題，雲夢只好再一次保持沉默。她不願意在這樣的場合，暴露她的隱私，她自感與王冠的交易，是一件不光彩的事，甚至是一種恥辱，如果她把一切都說了，事情會一清二楚，但那樣，她極有可能被當做一種典型，被媒體廣為報導，她既然做了，承受人們唾罵，自作自受，可這會給萌芽的未來，給明兒的未來，帶來極大的傷害。一旦他們長大了，知道了她的經歷，人們會怎樣看她們？而她們又會怎樣看她這個媽媽？想到這裡，她周身顫抖，恨不能鑽進地縫裡，就此結束人生。

女監察員似乎掌控著她的情緒，加大了語言的力度，說：「李雲夢，我告訴你，必須說清這筆錢的來路，牛大壯為什麼會把這筆錢匯給你，是進一步隱匿財產，還是還有其他犯罪活動，事關重大，想靠沉默過關，你就把組織想得太簡單了。」

接下來，就這個話題，進行了多次變換多種方式的提問，雲夢要麼回答：「不知道。」要麼以沉默應對。轉眼功夫，到了吃晚飯的時間，送來的是兩菜一湯加兩個饅頭，雲夢根本沒有胃口，就說自己不餓，不想吃。

到了晚上十點半，仍然沒有進展，進來一個年齡大一些的男的，負責問話的兩個人叫他「主任」。雲夢知道他們的頭來了，就等著結果。主任看了看電腦上的記錄，對雲夢說：「你的態度很不好，本來我們打算留置你在這兒過夜，但考慮到你有小孩，允許你今晚回家，明天上午九點鐘再來，不過你晚上回去想清楚，明天如果再不如實回答，你把孩子交給別人帶，留在這兒，什麼時候說清楚了，什麼時候離開。」說完，主任交代，讓雲夢看完記錄簽字。

主任出去後，那個男的監察員，把記錄列印出來，遞給雲夢，一共十頁，雲夢花了將近十分鐘，才看完，基本都是她說的，只是個別字句口氣有變化，但沒有啥大出入，就簽字按了手印。出了監察室，又到醫療室檢查了血壓和心臟，在結論一欄寫上無異常，雲夢這才走出大樓，在門口雲夢簽了一張出入單，上面說明，身體健康，安全自負。她終於走出大門，站在大路邊，長出一口氣，路燈下沒有一個人，大街上雖然有車輛行進，但似乎離她很遠很遠，自己像被拋入了一個無人的荒漠，感到孤獨、無助、悲傷。

回到家已經十二點了。仇欣沒有睡，順子也在家裡坐著，雲夢說了問話的過程，順子說：「我整天都和律師在一起，分析了各種情況，得出的結論是，他們最終的目的，就是把五百萬充公，但對辦案的人來說，必須事出有因，有完整的證據鏈。」

雲夢問：「明天我該咋說？」

順子說：「今天雖然受苦了，但方法還是對的。就這樣應對，萬一過不去的時候，涉及到大哥，就得說大哥，事情說清了，只要你人安全了，其他的都不重要。大哥我瞭解，在經濟上，他沒有被人抓住把柄的地方，何況人死了，一了百了。不要為了莫名其妙的原因，到最後搞出一個和姓牛的一起，幫貪官轉移資產的罪名，那就不值得了。」

雲夢點點頭，算是記住了。

第二天上午，還是那兩個人問話，開始還是重複了昨天的一些話題，突然之間，那女的問：「王冠和你是什麼關係。」

雲夢說：「我老闆。」聽順子講，她的名字，一直在公司的花名冊上，職務是董事長助理。雲夢這樣回答，沒有錯。

對方又問：「僅僅是董事長助理？」

雲夢回答：「在公司裡，就這個職務。」

「不僅在公司裡。」

雲夢低著頭不說話。

對方說：「李雲夢，我可以告訴你，牛大壯交代，他是受王冠的要求，把五百萬匯到你賬上的。你得回答我，王冠為什麼要給你五百萬。」

雲夢漲紅了臉，說：「我怎麼知道。」

對方有些生氣，問：「難道你讓我們去問王冠嗎？」

雲夢不敢對抗，幽幽地說：「他死了。」

「就是他活著，我們會不會去問，那是另一個問題，現在我在問你。」

「……」

「你和王冠有什麼商業合作嗎？」

「沒有。」

「幫他轉移財產嗎？」

「不是。」

「你被他包養了嗎？」

雲夢不能承受這樣的汙名，說：「不是。」

對方也毫不客氣，說：「這筆錢即使是你的合法收入，你交稅了嗎？如果交了，請拿出交稅的憑證，如果沒有交稅，補繳稅款後還得罰款，還要承擔偷稅漏稅罪的懲罰。」

雲夢腦子有些亂，再一次保持沉默。

又到中午吃飯了。和昨天一樣，吃完飯，詢問開始。一直到吃晚飯前，多次變換話題，中心意思只有一個，就是落實這筆款，為什麼會到她的賬上？有無其他目的？雲夢大多數時候，保持沉默。晚飯是一碗稀飯一個饅頭，一個菜，雲夢把稀飯喝了，剩下饅頭和菜。

晚飯後，昨天曾經問過她話的那位主任來了。這次他的臉色鐵青，身邊還站著一個人，雙手背在身後，雲夢看過電視劇裡的情節，大人物的保鏢是這樣的。詢問的氣氛一下子緊張起來，他說：「李雲夢，我們已經掌握了所有證據，現在是看你的態度，如果再不如實回答詢問，今天晚上你就住下，什麼時候說清了，什麼時候離開。」

雲夢有些失魂，她不知道她哪裡說錯了，她只是不願說出她和王冠的真實關係，為啥會讓他們如此憤怒？她當然不能在這裡住下，她得給萌芽餵奶，明兒見不到她也會哭。突然她想起明兒的可憐，想起萌芽躺在床上的樣子，忍不住流下了眼淚。

主任說：「可以哭，可以悔恨，但得把問題講清楚。現在你聽好了，我問你答，希望儘快說清，不要浪費時間，也不要給自己找麻煩。聽清楚了嗎？」

雲夢答：「聽清楚了。」

「王冠和你是什麼關係？」

「工作關係。」

「還有其他關係嗎？」

雲夢稍想一會，記起順子的話，如果不說和王冠的真正關係，一切問題都無法解釋清楚，於是，她鼓足了勇氣，說：「我給他生了一個孩子。」

「包養你嗎？」

「不是。」

「那是什麼？」

「王冠和我口頭約定，說他希望有一個女兒，他老婆年齡大了，不能生了，讓我給他生一個女兒，他付我報酬。開始就說好了的，並不是包養，生下孩子給他，他付錢給我，我們之間就沒有任何關係了。」說完這句話，雲夢大出一口氣，似乎釋放出了心裡太多的憋屈，終於感到輕鬆了。

主任對她的回答，並不感到意外，繼續問：「孩子生了嗎？」

「生了。」

「王冠把錢付你了嗎？」

雲夢說：「那五百萬，就是他感染新冠病毒去世前，給我匯到卡上的。」

「當時你們約定，你給他生了孩子，他給你多少錢？」

「二百萬。」

「為什麼又變成五百萬呢？」

「他要死了，這些錢不是僅僅給我的，還有給女兒的。」

「在此之前，王冠還給過你錢嗎？」

雲夢隱去了房子和前期給她的一百萬。她回答：「只是一些零花錢。」對方並沒有追問。

主任說：「我複述一遍。也就是說，你替王冠生了一個孩子，王冠兌現之前答應你的報酬二百萬，但因為他感染病毒，臨去世前，讓牛大壯給你匯了五百萬，這其中包括支付你的報酬，和給孩子以後的生活費。」

雲夢點點頭，說：「是這樣的。」

主任看了一眼雲夢，又說：「根據我們已掌握的事實，沒有證據表明，你和牛大壯有直接不法商業交易，和不正當來往，暫時排除你參與不法活動的嫌疑，但是，所有證據表明，牛大壯匯給你的五百萬元，係他挪用替違法違紀官員，匿藏的貪污受賄非法所得，現在正式通知你，在一周之內，將上述非法所得五百萬元，匯入監察委指定帳戶。聽清楚了嗎？」

雲夢答：「聽清楚了。」

主任向兩位監察員說：「把記錄整理出來，讓她看看，如果沒有異議，讓她簽字。」說完轉身要走，雲夢急忙叫聲：「主任。」

主任回過頭，問：「有什麼補充的嗎？」

雲夢說：「我做得不對，有錯的話，都是我的錯，與孩子無關，也不想讓我的孩子將來受到傷害，這是一個母親起碼的良心，如果不是案件需要，請主任和各位給我的孩子身世保密。」

主任說：「這樣的問題不會發生。這裡是國家嚴肅的辦案機關，不是三流娛樂小報。」

完成了主任交代的手續，女監察員交給雲夢一張通知，上面有具體收款單位、銀行和帳號。走出大門，看到滿天星斗，雲夢站在那兒，抬頭仰望，無垠的蒼穹，像一隻巨擘，將天際推向了遙遠的盡頭，浩瀚的空間無窮無盡，雲夢感到了從未有過的輕鬆和自由。突然永諦寺老和尚的話語在她耳邊響起：「得到時不管是什麼心情，失去時不要糾結，所謂的財富，只是在世間來回流動的遊戲，今天在你的賬上，明天或許就到了別的地方，是自己的總會再轉回來，不是自己的失去只是遲早而已。再說，這世上有永恆的不變的財富嗎？」

回到家，又凌晨十二點了，仇欣依然沒有睡，順子也在。雲夢說了情況。順子問：「五百萬退回去嗎？」

雲夢說：「不退又能咋辦？」

順子罵道：「那個牛大壯，不是一個好東西，我不會放過他，只要他不破產，我就要把這筆錢追回來。」

雲夢看看順子，說：「謝謝黃總！不過一切隨緣吧。永諦寺老和尚說得對，是你的會轉回來，不是你的失去只是遲早而已。」

順子要走，雲夢說晚了，住到家裡明天再走，但順子還是走了。

第二天上午，雲夢到銀行，把五百萬匯到「通知」所提供的帳號上。做完這一切，她感到終於卸下無形的巨大負擔，從此，她想，不再會有這樣的事情來打攪她，她與王冠的糾葛已經告別，剩下的就是好好養育萌芽和明兒。

一個月後，順子辦好了四千多萬元的房產分割手續，將雲夢的那一半，轉移到了華至圍醫院所屬醫學院基金會名下。醫學院領導通過華至圍告訴雲夢，準備為她舉行一個隆重的捐贈儀式，並請市領導參加，雲夢婉拒了，她對華至圍說：「爸爸，請你相信，雲夢希望自己的日子，過得平常而普通，萌芽和明兒健康成長，是我最大的願望。」

華至圍聽了，說：「雲夢，你是對的，爸爸媽媽支持你！」

順子辦完江城的事，回靈北了。走時，他對雲夢說：「有事打電話，我會隨時來江城的。」

雲夢對順子的一直關照，表示感謝！不過她打算以後儘量不打攪順子，也算是對過去告別的一部分。

夜裡，在燈光下，雲夢對仇欣說：「一切都回不到從前，我們只有重新開始。」

夜深了，雲夢仍然沒有入睡，她的頭腦極度清醒。社區如同無數個夜晚那樣，一片寧靜，今天是一個大晴天，能想像出來萬里無雲的天空，皎潔的月光一定很明亮，但天上的月亮和路燈的光線，被厚實的窗簾遮擋得嚴嚴實實，屋子裡，佈滿了淡淡的黑暗，睡在身邊的萌芽，輕輕的呼吸聲，成為雲夢唯一可以感知的存在……

附錄

附錄一：庚子年春節拾記

二〇二〇年一月廿二日，星期三，農曆臘月二十八（乙亥年丁丑月甲子日），天氣：陰。

早上五點四十分起床，禪修一個半小時。

老村來電，說疫情爆發，看來哪兒都去不了，老老實實待在家裡，好好幹點自己的事吧。

兩天前定好今天放生。

每到節日，特別是新春佳節，是千家萬戶團圓的時候，可許多動物被擺上餐桌，成為人們慶賀團圓時的美味。人類團圓卻成了其他動物的劫難。以佛教而言，救人一命勝造七級浮屠，這個時候救助即將被宰殺的動物，可以說功德無量。

但是，從究竟的意義上講，放生的目的，不僅僅是動物保護者的一種儀式，或者是佛教徒救助動物生命的一種慈悲行為。實際上，放生的最大含義在於放生自己，從輪迴的觀念看，無始劫以來，人被關在「我執」的牢籠之內，一切以利益的多寡決定自己的行動取向。當我們願意將錢財捨出來，毫無功利目的救助其他生命，我們的靈魂深處，就有了捨棄「我執」的開始，當慈悲成為自覺行為後，就消除了「我執」，生命就獲得了真正的自由。所以，放生在於放飛生命的自由，在於綻放生命絢麗的色彩。

由於昨晚從新聞中得知武漢冠狀病毒感染的肺炎新增六例，國家衛建委公佈，截止一月二十日廿四時，全國已達兩百九十一例（武漢兩百七十例），台灣、天津、浙江、確診四例。從微信和其他管道得到的資訊，由於前期準備不足，許多人根本無法收治，也來不及檢測，人們有理由質疑，這些統計數字並不準確。

專家已經呼籲儘量減少人們外出。得知這個消息後，我在微信群發了通知：鑒於武漢疫情，第二天放生由部分身體健壯的年輕人代表，建議老人和小孩不要到現場去。

早晨八點門口的超市開門，我到超市裡的藥店買了幾包口罩，這時人們似乎還沒有認識到事態的嚴重性，超市裡和外面蹓躂的人，幾乎沒有戴口罩的。

九點，我和幾個師兄到水產市場買生，看到一幕幕驚心的場面，如果換成動物的角度，水產市場裡實際上就是屠殺其他生命的刑場，許多鮮活的魚類，被攔腰斬斷，有的魚的眼睛還睜著，地上的水是紅的，是這些在人們看來的美味的鮮血染紅的。有人從魚缸裡撈出一條條魚，用力甩向地面，一條鮮活的生命，瞬間撞得頭破血流……

場面太血腥，手法太殘忍，我們不忍看下去，就想儘快買完生，離開那裡。這時，一位攤主問我：「你是寫書的？」

我說：「是。」這些攤主之所以認識我，是因為我和師兄們常常來買生，其中一位攤主，從報紙上看到了我的照片和記者的訪談，可能就傳開了。平時我們只賣生，從來沒有交談過，今天是個例外。

她又問：「是教授嗎？」

我說：「應該算。」

她看著我，有些不理解。我明白她的意思，你寫書，為什麼還做這種賠本的買賣？

我看著她說：「你看到過農村的屠夫家裡，出過讀書人或發大財的後代了嗎？」她搖搖頭。

我說：「有許多事情，我們這些普通人說不清，但古人曾說過，欲知世上刀兵劫，但聽屠門夜半聲。就是說要想知道世上發生的災禍戰爭的原因，聽聽半夜時分人們殺豬宰羊的聲音吧。」

她表示還是聽不明白，由於時間原因，我不能再詳細解釋。

十點，我帶了一包口罩開車到放生的現場，發放給了在場的師兄。儘管提前通知了，除了安排的幾個人外，仍然有幾個沒有安排的師兄也到了，一共有十多個人，師父益喜甯寶堪布也到了。沒有來的許多師兄，用紅包把發心款轉了過來，共收到一萬兩千多元，買泥鰍、烏龜等水生動物一萬多條。很快，拉生的卡車就到了，大家一起上，將裝有水生動物的十幾個塑膠桶卸下來。接著，師父帶領大家念誦了放生儀軌，灑了甘露丸，然後把要放生的眾生倒進了水庫裡。念《普賢行願品》回向時，不少泥鰍將頭伸出水面快速滑行，表示牠們的興奮，而有烏龜浮出水面，頻頻回頭以表答謝。

下午三點，和師父去王麗師兄開的琴行，這是她剛剛裝修完畢搬進來的新地方，兩層，下面是大廳，佈置得很簡潔，寬敞明亮，二層是教室，合理利用空間，很不錯。參觀完後，在師父帶領下，我們一起念誦《八吉祥頌》和《普賢行願品》，祈願新的一年吉祥圓滿。

回家後繼續寫《在回望中照見自己——庚子年（二〇二〇年）新春寄語》。

晚上曉嬰從太原來電話，說因為武漢疫情原因，他們決定不坐飛機了，她和宋玉、女兒一起開車到青島。

因為大哥患有氣管炎，每到冬天天氣寒冷時，病情會加重，加之老家陝南沒有暖氣，冬天屋裡如冰窖比屋外還冷。即使架上火烤，往往前面烤得發燙，後背卻依然有涼氣。去年冬天大哥突然病重，住了兩個月的醫院。由於侄子也在青島，經大家勸說，大哥、大嫂決定今年來青島過冬。這個決心下了後，孩子們就約定，春節到青島過。所以來青島過春節，是他們半年前就約定好了，太原又不是疫區，改變交通工具就可以了。於是我在電話裡叮嚀，路上開慢些，不要急，安全第一。

晚上六點零五分，六祖寺登覺大和尚來電話，問《大願說禪》叢書的出版事宜，我說正在按出版程序走流程。《大願說禪》是我受託統籌組織編輯，由中國石油大學李逸龍教授、宋大偉教授，青島作家蘭硯和西安科技大學藝術學院馮玘老師具體分工編輯，在六祖寺短期出家的四川傳媒學院畢業的高材生許多負責編務，內容包括《自在人生》、《自在財富》、《心心相印》、《紅塵禪意》四本。

二〇二〇年一月廿三日，星期四，農曆臘月二十九（乙亥年丁丑月乙丑日），天氣：陰。

早晨五點四十分時起床，禪修一個半小時。

上午接到的令人震驚的消息，武漢從廿三日上午十時封城！截止一月廿三日零點，全國確診五百五十例，死亡十七例。新增確診病例地區包括：河北、福建、廣西、安徽、海南、寧夏、江西、澳門、河南、遼寧、浙江、江蘇、山西。菲律賓、新加坡也報告了疑似病例。

因為武漢大學是我的母校，珞珈山、東湖的一草一木，都會喚起我對那座城市美好的回憶。儘管畢業三十年了，一切猶如昨天，突然聽到封城的消息，內心泛起莫名的憂傷。

這時，微信上各種消息滿天飛。但是，在周圍人的心目中，這個事情似乎與我們有距離。

上午將已經完成的《在回望中照見自己》發微博頭條，並同時轉發微信。我在文章中說，我們的心力決定我們的方向，方向決定我們的未來。希望這篇文章與有緣者交流，在繁忙的一年過後，能夠抽出時間，靜心反思自己的行為，有所警覺，有所收穫。

「己亥年（西元二〇一九年）是變化多端的一年，也是詭異的一年，氣象萬千，令人眼花繚亂。」一年過去了，希望「我們向內心懺悔，向那顆真心懺悔，真誠懺悔過去一年、以及無始劫以來所造惡業，向那顆真心發弘誓大願，回到人類史前的那個細胞中，接受人類誕生之後所有文明的生命體原本就是一體的概念，如果你有足夠的福報，那就回到人類史前一個細胞之前，在更加廣闊無邊的心性中認識本來面目，從而徹底回歸真理大道，找回生命無所不在、無所不能的大自在！」

隨後，我把這篇新春寄語發給了身在陝西的師中洪先生，請他抽時間朗讀一下，以便與更多的有緣者結緣。想不到一個多小時後，中洪先生就錄製完成了，併發到了喜馬拉雅上。我隨即在微博、微信進行了轉載。

這篇文章同時得到余世存先生等多位朋友的厚愛，十分感謝他們在微博、微信轉發。

下午戰友陳作犁打電話，問我在不在？我說在，他讓我出去一下，出去一看，他提了些年貨來。因為家裡來了一些其他朋友，他說不進去了，年後有機會再聚。我說我應該先去看你！幾十年的戰友情，他比我大，為兄，我本來安排明天去看他，不料他先來了。四十年的交情了，他兩都是我當年在部隊上搞文學創作時的老師加兄長。每年春節我都會先看他們的，今年作犁卻跑到了前面。

我們在社區的院子裡說了一會話，他說本來打算把楊聞宇也請出來，我們三家人一塊聚聚，突然發生了疫情，計畫只好改變。我說，等疫情過後再聚吧。

下午六點多鐘，接曉嬰半路打來電話，說因為天氣原因，霧氣很大，高速公路已經封閉，他們準備去邯鄲市區住一晚上，第二天再走。她說如果明天高速公路不通的話，就趕不上中午家人的聚會了。我說，你們看看情況吧，不行就返回去，夏天再抽時間來，特殊時期，安全第一。

晚上七點十分時，校友侯新軍師弟打來電話，徵求我意見，說武漢疫情，我們校友會用哪種形式搞個捐款活動？他是武漢大學校友會副會長兼秘書長，校友會的活動，一般都是他張羅。像二〇一七年搞的全國性質的武漢大學校友青島音樂演唱會，就是他帶頭搞起來的，後來產生了很大影響。我想了想說，估計一下我們能捐多少？因為青島校友會比起北京、廣州校友會，人數、實力都與他們有距離，以怎樣的形式表達我們的心意更好。我們簡單地討論了一會，侯師弟最後說，再考慮考慮。

晚上，十點多，曉嬰又來電話，說霧氣很大，估計明天高速公路通不了，他們商量了一下，準備明天返回太原，等這段時間過了再來。我在電話裡立即表態，請他們第二天返回，一是天氣不好不安全，二是疫情誰也不明白會造成什麼樣的局面，回去在家裡至少生活方便。

二〇二〇年一月廿四日，星期五，農曆除夕（乙亥年丁丑月丙寅日），天氣：晴轉陰。

早晨五點四十分時起床，禪修一個半小時。

上午八點多，曉嬰打來電話，說大霧散了，高速公路通車了，宋玉不甘心，說準備了半年，就等著去青島團圓，這樣返回去實在遺憾，所以他們決定繼續往青島趕。從邯鄲到青島大約五百公里，下午三、四點多鐘可以到。我聽了十分感慨，就囑咐他們路上慢行。

面對突發的疫情，心裡總覺有話說。早餐後，我坐下來很快寫了《如來信子的呼喚》，為武漢祈禱！為眾生祈禱！

我在祈禱文中最後呼喚：

「願佛陀巨大的智悲力，

彙聚無數眾生的善念，
平息消除這場災難，
讓困苦中的同胞、父老鄉親，
解除生命的威脅，
回歸生命中百花盛開的春天！」

寫作開始前，我在微信上看到了這次疫情有可能是吃野生動物引起的。從上個世界九十年代開始，剛剛富起來的國人，興起一股豪華消費的風氣，特別是對飲食美味的狂熱追求，在不時炫耀財富的威風時，吃稀奇古怪的野生動物，成為永不過時的拿手好戲。我在祈禱文中寫道：

「看看我們張開的血色大口，
使多少它類的生命瞬間暗淡；
為了追求口舌之福，
陷其他生靈於無盡的災難。

為了生存的必需，
我們無法擺脫食物鏈，
可是，我們殘殺了無數不該宰殺的生靈，
而且不知感恩，以為我們擁有世界上唯一的威嚴。」

完稿後，我在微博、微信發出的同時，發給了師中洪先生，請他方便朗誦一下，不到一個小時，他就將朗誦發到了喜馬拉雅上。隨後，有許多朋友轉載了這篇祈禱文。

總算在這個新冠病毒肆虐的時刻，表達了自己的心聲。

雖然微信上疫情消息不斷，但因青島遠離武漢，還沒有引起大家的足夠重視，我去了一趟超市，人流比起平時並沒有減少，好像人們感到無所謂，都在積極地採購最後的年貨。所以，我也很自然沒有想到，應該取消這次家庭聚會。不過原來有過安排在酒店的打算，有了疫情，在家裡舉行更為合適。

上午十點多鐘，家人們陸續到了。這是幾十年來，第一次和大哥、大嫂以及在青島的家人們一起過年。過去每當這時，有的回老家，有的出門旅遊，很難湊到一起。這次二十多人團聚在一起，實在難得。

妻子從九點多開始準備飯菜，十點多，早來的幾個人一起上各顯神通，十幾個菜很快做好了，加上從酒店叫的幾個菜，這頓飯還算豐盛。不過吃飯過程中，除了一些互相祝願的話，疫情成為中心話題之一。

吃完中午飯，就已經下午三點多了，稍作休息，開始包餃子，吃完餃子，已經晚上七八點了。大哥說要看春晚，打開電視沒有多會，一歲多的侄孫開始鬧了，他就起身說要走。我開玩笑說：你不是說要守夜嗎？他笑笑說不了。由於他們住的地方，離我還有一段距離，侄子開車，他們得一起回。

大家離開前，師父帶領我們一起念誦《普賢行願品》，祈禱疫情儘快消除，眾生平安吉祥，國泰民安，世界和平！

考上西安美院的侄女（弟弟的女兒），利用假期來青島，在一家火鍋店打工。大家反覆囑咐她，辭工不要幹了，那裡是風險比較高的地方之一。

大家陸續離開後，我看微信，侯新軍師弟在朋友圈發了青島校友會捐款支援武漢防護物資的緊急倡議，開頭寫道：「珞珈有我們的青春歲月，武漢有我們難忘的時光，親愛的校友們，拿出我們的情感、責任和擔當，武漢需要我們，母校需要我們。即時起，武漢大學青島校友會開通校友捐贈通道」，言簡意賅，充滿激情，這是侯師弟的風格，也是武大人的風格。任何時候，武大校友都不會忘卻珞珈山的青春歲月，都不會忘記武漢那座充滿熱度的城市。我隨即表達了心意，並留言轉發了捐款倡議。也許我們的能力有限，但流經武漢的長江水，早已融進了我們的血液，那座城市的靈魂，已經變成我們生命中一道永不消失的年輪刻痕。我們每一次心臟的跳動，都有珞珈山的律動。

二〇二〇年一月廿五日，星期六，農曆正月初一（乙亥年丁丑月丁卯日），天氣：晴轉陰。

因昨晚凌晨一點多才睡，早上七點起床，坐禪四十多分鐘。

上午十點四十五分，作敬來電話拜年，說他回老家牟平。每年不管在哪兒過年，總要打電話來拜年。似乎簡訊或微信不足以表達感情。二〇〇五年，我主持新建的博勝苑景區基礎道路建設基本完工，石塊砌成的山路，從景區山下開始，經過海拔七百多米的小珠山大頂，與直線距離一千多米的多個山頭相連，最終與小珠山北端的一切智園心經崖下的山路對接，完成了青島小珠山景區南北山路的貫通。這時，擺在眼前的當務之急，就是豐富園區的景點，正在這個當頭，經朋友劉志峰介紹，與雕刻家、書法家楊作敬相識。經過多次交流，他提出了在景區山下的五百多畝廣場用地中，闢出二百畝以上的面積，由他從福建山區搬遷複製山民捨棄的老房子，在景區建立百年老屋一條街，既可以經營字畫藝術品，又可以開飯店、咖啡館、茶館。

這是一個不錯的建議，經景區股東同意開始實施。可惜剛剛複製了移動樣板房，即遇到全國土地大檢查，青島膠南市被列為重點監控的目標，被政府部門批准的旅遊規劃，沒有來得及變更景區土地性質，被土地管理部門要求停工，這樣一來，這一專案被迫終止，而且沒有期限，已建成的哪一棟，只好由作敬暫住經營。

二〇〇八年因景區經營思路，與當時建立社會主義新農村，我們轉讓了景區，山下土地經變更土地更性質，改為房地產開發。作敬的房子至今沒有處理，他仍然住著。不過這兒風景優美，清淨無染，倒成了他一個創作基地，他創作的數百幅木刻藝術品從小珠山山下，幾乎走遍了全國，被無數的人收藏。正是這樣的因緣，我們雖然不經常聯繫，但心裡記著對方，總是在重要的節假日聚會交流。這樣的朋友很難得。

今天關於武漢疫情的新聞已經鋪天蓋地，各地已先後採取措施嚴防，儘管山東還沒有緊張起來，但朋友間互致問候，叮嚀保重，希望節後情況能好起來。已經沒了拜年的心情，過去常用的新春快樂、恭喜發財之類的套話顯然多餘，在接到所有朋友的拜年資訊後，我一律回覆：新春平安吉祥！本來吉祥包含了平安，但面對突然而至的疫情，多一份平安，至少是對內心的一種安慰。

上午有幾位師兄先後來給師父拜年，話題多是疫情，而且大家不斷從社交媒體上看到驚心動魄的消息，氣氛驟然緊張起來。師兄們有心多親近師父，但不知道會出現什麼情況，只好遺憾地匆匆忙忙離去。

下午六點，突然得知，青島西海岸新區確診一名新型冠狀病毒肺炎患者，指揮部發佈緊急通知，公佈了患者曾經乘坐過的地鐵、公交等交通工具的具體時間，地毯式尋找接觸者。希望同乘人員不要外出，自行在家隔離觀察十四天，如有發熱症狀，立即到指定醫院就診。

晚上六點五十九分，曉嬰突然從大哥那裡打來電話，說他們商量了一下，準備晚上走，怕高速公路封路回不去了。我一聽，贊成他們趕回去，但晚上天氣不好，帶著孩子開車不安全，就建議他們安心住一晚上，明天早上再走，當天就到了。他們又商量了一下，同意了我的建議。

從太原到青島，近八百公里的路程，正常情況下開車十三個小時左右會到，因為堵車走了二十多個小時，還在路上住了一晚，大人還好說，可憐六歲的小外孫女，能乖乖地熬過來真是不容易，可是僅僅待了一天半就返回了，心裡總有不捨，但這是沒有辦法的事。

二〇二〇年一月廿六日，星期天，農曆正月初二（乙亥年丁丑月戊辰日），天氣：陰。

早上五點四十分起床，禪修一個半小時。

曉嬰一家三口，於早晨五點多開車離開青島。下午五點多鐘，接到曉嬰電話，說路上車輛並不多，視線也好，道路暢通，他們已經平安到家，終於放心了。叮囑他們照顧好孩子，夏天假期再來青島。

截至廿六日早晨八點，官方公佈全國確診病例一千九百七十五例，疑似兩千六百八十四例，而全球美國、法國、泰國、越南、新加坡、馬來西亞、日本、韓國、澳大利亞、尼泊爾、英國、菲律賓、義大利、加拿大等十多個國家，均有新增病例和確診病例。

這些官方公佈的數字，雖然表明了新型冠狀病毒肺炎在全球肆虐的嚴峻局勢，但微信朋友圈傳出的情況更為可怕，有視頻爆出患者沒有辦法住院，發出絕望的求救聲，多家醫療機構已經在網上直接請求援助，似乎局面有些難控。人們的絕望之情，和難以抑制的悲憤情緒不斷在微信和社交媒體上蔓延。

似乎一夜之間，中國人面臨生死存亡的考驗，包括山東在內的多省啟動重大公共衛生事件一級回應。

上午九點四十三分，陳作犁打電話，說朋友送了些東西，他們兩口子吃不完，拿些來給我。老友心意，我到社區門口去接，他說非常時期就不進去坐了。我接過東西，把他送出社區門口，互祝保重，問起之間像突然遇到了重大事件，心情不免顯得有些沉重。

上午九點五十，給楊聞宇去電話，拜年。

我們住在離海不遠的地方，多了幾分安慰，偌大的太平洋總是一道屏障，覺得不能把自己嚇住了，所以晚上九點多，我還是一個人出了門，到平時車輛最繁忙的長江路走了一段，看了看，空空蕩蕩，偶爾有車輛經過，似乎是一座空城。實際上，這裡是一個移民較多的城區，除了年前離開的人，相當一部分人想過了春節出行，侄子楊鎮遠就想初二開車去東營的老丈人家。但是，由於突然爆發的疫情，出行的人並不多，大多數人待在家裡。

往年這個時候，正是萬家燈火、鞭炮不斷炸響的熱鬧時分，可今年的這個時候，卻因突然而至的災難，瞬間失去了往日城市的風光。不禁感慨，人類創造了城市文明，便捷了生活，發展了經濟，但由於人群的高度聚集，也帶來了諸多的城市病，看似強大的城市，許多時候卻在天災人禍面前，顯得十分脆弱。

這種脆弱有時不堪一擊，造成了災難。這看似城市的管理水準，實則是對人類的生存方式進行一次次檢視。人們真的明白了中國古人「天人合一」的智慧，就知道任何文明是在天地之間創造的，天地自有大道，生命互為聯繫，沒有任何純粹獨立的個體存在，所謂的叢林法則實際上是冤冤相報。做到適度、相融、和諧、仁愛，與所有生靈和諧相處，感恩大自然的恩澤，才是人類生存的唯一選擇。

二〇二〇年一月廿七日，星期一，農曆正月初三（乙亥年丁丑月己巳日）

早晨五點四十分時起床，禪修一個半小時。

晚上七點十分，河南索菱電器的董事長焦大宏來電話。焦總是我開發青島博勝苑景區時，中途介入的股東，本來我們有過很好的設想，想把景區打造成一個青島嶗山之外、又一個緊鄰大海的風景區。青島歷來有東嶗西珠的說法，即東海岸有嶗山，西海岸有珠山，嶗山以道教文化出名，珠山以佛教寺院眾多而著名。僅小珠山境內，就有位於柳花泊轄區內的白雲寺（恢復重建後改名為菩提寺）、位於靈山衛轄區內的朝陽寺、以及位於隱珠轄區內的太平庵、蟠龍寺等四座佛教寺院，佛教文化底蘊十分深厚，清代大畫家鄭板橋曾留宿小珠山，並留有詩句。

小珠山不僅具有文化價值，而且位於青島西海岸中心地段，從西部廣袤的土地上突然崛起，是一座難得的城市中心的山，方圓四五十平方公里，將這裡打造成一個文化旅遊景區，肯定具有重要的社會價值和經濟價值。

景區在二〇〇八年，已經初具規模，對外開放。但由於土地變性等諸多因素，發展受到了制約，正在我們做最後的努力時，當地政府提出了新的思路，以推動舊村改造的方式，將景區山下的村莊拆遷改造，發展成帶動當地經濟發展的旅遊地產專案，以改變當地社會經濟落後面貌。

從政府角度講，這一思路顯然符合當地發展需要，但從企業角度講，該項目具有極大的風險，除非有雄厚的資金做後盾，才敢啟動。經反覆論證，我們認為不能貿然行事，經痛苦抉擇，董事會決定轉讓該專案。正是在博勝苑景區的實施和轉讓過程中，我們結下了深厚的感情。我曾在長篇紀實散文《行願無盡》中，詳細記述過許多關於這一專案的故事細節。

焦總是河南最大的電器企業的董事長，是土生土長的河南人，我們的通話自然說起了河南這次抗擊疫情的事。河南這次僅次於武漢封城，網上一片叫好聲，用「硬核」來表示河南人圍堵病毒的成績。在讚揚這種行動的同時，我們都認為把道路挖斷等過分行為，實際上有點過火。堵在外面的人，有的就是自己的鄉親，有一些外來的人，也是與當地社會經濟發展密切相關的人，一遇事情，把人拒之門外，有點不夠意思，何況挖路阻斷交通，也是涉嫌違法。閒聊一陣，覺得可能這是國人的一種習慣性反應，遇事容易走極端。

二〇二〇年一月三十日，星期四，農曆正月初六（乙亥年丁丑月壬申日），天氣：晴。

早晨五點四十分時起床，禪修一個半小時。

青島各個居民社區，已經實行嚴格的進出測量體溫和登記制度，實際上人們已經以家庭為單位，完全進入自我封閉狀態。微信上的朋友圈，政府的簡訊提醒，不斷告訴人們加強防範，儘量不出門，出門一定要帶好口罩和防護。這樣，我也就兩三天出去買一次菜，緊閉房門不出。

外甥女黃靜帶著兩個孩子，和來青島假期打工的侄女楊雲丹，只好在另一個社區的樓上封閉，樓下有一家超市，她們經常去買菜，上午侄女突然在這家超市，發來一個圖片，一棵白菜居然買到了五十八元。我一看心裡有些發毛，這不是發國難財嗎？隨後便在微信上看到了朋友圈的聲討。

我趕緊出門，去超市買了些蔬菜肉類和其他零食，給她們送去。

二〇二〇年一月三十一日，星期五，農曆正月初七（乙亥年丁丑月癸酉日），天氣：晴。

早晨五點四十分時起床，禪修一個半小時。

上午八點多，從微信上看到，那家隨意漲價的超市受到了三百萬的處罰。山東省一位官員針對此類事件發話，誰敢隨意抬高物價，要罰得他傾家蕩產。

上午九點四十三分，接河北省軍區政治部原副主任李德慶來電話，李主任是我當年在青海省軍區當兵時的老排長，他曾帶領我們一個排，在柴達木盆地懷土他拉農場種地，收穫的小麥第一次超過國家《糧食綱要》指標，畝產五百多斤，創造了那個年代戈壁灘種糧的輝煌。在難以忘懷的歲月裡，我們結下了深厚的友誼，我的命運與他密切相連，如果不是他，我可能不會提幹，那麼只有復員回農村。

那時回農村，意味著徹底失去了一次改變自己命運的機會，我的人生走向會是另一個樣子。所以，經過四十多年的人生的顛簸，我們依然情如當初。我們常常在人生的每一個重要時刻，都會想到對方。

他來電話，問了我的情況，我報了平安。想不到他說女婿在單位交接工作時，與武漢返回的同事有過接觸，這兩天突然發燒，正在隔離觀察。

我一聽，有些緊張，看似遙遠的事，怎麼說到跟前就到跟前了。我有些沉重地對他說，有結果儘快告訴我。我們交談了一會，只能各自祝願，互相囑咐做好防護，多多保重。

放下電話，我想，世界看似離我們很遠，實際上在交通如此發達的當代社會，任何人無法獨立於社會而存在，沒有人可以獨善其身，只有每一個人的努力，彙聚成共同的有益於人類生存的方式，才能有效搭救人類自身的生存。

在社交媒體，看到大量關於人們在房子裡關久了，表現出各種情緒的反應，我打開電腦，開始寫《此刻，我們需要強大的心理支撐》，我寫道：

冠狀病毒肺炎引發的疫情不斷升級，當地時間三十日凌晨，世衛組織宣佈新型冠狀病毒疫情為「突發國際衛生事件」，中國已經全面進入一級回應。一級回應是國家在面臨戰爭或重大災難時的應對級別。

本來公眾從最開始的恐慌、不安的狀態，經專家的疏導和政府一系列措施的展開，得到了緩解，但是由於疫情的傳播進入高峰期，疫情的應對級別驟然升級，使部分在家已經圈了六七天的民眾，精神更加煩悶，有的甚至高度焦慮。但疫情的狀態，容不得我們有絲毫的鬆懈，大家還得在家裡待著，等待疫情的最終解除。只有這樣，才能有效切斷病毒傳播。這種情況下，我們需要強大的心理支撐，否則難以應對不斷焦慮的精神狀態。

首先我們需要深刻理解人生無常的道理，生老病死這樣的事，每天都在我們周圍發生，只是在平常狀態下，一般都是個別、個體事件，雖然會引起個體生命或親人朋友之間的痛苦，有的會造成精神上的創傷，但由於是個案的不斷重複，就不會引起更多人的關注。大家司空見慣，認為是不可抗拒的自然規律，所以就熟視無睹。而突發疫情事件，波及面大，涉及一個地區、一個國家，甚至成為世界關注的公共衛生事件。所以，無形之中會引起公眾恐慌，這種恐慌加劇了人們的精神負擔，放大了疫情可能給個體生命或家庭成員造成的危害。由於每個人對事物的認知和感受力不一樣，其承受力也就有差異。一些對事物感受比較敏感的人，就會承受比感受力不太敏感的人更大的壓力。

不管承受怎樣的精神壓力，只有當一個人冷靜之後，才會不被自我感受放大後的情緒牽著走。只有回歸生老病死的正常認知上，就會明白我們的精神壓力，只是一種自我感受的情緒，並不等於事實的本身。所以，正確的方法應該是，既不麻痺大意，又不自我情緒放大，接受當下事實。這樣，就會自然放鬆緊繃的情緒，使焦慮的精神得到舒緩。

第二個不妨試試自我交換法。索甲仁波切在《西藏生死之書》中，闡述過這種殊勝的方法。即一個人身患疾病（生理和心理）時，發願承擔所有患有同樣疾病的人的痛苦，也就是此刻我們發願承擔疫情中所有人的痛苦，願他們平安快樂。當一個人發這樣的大願時，因為他想的不是自己，而是普天之下所有的人，這種無私的大愛，提高了自己的人生價值。這種慈悲之心，具有強大的心力，它會迅速擴展人的心靈，無限增強人心理及生理對於病因的抵抗力。現代醫學也已證明，充滿愛的健康心理，會增強人的免疫力，從而戰勝疾病。

其次要說的是，佛家認為，人的情緒只有自己說了算時，智慧才能顯露，其精神才是自由的。那麼怎樣才能使情緒穩定下來？

佛家認為：要讓情緒（心）休息。因為人的情緒（心）變化多端，太不容易安靜下來。所以佛家說：歇即菩提。只有休息，才能積蓄力量，迎接未來的新生。而佛家的禪修，就是一種讓情緒休息的有效方法。鍛煉專注力，達到以一念而止萬念的效果，使情緒不再泛起，從而使心安靜下來。方法既簡單而又適用，人人可行。只要我們坐在那裡，上身挺直，雙腿交叉，使身體處於放鬆狀態，雙眼通過鼻尖自然看著前面，不間斷地觀修呼吸，可採取從一到十不斷重複數呼吸的辦法，也可以把注意力集中到呼吸的吸入或呼出上。開始時，可做五分鐘，然後不斷延長，長短不定，頭腦清醒即可。這樣，可以使情緒、心念慢慢平息下來，達到平心靜氣、穩定情緒的作用。使精神狀態回歸平常，有時可以收到意想不到的精神愉悅的效果。

當然這一切，與戰勝疫情的信心密不可分。由於現代網路的便利和傳媒的發達，我們坐在屋裡，可以瞭解整個事件的進展過程。從那些奮戰在第一線醫務人員的動人場面中，看著那些為了控制疫情奮力工作的人們，還有無數人在疫情中煥發的大愛之心，我們在不斷感動之餘，自然可以獲得必勝的信念：疫情一定會平息！

在人類的歷史上、在中華民族五千年的歷史上，曾經歷過數百次大型疫情災難，但是每一次人們都挺過來了。堅信現代醫學水準和條件，以及社會組織能力的強大，一定會儘快控制和最終平息疫情。

人是萬物之靈，在危難面前，人一定會跨過艱難險阻，迎接生命的新生。

我在文末註明：本文只是從心理的角度，與有緣者交流。文中的觀點，來自古聖先賢的經典，並非本人創造。

二〇二〇年二月一日，星期六，農曆正月初八（乙亥年丁丑月甲戌日），天氣：晴。

早晨五點四十分時起床，禪修一個半小時。

隔著窗子看，今天天氣很好，陽光不錯。一看家裡沒有菜了，正好出去一趟。昨天和老友宋青海通電話，他說在房子裡待了幾天了，沒有口罩。我問怎麼出去買菜？他說門口不遠有超市，實在沒有吃的了，趕緊下去買了回來。我問：怎麼會是這樣？不是要求人人戴口罩嗎？他說南昌的口罩幾天前就搶光了，許多人家沒有口罩。我想出去看看，能買到口罩就給老宋快遞去。

出了門，突然見陽光迎面而來，竟有幾分貪戀，就乾脆開車去了海邊。黃島的金沙灘，十幾里海岸線，面對的是公海，嚴寒的冬季，空曠無人，去轉轉總不至於遇到病毒。

五六分鐘，就到了金沙灘，我把車開到了海濱公園的最東頭，那裡三面環海，空氣更好。快到時，才見沿路有不少的車，雖不如平日裡多，也有十多輛。下車一看，海邊的木棧道上有三三兩兩的人，公園裡也有零散的人在散步。看來大家確實在屋子裡憋不住了，和我一個想法，出來走走。我沿著沒有人的小道，向海邊走，眼見不遠處有人，想著怎樣躲開，不等我讓路，對面來的兩個人折回頭走了。沿著海邊的路走了一會，又見來人，我想這次應該我來避讓，不料我還沒有來得及拐彎，對面的人就從岔路口繞開了。

我站在那兒看了一會，來來去去走動的人並不多，但大家好像都很自覺，絕對不與對方照面，而且保持相當的距離。這種自我為戰的走路方法，不一會形成一個共識，各自在自己圈定的範圍內走，絕不給別人添麻煩。這樣，偌大的公園被分割成看不見的領地，各有地盤，互不干擾。不過走了一會，總覺無趣，雖然來回走動，距離卻有限，總不如平日裡，沿著海岸線一走幾里路那樣暢快。所以走了一會，就上車去超市買菜。

到了離家遠一些的大超市，進去一看，十幾個結帳櫃檯，排起了長隊，大家人人推著滿滿的一車，有菜有生活用品，好像每個人都要滿載而歸。因為外甥女帶著自己的兩個孩子，和老家假期來打工的侄女住在另一個樓上，本來過節大家可以在一起團聚，卻不想遇到疫情，只好分開。惦記她們，就買了兩份。

給外甥女送完菜，到樓下的超市，裡面有一個藥店，與裡面的人面熟，就問來口罩了嗎？她回答等一會，說另一個工作人員去取貨了。昨晚新聞說，青島調了三百萬個口罩，第二天進各大藥店。我想一定可以買到。不料等了一會口罩到了，工作人員說，每個人只能買兩個。我說了情況，說兩個口罩怎麼寄給朋友。兩個工作人員都說，沒有辦法，上面有規定。無奈我又去了另一家藥店，工作人員告訴我，還沒有到貨。只好先回家，等會再出來看。

到家打開微信一看，廈門的另一個朋友說她在家裡關了幾天了，根本買不到口罩。終於疑問，防控疫情要求人人戴口罩，可全國有多少關在家裡的人，沒有口罩呀？

我不是專家，解不開這個謎，對於防控可能出現的疫情而言，像口罩這樣的必需品，需不需要平時儲備？我只知道有儲備糧，從國家到地方，都有倉庫，平時儲備，三年一換，以備特殊情況下急用。

看一篇文章，一位知情人說，十幾年前，國家就建立了一套完備的疾控網路，並且有完備方案。不知道這套完備的方案中，包不包括像口罩這樣的民眾必需品？

進而一想，有些悲觀，像儲備糧這樣的戰略物資，都會被一些人造假，有些人竟然把儲備糧作為謀取發財的手段，如果口罩也算儲備品，不知道又有人會搞出什麼樣的千古奇聞來。

看看這些天來，連醫護人員都缺乏防護服和口罩的情景，真的無語，除了像韓紅這樣的強力慈善組織者，許多人看著流淚，卻絲毫沒有辦法。聯想到每次大災之後很少有文章反思，更多的是歌功頌德，像「縱做鬼，也幸福」這樣的所謂詩句都能出來，真的我們在很多時候，人鬼不分了。

但願我們能從這些慘痛的教訓中得到些啟示，把自己應該做的事做好，不要讓更多的人為愚蠢買單。

轉了兩家藥店，終於確定暫時買不到口罩，就與陝西的朋友天下君子網的王軍聯繫，他告訴我說在網上訂的還沒有到，但家裡還有一些，就先給宋老師寄二十個吧，我說行，就將地址發給了他，他說第二天就寄。真是好弟兄，堪稱雪裡送炭。

二〇二〇年二月三日，星期一，農曆正月初十，（乙亥年丁丑月丙子日）天氣：晴。

早晨五點四十分時起床，禪修一個半小時。

昨天傳來好消息，火神山醫院建成移交，馬上就可以開始接診。各地醫療隊也先後到達武漢，武漢的疫情終於可以得到緩解了。願那裡的朋友、同學、校友，和所有的武漢人都能平安無事。

老排長李德慶來電話，女婿發熱終於確定不是新冠病毒感染者，只是普通的感冒。雖然虛驚一場，想起來仍然有些後怕。互道保重，對於當下的疫情，不敢有任何麻痹觀念。

一段時間以來，我一直在斷斷續續細讀一行禪師所著《佛陀傳》，更多時候一天讀一段。這本傳記，被出版者稱為全世界影響最大的佛陀傳記，正如介紹的那樣：似乎世人從本書中初次發現，佛陀從來不是神，也沒有任何神通，和我們一樣會困惑和痛苦，他也有家人，有妻子和兒子，只是他離開了他們，獨自走上了修行之路，自覺覺他，搭救眾生的道路。

我們需要特別注意的是，這本書的作者一行禪師，是一位偉大的覺者，他以正覺的證量（勉強可以稱為境界），完美地講述了佛陀從出生、成長、出家、修行、得道、弘法、直至寂滅的完整一生。講述是沉穩和迷人的，是任何人無法替代的。所以，在我看來這本佛陀傳記的問世，如同佛陀曾經降生人間一樣，是眾生的福報。傳記通過佛陀一生的各個階段，完整地傳達了佛陀修行的全部內容。

長久以來，人們習慣把佛教的傳播，分為小乘、大乘、金剛乘，這樣的分法，從佛教發展的路徑來看，肯定是有道理的。問題在於由於人們的分別念所致，將不同法門的因緣關係，看作修行的差別，以至於引起紛爭，有了所謂境界、心量、方法的優劣、高下、大小之分。而一行禪師，以他完美的證悟境界，將這些在常人看來的差異，在《佛陀傳》中融入一體。

初看佛陀所教授的修行方法，屬於小乘，像觀呼吸、終止內心的暴力等觀修法門，至今仍在東南亞和中國的南方流行，甚至傳到世界各地，被現代心理學所採用，如近些年流行的正念訓練，即是這種方法形式上的變化，內容並沒有變化。再看書中所傳達的佛陀的開示，分明是大乘，佛陀說：「所有眾生都潛伏著開悟的智慧種子，可惜我們多生多世都被淹沒在生死的海洋裡！」佛陀還說，「所有眾生都有權享受安穩，我們應該保護生命和儘量給大家幸福。所有眾生，不論兩足或四足，泅水的或飛翔的，都有生存的權利。我們不應該傷害或殺戮其他眾生，更應保護生命。就如一個母親可為她愛和關懷的子女犧牲一樣，我們也應該放開心懷，去保護所有眾生。我們的愛，應該撒播到我們上、下、內、外的一切眾生。無論日夜、行住坐臥，我們都應該活在此種愛心之中。」而大乘佛教自覺覺他，普度眾生的發願和修行，全部包括在佛陀的這些開示中。

佛陀是一個生命的覺悟者，不是一個宗教家，更不是哲學家、思想家。他說：「生命只可能在目前的一刻找到，但我們很少會真心投入此刻。相反，我們喜歡追逐過去和憧憬未來。我們常以為自己就是自己，而其實我們一直以來，都甚少與自己真正接觸。我們的心只忙於追逐昨天的回憶和明天的夢想。僅有去與生命重新接觸的方法，就回到目前這一刻。只有當你回到這一刻，你才會覺醒過來。而只有在這時你才可以找回真我。」而這本《佛陀傳》中，描寫了佛陀傳授的許多方法，以此都可以找到生命的真諦。

而在一次法會中，佛陀拿起一朵蓮花，在眾人面前舉起來。他沒有說任何話。每人都坐得很定。佛陀繼續舉著蓮花一段時間。眾人都大惑不解，佛陀望向眾人，淡然一笑。他這才說道：「我具真實法眼，妙慧之寶藏，而我剛已給摩訶迦葉傳承了。」據此，我們可以說，禪宗與後來從印度傳入藏地、進而傳入漢地，並在上個世紀，傳向世界各地的金剛乘（藏傳佛教）完整地體現其中。

我以凡夫之心揣度，一行禪師之所以在書中，巧妙地、沉穩地、秘而不宣、卻又明明白白，闡釋了佛陀的密意，恰恰證明了他是一個和佛陀一樣，證悟了人生宇宙真相的大覺者，否則他不可能如此完美地在文字中，揭示出佛陀說法的真諦。

所謂小乘中的觀呼吸，四念處等法門，意在鍛煉專注力，最終達到以一念止萬念的目的，從而體驗生命在妄念熄滅後的寂靜，它會使你重新認識人生和宇宙。從小乘所提倡的有相定，到金剛乘最終的無相定，都是通過禪定的方法，達到證悟覺醒的目的。而金剛乘的大成就者蓮花生大士開示，所謂的法報化三身，完整地體現在我們的覺醒之中。

覺醒的特質空性，並非什麼也沒有（頑空），它包含了三個明晰而又統一的內容，廣大無邊的空是法身，明覺則是報身，無所不顯則是化身。而有相定的最終結果必然是無相定，以一念而止萬念，最終達到空寂境界，仍然回歸到法報化三身的完美統一。法身是體，報身和化身是用，體從來沒有離開過我們每一個人，「用」同樣每時每刻與我們相隨。只是因為我們不認識「體」，自然也不會理解「用」。當我們認識到「體用」不二時，就真正明白了生命的真相。金剛乘的大圓滿法脈中，從「徹卻」到「妥噶」的修法，即是從無相定到有相定，再達到無相定，最終歸於空性徹悟的過程。

當然禪無境界，這些說法仍然是文字描述，並不真正代表證量，而具有一定修行體驗的人，一定會知道這些文字背後，所傳達的真正含義。正如佛陀所說：「我具真實法眼，妙慧之寶藏，而我剛已給摩訶迦葉傳承了。」歷世歷代的無數傳承上師們，完整地把佛陀傳給摩訶迦葉的傳承延續至今，從未間斷。

據此，我說，出版者認為：「本書已成為各國佛學愛好者不可不讀的入門書」的評語，嚴重低估了這本書的價值和它對生命修行的偉大意義。

二〇二〇年二月七日，星期五，農曆正月十四（庚子年戊寅月庚辰日），天氣：陰。

早晨五點四十分時起床，禪修一個半小時。

今天是個無比悲傷的日子！

武大校友、武漢中心醫院眼科李文亮醫生，在抗擊疫情的第一線感染病毒，於今天凌晨兩點五十八分經全力搶救無效不幸逝世。李文亮生於一九八五年，去世時才三十四歲。消息傳開，幾乎所有線民在網上對李醫生進行沉痛的悼念，被有的媒體稱為網上國悼。人們對他的悼念，是因為他被認為是新冠病毒疫情的「吹哨人」，這一事件，引發了人們對疫情的反思。看著網上的悼念文章，多次留下了悲傷的淚水，寫下這段文字，以表達悼念之情：

悼念醫者李文亮

我並不慶幸我活著

因為手持火炬者

已經離世
但我祈願更多的好人活在世上

有的人死了，但他活著
有的人活著，但他死了
世界真的是
好人命不長？

不！
人心從來就是力量
萬眾跳動的心臟
勝過世上最偉大的勳章！

他是一位上天的使者
他用仁心丈量長江

他用勇氣告誡世人
黑夜中他化作了一道光芒

我悲傷，但我知道
無數的勇士前行在路上
這世上的瘟神
不可能永遠猖狂！

這幾天在微信上讀到了方方關於疫情的日記，從一月廿五日開始寫，受到越來越多的人關注。我和方方不太熟悉，只是在第三屆路遙文學獎的頒獎現場坐在一起，有過交流，她是武漢大學畢業的，說起來我們是校友。我對她的作品還是熟悉的，她無疑是位優秀的作家。日記只是對封城之後，她自己生活現狀和所見所聞的記錄，文字並沒有表現出她的文學才華，日記這種形式，決定了這種寫法，隨意性比較大，並不需要太嚴謹構思。

日記之所以引起人們關注，主要有兩點：一是官媒沒有報導的一些疫情資訊，通過她的日記，傳遞出來了；二是文中一些比較尖銳的議論，比如她告誡同行，將來被要求寫文章歌頌時，不要忘了疫情中的苦難等等。因為〇八地震時，曾有詩人寫出「縱做鬼，也幸福」的句子，引起眾怒的事例，不能不說方方抓住了大家關注的話題。

二〇二〇年二月十五日，星期六，農曆正月二十二（庚子年戊寅月戊子日），天氣：大雪。

早晨五點四十分時起床，禪修一個半小時。

從凌晨開始，就下雪了。開始不是雪花，而是雪粒，打開窗戶，我分明聽到了雪粒砸向綠化帶的聲音，淅淅瀝瀝，既像雨滴的聲音，又像沙粒被拋到空中落地的聲音，微弱而頑強，像要在不斷衝擊中，向大地表明自己的態度。過了不到半小時，雪粒變成了雪花，突然之間漫天飛舞，空中變成了一張不斷變化著的密集的網結，似乎要將整個世界全部鎖定。雖然沒有任何風，它們卻由東向西飄灑，連綴的雪花密集的墜落，向西再向西。

中國人相信，亡者最好的去處是西方，哪兒象徵著太陽落山，勞累一生的人就可以休息。證悟了人生宇宙的真相的聖者告訴我們，西方有極樂世界，那是一個沒有分別的平等世界，到了那兒的人，最終都會不生不滅，進入永恆。不信者說那是一個幻想，是一個安慰人們心靈的永久傳說。此刻，飄向西方的雪花，以無染的潔白，似乎向大地訴說這個春天的憂傷。關在籠子裡的靈魂，更需要曠野的自在。

天晴的時候，我們忘記了太陽，以為天下永遠豔陽高照、光芒萬丈，實際上，那只是烏雲暫時讓位，才使光明貼近了人類。酷熱的夏天，我們甚至嫌棄太陽，躲避陽光照射如同躲避敵人，忘了那時太陽的炙熱，是為了萬物的生長，是為人類的生存提供充分的保障。可我們不知道報恩，我們以為陽光普照大地，是自然法則，我們的享受理所當然。

具有豐富資源的地球，對於個體生命而言，過於龐大，其富有難以估量，任何的揮霍都顯得微不足道。貪婪與愚癡塞滿了我們的心靈，讓我們的精神處於無休止的亢奮中，將不間斷的惡意，當作人間的威風，在晝夜輪迴中比賽。更為可惡的是失去明亮天空的鳥類，居然歌頌烏雲的厚度。

下雪了，這是青島今年冬天以來唯一的一場大雪，卻在立春之後降落。實際上這個季節，大地更需要一場春雨，所謂春雨貴如油，是說開凍的大地，急需水分的滋潤。可是，此刻，大雪已經覆蓋了大地，萬物一片潔白，它們是在向亡者哀悼，飄向西方的雪花與亡者同行，雪白的世界裡沒有分別；雪花是在向疫情中，與死神賽跑的白衣天使致敬，醫者是人類生命的守護神，可是，我們輕視他們太久，讓他們淪為所謂富有的賺錢機器，只有在死亡的邊緣才想起他們，希望他們法力無邊。

在這個寒冷的春天，讓我們說一句好話吧，把更多的善意傳達給更多的人，心情愉快是人們共同希望活著的狀態；向惡意表達不滿，不與惡者同謀，保持人類共有的良知，這是人類生存的最後防線；存一份好心吧，心念的力量是一切善或惡的分水嶺，惡業或功德的積累涇渭分明，因果不虛是在告訴人們，世界上沒有無本之木，也沒有無源之水；做一件好事吧，哪怕把微不足道的善意施捨給需要的人，勝過在作威者門前擺滿鮮花，給一個艱難中的人活下去的勇氣，如同生命黑暗通道裡的光照，立刻使他看見了前行的方向。作威者門前的鮮花，只不過是為了裝飾威風的背景。

但願這場大雪過後，陽光會依然普照大地，疫情會早點退去，上蒼啊！情將一個萬物甦醒百花盛開的春天還給眾生……

二〇二〇年二月十八日，星期二，農曆正月二十五（庚子年戊寅月辛卯日），

天氣：晴轉多雲

早晨五點四十分時起床，禪修一個半小時。

殘陽消失前，我來到了海邊，那一刻落日的血紅，不在海裡，在陸地與海的連接處，那兒有一座座海景房，高聳如雲，站在房子裡的合適角度，可以三面看海，它象徵著財富與現代，表達著舒適與愜意。我收回目光，站在那兒不動，迎面刮來的是刺骨的寒風，我知道春天到了，但這個時候，是寒風最傷人的季節，如同黎明前的黑暗，在抽打著路人的靈魂。

我站在一塊石頭上，企圖借助石頭的高度，拍幾張落日的全景，可是，那些躲不過的樓房，總在遠處的鏡頭裡，遮擋了殘陽墜落的清淨，不過滿天的霞光，依然染紅了垂暮的高空。

我拍了幾張照片後，站在那兒，靜靜地盯著落日的餘暉，江城漢口的落日猶在

眼前，從我家門前流過的漢水，經過一千五百多公里奔騰之後，在那兒匯入長江，此後以更大的水流奔向大海。我在武漢大學讀書時，上過黃鶴樓，游過長江，潛入過東湖，我也在漢口一座高樓的頂上，看過長江落日。在火紅的晚霞裡，長江如一條鐵水在流淌，像奔騰的血液，充滿了炙熱的溫度，也許這個時候，說她是民族的魂魄更為確切。她雖然沒有雄壯的濤聲，也沒有清澈的水流，已經十分渾濁的波濤，卻顯出剛毅的血性，那個時候任何語言的表達都顯得蒼白無力，只要你看著，心裡就會產生無與倫比的震撼，有一種莫名的激動。

當目光回到當下，那火紅的殘陽，如同熾熱的爐膛的火苗，勾起無盡的悲傷，那些不幸者的亡靈，在擺脫肉體束縛的同時，與親人徹底隔離，從此陰陽兩界，只能相思無法相望。

人生無常，誰也無法逃脫生老病死的魔咒，但世人希望在平和中告別，在無疾中離世。中國人的五福臨門的最後一福即無疾而終。而災難中那些冤魂，不曾告別、不曾哭訴、不曾向親人表達最後的親情，活著的人，永遠無法體會亡者離世前的巨大痛苦，死不瞑目只是活著的人對亡者不甘心緒的描摹，根本無法真實表達亡者的恐懼與無助。

聖者告訴我們：珍惜所有生命才是珍惜自己的生命，心懷慈悲是這個世界上唯一能夠到達平等與公正的路徑。生命是由無數個瞬間構成，大腦的記憶無法重播，未曾經歷的難以提前體驗，所以瞬間即是永恆。祈願這場疫情教給我們如何善待生命，教給我們在每一個瞬間以尊重生命為最高原則，讓那些冤死的靈魂成為告誡世人的一座永不消失的紀念碑。

火紅的殘陽告訴世人：黑夜過去即是黎明，災難過後，願世界美好！願人間美好！

二〇二〇年二月十九日，星期三，農曆正月二十六（庚子年戊寅月壬辰日），天氣：多雲。

早晨五點四十分時起床，禪修一個半小時。

昨天，老家漢中洋縣，發現三例輸入性新冠病毒感染者。看到這個新聞，還是吃了一驚。遠離中心城市世外桃源般的洋縣，居然也有了感染者。洋縣地處秦巴山地交匯處，高速公路和高鐵未通之前，從西安到洋縣翻越秦嶺需要七八個小時，如果中途遇到滑坡、塌方之類的事故，十幾個小時甚至幾天都有可能。但是由於現代化的交通便利，將過去七八個小時，縮短為一個小時。時間的快捷，必然引發物流人流的急劇增加。恰恰是這種現代化的速度，造成了今天的必然結果。所以，在現代社會，任何人都無法置身事外。

事發當日，以深圳為主體的洋縣老鄉，發起家鄉抗疫的捐贈活動。各地老鄉，只要在群裡看到了，都會表示，不管捐款多少，總是一種心意；不管家鄉需不需要捐助，在外的遊子總有自己的表達方式，這也是這個民族長久以來的凝聚力。

當日，深圳校友會發起捐款，為武漢大學所屬醫院捐款購置醫療用品。各地校友紛紛響應，僅僅五六個小時，捐款已達目標。聯想到多日來，武漢大學各地校友，包括海外校友，不斷發起各種捐贈活動，以小米創始人雷軍為代表的企業大佬，幾小時之內，捐款就已過億，而雷軍個人捐款一千兩百六十萬；北京校友會捐贈達數千萬，海外校友更是在疫情初期，就快速行動，捐贈各種醫療用品；青島校友會雖然人數不及北京多，也快速行動迅速表示。

各地校友還在行動，各種捐款繼續進行。武大人不管身處何地，他們的心，歷經櫻園櫻花潔白的洗禮，歷經桂圓桂花芳香的薰陶，歷經梅園梅花寒霜的考驗，歷經楓園秋色的歷練，他們在任何地方都會面向母校，向珞珈山表達一個曾經喝過東湖水的學子的深情。

而此次衝在抗疫前線、以李文亮為代表的武大醫護人員，以他們的行動，在武漢大學學子們的心中，豎起了永遠的精神豐碑。

註：我沒有寫日記的習慣，只是有重要的事情時，才作必要的記錄。這次疫情衝擊太大，就想記錄一些文字，說明記憶，所以我稱其為拾記，隨手拾來而記，而不是日記。每天接到四面八方朋友的資訊，其悲憤、悲涼、傷感，還有無數的感動，好像這種記錄，不足以表達厚重的感受，只有藝術創作才可容納，就想先寫一個短篇小說，想不到下筆後，一萬多字，一氣呵成。隨後一發不可收拾，就有了這個十多萬字的系列長篇。寫完後，心裡好受了一些，以此表達對那些奮勇向前的人們的敬意，表達對危難中這個民族、以及世界疫情中遭受同樣苦難的人們的深情。

《天燈》首先在《青島文學》第四期發表，隨後在幾個公眾號、網路平台轉載後，迅速引起強烈反響，讀者紛紛留言，表達他們的感動和感想。整理出的原汁原味的留言，出自讀者的真情實感，比任何專業評論家的文字更加感人。這些讀者中，只有極個別人認識，其餘都是陌生人，文學在這個時代，能讓這麼多人感動，對作者是極大的安慰。隨後不久，海內外多家轉載了《天燈》，並刊登了《天燈》引起強烈反響的消息。謝謝朋友們以及所有讀者的厚愛！

本文於二〇二〇年四月十七日訂正完成。當日，新冠肺炎病毒已經肆虐世界兩百一十一個國家和地區，全球已確診感染人數二一一四一〇五例，累計死亡一四四八七二例。其中美國確診六七一四二五例，死亡三三二八六例；西班牙確診一八二八一六例，累計死亡一九一三〇例；義大利確診一六八九四一例，死亡二二一七〇例；德國確診一三三八三〇例，累計死亡三八六八例；法國確診一〇八八四七例，累計死亡一七九二〇例；英國確診一〇三〇九三例，累計死亡一三七二九例；中國確診八四一四九例，累計死亡四六四二例；伊朗確診七七九九五例，累計死亡四八六九例……

這不是一組冰冷的數字，而是病毒給人類造成巨大傷害的證據，是人類用血肉之軀與突如其來的病毒進行殊死搏鬥的記錄。讓我們記住他們的名字，沉痛悼念已經逝去的生命！謹以此部作品，獻給逝去的亡者及活著的人們，願亡者安息，生者健康平安！祈願疫情早日退去，還人類清平世界！

附錄二：讀者留言選

宋清海（江西作協原副主席、著名作家、其作品《囊神小傳》，獲全國第四屆中篇小說獎）：用小說這種文學形式去同步表現一場世界性的大災難，絕非易事，也不是同道中人人敢為之事。原因在於，事件正在進程中，人們都是親歷者，多少慘絕人寰的苦難展現在人們面前，人們比作家更熟悉血淋淋的災禍，作家以怎樣的構思和文筆，以怎樣的感情氛圍的營造，才能吸引讀者的心？況且全國十餘億人的隔離，每天有多少實事的報導，誰還有暇關注虛構小說？而敢於在此時寫小說表現抗疫者，必是最關注這場災難的人，必是心懷慈悲的人，也必是找到了他的獨特敘述視角的人。

《天燈》是我所見到的第一篇表現武漢封城戰疫的小說。讀前實為作者捏把汗，老天，這……怎麼去寫？讀後憂疑漸釋，又悲從中來，有點心碎。千古艱難唯一死。生死離別，人世之大悲。醫生這個職業的確如作品中所言，離生最近，也離死最近。在這次大瘟疫中，在最初的危難之中，是醫生用命築起了一道防線。要知道醫生不是戰士，一聲令下，勇敢赴死，醫生是普通職業人啊！他們的約束在醫德，不在法律。然而武漢的醫生護士們卻像戰士一樣慷慨既赴難，生死置之度外！這是武漢戰疫最壯美、最淒美的歷史畫卷！《天燈》寫了華至圍醫生夫婦痛失也是醫生的女兒華嚴，以及未婚女婿周道光這兩個後輩醫生。華家一家三口的情感，親密到只能用三世之緣才能溶解得開！一世人生確不平啊！生有不了情，死饋無盡。

一世人生，確乎不夠啊！一家人對親情和生命、生活的熱愛，濃情蜜意，生死難解！生有不了情，死有無盡恨。華嚴的死令人心碎！華嚴本應不死的。她可以不回武漢。但她在封城令生效之前回來了。或許她決定回來還有種年輕人的豪情，如此重大的疫情不可做旁觀者，必須做披甲執劍的勇士。也或許她是想站在父母的身邊，讓父母知道自己長大了，而且記住了醫者仁心的家訓。總之，她是衝到前線的前沿陣地了。也許她什麼都沒想，醫生應該站到醫生的位置。

作為華嚴這樣的醫生，我們相信她一去醫院就明白生死難卜了。但她沒有退下來，因為她是醫生。作者沒有寫華嚴搶救病人的場景，只寫了她發的幾條簡訊。態度非常冷靜。其實她內心翻江倒海，只為安慰雙親啊！這悲劇中升起的淒美，就是天燈，就是星星！我願每晚看見的第一顆星是「華嚴星」！

李貫通（山東作協原副主席、著名作家、其作品《洞天》獲全國第二屆短篇小說獎）：這類題材，用小說這種形式同步地寫，其實是很不容易的。《天燈》構思很好，非常感人。為作者點讚。

魯太光（著名評論家、中國藝術研究院副研究員）：認真拜讀，很感動。現實的悲劇，與長遠的祈福，很好的融合在一起了，化作一盞盞天燈，照亮這個苦霧瀰漫的人間。天燈：既是致敬，更是祈願。

老村（著名作家、畫家）：《天燈》描寫抗疫過程中，現實中人的慈悲和覺悟，讀來淚目。

蓮寶：中午拜讀《天燈》這篇短篇小說，雖是在飯前飯後分兩次閱讀完的，但中間的時間空隙，以及食物對人的味覺吸引，絲毫沒有把這篇文字帶給人的思索打斷。

小說讓遠在疫情之外的我，像帶了一副VR（虛擬實境）眼鏡一樣，衝破層層變幻的訊息，衝破嚴嚴實實的時空裂痕，衝破自我保護的外衣，深度參與進了新型冠狀肺炎疫情中，這場殘酷的死亡遊戲。

在這副VR眼鏡裡，沒有模稜兩可的資訊、沒有究責和抱怨，我們感受到的盡是活生生的人，在面臨生命無常的危險時，戴眼鏡的人，以及眼鏡中人的眾生相。

在讀到華嚴去世的文字時，心中悲慟萬分。但讀到父親華至圍「在女兒的房間，擺上她的照片，放上一束鮮花，等疫情稍微緩解一些，再回家好好陪陪女兒」……的時候，終於抑制不住失聲痛哭。楊老師這種對死寂的絕望，以及絕望的生存的描述，除了讓人感受到難以抑制和言說的悲慟外，讓人開始感激故事中的人物，讓人在沉陷於事相和情緒之餘，看到了一個充滿煙火氣的人、一個有血有肉有私心的人，在面對無常變幻場景的悲慟中，是如何用一種力量，撥開令人窒息的雲霧，升起能夠照亮希望的天燈。

在華至嚴身上，我們看到這種力量由一種大愛包裹著，讓人類得以代代相傳。

人們究其一生都在探尋這種力量，開發這種力量，但卻很難說清它具體是什麼，這種力量決定了人們從出生，到離開這一段旅程的運行軌跡。如一生都在生死邊緣行走的作家史鐵生所言，死亡是必然降臨的節日，但生命絕不是為了死亡，而是為了向生，為了活得更好。華至圍在女兒選擇報考醫學專業的時候，他不顧妻子為保護女兒而拒絕讓華嚴學醫的意見，說出「儘管醫生救治的是一個個單體生命，但無數被求治的單個生命，構成群體，構成了民族，從這個意義上講，醫者不但在醫人，而且在醫國」的話，毅然支持女兒的選擇。可見，這種讓人充滿希望的力量，不僅僅局限於維護生命個體的小家之中。更像女兒華嚴說的那樣，她要做像盛開的櫻花一樣的醫生，不是為了顯示自己潔白，而是為了證明人間的春天。

小說樸素詳實的敘事方式，讓人分不清是故事，還是事實，但災難卻是沒有戲劇性可言的。身為作家，楊老師雖然無法棄文從醫，但卻用自己的文字，在疫情期間傳遞了一股又一股的暖流，試圖給人以精神免疫。我們感受到，在這場不幸中，唯一幸運的，是每一個突然而至的不幸來臨時，故事裡的人物以及現實生活中的一線醫務工作者們，都在試圖用他們的選擇與態度，指向趨近這種向生力量的天燈，歪歪扭扭卻非常堅定。

蕭劍書生：志鵬先生大作以疫情為線，引導人們追溯生命意義價值。含大慈悲，懷大善念。祈願國人順遂造化，得獲平等安適。

謝紅：含著眼淚流著眼淚終於看《天燈》，看完後是放聲大哭，有機會去武漢，一定去看華醫生，我們都是當父母的……武漢英雄的人民。

尚中：《天燈》很感動我，我不是一個堅強的人，流了許多淚……願這是我們民族的最後一場悲劇。

無字碑下的有字靈魂：《天燈》讀到道心的資訊時讓我窒息，（大哭表情）緩了大約二十分鐘才讀完！（大哭表情）在這場疫情中生命更顯脆弱，醫護人員經歷了前所未有的挑戰。

賀中原：作家楊志鵬是我多年的朋友，他的《玄黃》就是我擔任責任編輯出版的。這篇小說《天燈》用我熟悉的筆鋒，描繪了白衣戰士醫者仁心的大愛故事，感人肺腑，值得一讀。

夏恩博：不忍心看，忍不住又看，看了忍不住又淚眼婆娑。

Alex Wang：看得我哭慘了，生動，觸動人心。

天邊月：《天燈》我讀了兩遍，哭了好幾次。

陽光：醫者仁心，願天燈永遠照亮抗疫英魂！

起舞：寫得極好，很值得一讀，讀的人很揪心，故事很淒美。

張新嶽：楊志鵬老師，以聖賢人心的胸懷表達了，對當代白天使的英雄氣概的致敬。向作家致敬！

連成：這篇小說寫得很好。在這次突如其來的大災難面前，發生著多少悲慘淒切的故事啊，而最為迫近危險的是那些工作在一線的醫護人員，作品正是選取了他們的故事，跌宕起伏的情節卻又顯得那麼真實清晰，彷彿就在我們的眼前，他們的悲情和崇高，直擊著我們的內心深處。在很多人還沒有從疫情的驚恐中回過神來時，作者即以他作家的敏銳和佛的慈悲為我們送上如此精美的精神禮品，我們很驚喜和珍惜。

李文：刻骨的悲涼。

本全：一群上帝派來的天使，一群值得尊敬的人，向所有逆行者致敬，向作者致敬！

天佑（史新）：看得讓人落淚，災難來臨，總有人趴下，也有人哭泣，更有人衝上去，哪怕是搭上親人和自己的生命！我們讚美後者，記住後者！

大王又在歎息：災難並不是死了兩萬人這樣一件事，而是死了一個人這件事，發生了兩萬次。——導演北野武

小漁民：聽著……讀著……感人感動！哪有什麼歲月靜好，只不過是有人替你肩負前行！願好人（奮鬥在新冠病毒一線的醫生白衣天使）一生平安！

默：催人淚下，向白衣天使致敬！向抗疫醫護致敬！

舒爾：本打算聽著文章入睡，誰知越聽越清醒，又含淚讀了一遍，唉，又失眠了，為逝去的生命痛心！他們用自己的身軀擋住了病毒的擴散！願中華無恙！

太陽雨：我女兒將來也會是一名醫生，好醫生！那年高考完報志願，所有的志願都是醫學院！我們都不看好這個職業，都反對，可是她卻是那樣毅然決然！哪有什麼歲月靜好，分明是有人替你負重前行！

韓月香：拜讀楊老師的小說，心裡滴血，舉家白衣天使逆行在新冠肺炎第一線，終於沒有抗過死神，一個個鮮活的充滿青春的生命被病毒吞噬了！嗚乎哀哉！向白衣天使致敬！願天上星星化作天燈，永保天國的靈魂！聆聽好聲音！

出淤泥而不染：刻骨的悲涼，無言地祈禱！

黛墨：聽到逆行英雄一位位的逝去都撕扯得心疼，是呀，在這個特殊時期哪有什麼歲月靜好，是多少醫務人員替我們負重前行！

修道紅：疫情惡魔肆虐作亂，百萬生靈突遭塗碳，白衣天使臨危不懼，救百姓生命於倒懸。勇於犧牲，不怕風險，敢於擔當，無私奉獻。向抗擊疫情的白衣天使致敬，你們是當今最可愛的人，你們是真正的英雄！拜讀楊老師大作，聆聽誦讀老師好聲音。

詩人賈晉蜀：臨晨六點十四分，剛剛看完這個短篇，心中湧動，淚水流淌！這是一個感人至深的浪漫而悲痛的故事，看似荒謬不合常理，實則是這場新冠肺炎瘟疫中發生的許多真實事情。

醫者仁心，不光是這場抗擊新冠肺炎瘟疫的戰鬥中，而是幾千年來，醫者一直都是人類最高尚的代表之一。他們真的就是上天派來人間的天使，他們真的就是深行菩薩道的菩薩啊！

最讓我想不通的是：為什麼災難發生時逝去的人，都是那些最優秀最無辜的？如此有老天爺，那老天爺是不是太殘忍了?!

還有，我是一個佛教信仰者，瘟疫這個事，用佛教語言說應該叫劫數！按佛教的理論，每一個人逝去的人，都是有原因的。我能相信他們是捨身救人，代眾生受苦的，卻很難相信這是因果報應！

只有老子的天地不仁，以萬物為芻狗，才讓我稍有釋懷，但仍然沒有解決我的困惑！

天地，世界，自然，為什麼會發生這個災難？災難從何而來？

僅用簡單的因果和人類的犯錯來解釋，是無法讓人（讓我）心滿意足的！

最後，我要向所有在這場肺炎瘟疫中逝去的醫護人員和普通人祈禱祝福，祝你們安息，祝你們去往天國……

李書勇：結構精巧，情節緊湊，感情真摯，催人淚奔！

天地一沙鷗：雖沒有白衣戰士戰疫情的經歷，但此生經歷的這次疫情必是難忘。許多的醫生，護士因此犧牲，為他們祈禱！不願看到這樣年輕的生命，恩愛的戀人逝去。

鐘樓的聲音：作家楊志鵬用悽愴、和淒美的筆觸，講述了一個源自殘酷現實的故事，讀完讓人淒然涕下。大疫面前，面對那些逆行的白衣天使們曾經鮮活的，特別是像華嚴、周道心這些戛然而止的年輕、美麗的生命，一切輕歌淺唱的頌歌都是對逝者的褻瀆。為他們點燃九十九盞天燈吧，他們來自遙遠的星星。

峰巒疊翠：看完聽完天燈這篇短篇小說，淚水無數次模糊了雙眼，真實，唯美，浪漫，觸及靈魂深處。願逝者安息，生者珍惜生命，我們的安寧是這些白衣戰士用生命換來的。櫻花盛開時，我們不能忘記寒冬裡曾經照亮我們的那盞天燈……

王紅兵：她（他）們只是一群孩子，但一旦穿上那種白色的戰袍，就義無反顧地衝上了抗擊疫魔的前線，踏著先輩的足跡，譜寫出一曲曲英雄的戰歌！向所有奮戰在疫情一線的英雄們致敬！為犧牲在疫情一線的英雄們默哀！

殷效蕾：催人淚下的故事情節。

太陽雨：含淚聽完，應該拍成電視，感動所有人！致敬白衣天使！醫生是高危職業！

一枝花：萬千個生命的守護者，讓人尊敬的人！是怎樣一種胸懷，能夠如此忘我為民，醫者仁心，祈願：逝者安息！世界無痕。

潤無聲：邊聽，邊看，邊流淚慈悲是通向光明的唯一路徑，醫者仁心！你們用生命為眾生承受著苦難，向所有抗疫醫護致敬！

依冬：在這一場沒有硝煙的戰爭中，彰顯了醫者仁心！

文贊：楊老師的小說寫得太棒了！白衣天使為抗疫獻出了年輕寶貴的生命！向白衣天使致敬！王老師的朗誦獨具特色！太棒了！大大的雙讚！

王玉來：在這場沒有硝煙的戰爭中白衣戰士用青春和生命譜寫出一曲又一曲可歌可泣壯麗的詩篇！小說緊緊圍繞醫護人員奮戰在一線不顧危險忘我搶救患者的大無畏精神，體現出世間最美麗的笑臉。向戰鬥在一線的醫護人員致敬，向為獻出生命的勇士祝福：一路走好，你們是真正的英雄！！

陽光的味道：疫情看過多少太多悲歡離合，流過多少淚，那些又遠又近的現實英雄！你們是天使，守護這個國……

風鈴：看到最後，眼淚模糊了雙眼，擋住了視線。向逆行者致敬。

木慧（sunny）：淚雨滂沱，真實的小說。

秦嶺南王軍：那漫天的天燈不僅在天上，而且也照耀著地下，也照亮了每個人的心，就像每一個星星，都是一盞永不熄滅的天燈，它在黑暗的夜裡，為地上的人們帶來光明的希望。

無語：天哪，這是真的嗎？

Gxr：小說，都是虛構的！不希望這個故事是真實的，太殘忍，撕心裂肺的痛！

2020庚子記憶：新冠

作者：楊志鵬
發行人：陳曉林
出版所：風雲時代出版股份有限公司
地址：10576台北市民生東路五段178號7樓之3
電話：(02) 2756-0949
傳真：(02) 2765-3799
執行主編：劉宇青
美術設計：吳宗潔
行銷企劃：林安莉
業務總監：張瑋鳳

初版日期：2020年7月
版權授權：楊志鵬
ISBN：978-986-352-851-7

風雲書網：http://www.eastbooks.com.tw
官方部落格：http://eastbooks.pixnet.net/blog
Facebook：http://www.facebook.com/h7560949
E-mail：h7560949@ms15.hinet.net
劃撥帳號：12043291
戶名：風雲時代出版股份有限公司

風雲發行所：33373桃園市龜山區公西村2鄰復興街304巷96號
電話：(03) 318-1378
傳真：(03) 318-1378
法律顧問：永然法律事務所 李永然律師
北辰著作權事務所 蕭雄淋律師

行政院新聞局局版台業字第3595號 營利事業統一編號22759935

定價 ：380元

國家圖書館出版品預行編目資料

2020庚子記憶：新冠 / 楊志鵬著. -- 臺北市：風雲時代, 2020.06 面； 公分

ISBN 978-986-352-851-7（平裝）

857.7 109006367